海明威全集

太阳照常升起

The Sun Also Rises

〔美〕海明威 著
舞 阳 译 俞凌婷 主编

中国出版集团 现代出版社

图书在版编目（C I P）数据

太阳照常升起 / (美) 海明威著 ; 舞阳译. — 北京:
现代出版社, 2018.6 （2023.7重印）
（海明威全集 / 俞凌婍主编）
ISBN 978-7-5143-7130-7

Ⅰ. ①太… Ⅱ. ①海… ②舞… Ⅲ. ①长篇小说－美
国－现代 Ⅳ. ①I712.45

中国版本图书馆CIP数据核字（2018）第109915号

太阳照常升起

著　　者　（美）海明威
译　　者　舞　阳
主　　编　俞凌婍
责任编辑　杨学庆
出版发行　现代出版社
地　　址　北京市安定门外安华里504号
邮政编码　100011
电　　话　010-64267325　64245264（传真）
网　　址　www.1980xd.com
电子邮箱　xiandai@cnpitc.com.cn
印　　刷　三河市金元印装有限公司
开　　本　880mm × 1230mm　1/32
印　　张　8
版　　次　2019年1月第1版　2023年7月第3次印刷
书　　号　ISBN 978-7-5143-7130-7
定　　价　38.00元

序

众所周知，海明威是一个生活经历异常丰富的知名作家，同时也是一个在世界上享誉盛名并且写作风格鲜明的文学大师。海明威复杂的生活经历描绘了他所有作品的故事曲线，也构成了他作品中丰富多彩的主题。

首先，就个人浅见，有必要剖析一下海明威的成长经历。海明威出生于美国芝加哥以西的一个郊区城镇，人口并不密集，因此给了海明威一个平静、安逸的童年生活。幼时的海明威喜欢读图画书和动物漫画，听稀奇百怪的故事，也热衷于缝纫等各种家事。少年时期，他更喜欢打猎、钓鱼，内心充满了对大自然的好奇与敬畏，这一点在他多部作品中都有体现。在初中时，海明威为两个文学报社撰写了文章，这为他日后成为美国文学史上一颗璀璨的明星打下了基础。高中毕业以后，海明威拒绝上大学，他到了在美国媒体具有举足轻重地位的《堪城星报》当了一名记者。虽然他只在《堪城星报》工作了6个月，但这6个月的时间，使他正式开始了写作生涯，并且在文学功底上受到了良好的训练。1918年，第一次世界大战爆发，海明威不顾家人反对，毅然辞掉了工作，去战地担任了一名救护车司机。战场上的血流成河，令海明威极为震惊。由于多次目睹了战争的残酷，给海明威的创作生涯提供了丰富的素材和灵感。在他早期的小说《永别了，武器》中，他进行了本色创作，揭示了战争的荒唐和残酷的本质，反映了战争中人与人之间的相互残杀以及战争对人的精神和情感的毁灭。1923 年海明威出版了处女作《三个故事和十首诗》，使他在美国文坛崭露头角。1925 年。海明威出版了《在我们的时代里》这一短篇故事系列，显现了他简洁明快的写作风格。继而海明威出版了多部长篇小说和大量的短篇小说，令他成为了美国“迷惘的一代”作家中的代表人物。《老人与海》获得了 1953 年美国的普利策奖和 1954 年的诺贝尔文学奖，将海明威推上了世界文坛的至高点，可以说，《老人与海》是他文学道路上的巅峰之作。

其次，海明威的感情生活错综复杂，给海明威的作品增添了大量的情感元素。海明威有过四次婚姻经历，这些经历赋予了海明威不同寻常的爱情观。司各特·菲茨杰拉德曾打趣道：“海明威每写一部小说都要换一位太太。”连他自己都没有想到，竟然一语成谶。世人皆知，海明威有四大巅峰之作，分别是《太阳照常升起》《永别了，武器》《丧钟为谁而鸣》和《老人与海》，在时间上，他的确先后娶了四位太太。据考证，1917 年海明威和一位护士相爱，但是不久后，这位护士便嫁给了一位富有的公爵后代。海明威对爱情始终抱有完美主义，所以这样的结局令海明威无法接受，甚至愤恨。因此，海明威常常将女人比作妖女，这一点在他的多部作品中有所反映。1921 年，海明威与他的第一任妻子哈德莉结婚，但是婚姻观的差异最终使两人分道扬镳。不得不说，哈德莉对海明威的文学创作起到了至关重要的作用。在她的帮助下，海明威学会了法文并结识了著名女作家斯泰因。这段时期，海明威佳作不断，哈德莉却毫无成长，这促使了两人的婚姻关系更加恶劣。1926 年海明威出版了《太阳照常升起》，这部小说使他声名大噪，也间接宣告了海明威与哈德莉婚姻关系的破裂。1927 年，海明威与第二任妻子宝琳结婚，两人在佛罗里达州和古巴过了几年宁静而美满的婚姻生活。海明威在这几年中完成了他的不朽名作《永别了，武器》。然而，没过几年，海明威对宝琳开始厌倦，他遇见了他的第三任妻子——战地女记者玛莎。最开始，海明威以玛莎为荣，并为她创作了《丧钟为谁而鸣》，令人叹息的是，这对最为相配的夫妻也在1948年结束了婚姻关系。海明威的第四任妻子维尔许是一名战时通讯记者，研究分析政治和经济形势，为三大杂志提供背景资料。婚后，维尔许放弃了自己的工作，专心照顾家庭，但这仍未给两人的婚姻关系带来一个美满结局。1961年，海明威在家中饮弹自尽，享年62岁。

对大自然的喜爱之情和对生命的敬畏丰富了海明威小说五彩斑斓的主题，纷然杂陈的情感生活和不同寻常的生活环境造就了海明威作品中跌宕起伏的故事情节。因此，海明威的每篇长篇小说、短篇小说、新闻及书信都有着鲜明的个人风格。海明威用最简洁明了的词汇，表达着最复杂的内容；用最平实轻松的对话语言，揭示着事物的本来面貌。他的每部小说不冗不赘，造句凝练，丝毫没有矫揉造作之感。即使语言简洁，但是海明威的故事线索依然清晰流畅，人物对话依然意蕴丰富。海明威曾这样形容自己的写作风格："冰山在海里移动之所以显得庄严宏伟，是因为它只有八分之一的部分露出水面。"这无疑是个非常恰当的比喻，十分形象地概括了海明威对自己作品的美学追求。海明威最开始创作了众多短篇小说，使他在文坛新秀中占有一席之地，后来《太阳照常升起》的出版，奠定了他在"迷惘的一代"代表作家中的超然地位。"迷惘的一代"是美国两次世界大战期间涌现的一类作家的总称，他们共同表现出的是对美国社会发展的一种失望和不满。他们之所以迷惘，是因为这一代人的传统价值观念完全不再适合战后的世界，可是他们又找不到新的生活准则。海明威将“迷惘”这一形容词表现得淋漓尽致，他用深刻而典型的对话将第一次世界大战后青年的彷徨与迷惘的心声书写出来。可以说海明威的大量文字都散发着战时与战后美国青年对现实的绝望。海明威不止竭尽所能地发挥着对“迷惘”的认知，同时也表现着海明威内心的“硬汉观”。海明威一向以文坛硬汉著称，他是美利坚民族的精神丰碑，代表着美国民族坚强乐观的精神风范。在《老人与海》中海明威用风暴、鲨鱼等塑造了一个“人可以被消灭，但是不可以被打败”的硬汉形象，同时也反映了海明威英勇、坚定的生活态度。海明威的众多作品中不仅充斥了“迷惘”“硬汉”等思想，不可忽视的还有他对自然与死亡的理解。作为一个对生命有着独特理解的文学大家，海明威形成了对死亡的坦荡、豁达的人生态度。《午后之死》就明确指出：“所有的故事，要深入到一定程度，都以死为结局，要是谁不把这一点向你说明，他便不是一个讲真实故事的人。”海明威想要表达“死亡是人生的终点，任何人不可逃避”这一观点。《老人与海》中也有海明威对自然生态的想法，海明威利用圣地亚哥、环境、鱼类的关系形象地阐述了：人不能过于追求物质享乐，要尊重自然、节省资源、保护生态环境，才能达到人与自然的和谐。总之，海明威光彩夺目的主题思想和艺术风格都在探究着人类文明进程中对生命的思考。

海明威的创作经历了一个复杂的发展变化过程。在海明威早期的作品中，海明威表达对西方资本主义日趋腐朽的绝望和内心痛恨战争的不满情绪，文字中蕴藏着一种悲观和颓废的色彩。海明威在创作中期才改变了这种思想，开始对西方资本主义和战争的本质有了新的认识，这是海明威心理历程上的一个重大发展。海明威的后期作品依旧延续着早、中期的写作风格和迷惘情绪，但是却比早、中期的作品反映的情绪更加明显。值得一提的是，海明威的创作中也充斥了大量的意识流和含蓄表达，从而使读者在真假变换中感受到人物或强烈、或浪漫的内心世界。

为了方便海明威文风的欣赏者了解海明威，我们特出版海明威全集系列丛书，内包含海明威的多部小说、书信、新闻稿、诗等作品。读者可从中感受到海明威享受心灵的自由却求索不得的无奈，也可感受到海明威对内心对生命最强烈的回响。海明威的作品无论在中心思想层面，还是语言风格都有其独到之处，因此他的作品读来令人回味无穷。对于欣赏者来说，要具备独特的艺术鉴赏力和审美修养才能发掘海明威“海面下的宏伟冰山”，从而产生更多对生命的思考。

目　录

第一章

罗伯特·科恩曾在普林斯顿就读，他是一位重量级拳击冠军。不要以为我很在意这个拳击冠军的头衔，但是这对科恩来说却很重要。他一点儿也不喜欢拳击，更确切地说，他讨厌拳击，但他即便痛苦还是毫不马虎地学习，借此来消弭他自卑、羞怯的心理，因为身为一个犹太人，在普林斯顿好像总是低人一等。当他想到自己能打败所有对他傲慢无礼的人，他内心很得意，虽然因为害羞和为人厚道，他未曾在体育馆外的任何地方揍过别人。他是斯拜德·凯利的明星学员。斯拜德·凯利让所有人都按次轻量级①选手的模式来训练，不管他的体重是一百多磅还是两百多磅。这种方法似乎很适合科恩，因为他的动作很快。他表现太好了，于是斯拜德给他安排了很强的对手，最终导致他永远地变成了扁鼻子。这件事让科恩更加讨厌拳击，但从某种意义上说，也给了科恩一种满足感。因为这也的的确确让他的鼻子好看了些。在普林斯顿大学的最后一年，他读了很多书，也戴上了眼镜。我从没见过他的哪个同学记住他，他们甚至不知道他曾经是重量级拳击冠军。

我并非相信所有坦率、朴实的人，即使他们讲的故事毫无漏洞。我总是怀疑或许罗伯特·科恩从来就不是什么拳击冠军，说不定他的鼻子不过是被马踩到了；或许是他妈妈怀胎时看见什么东西或者被某些东西吓到了；或许是他跟谁打了一架；又或许他只是撞在了什么东西上。但是，我最后从斯拜德·凯利那里确认

① 次轻量级拳击手体重在118磅与126磅之间，科恩的体重应在147磅与160磅之间，属于重量级。

了他的拳击手故事的真实性。斯拜德·凯利不仅记得罗伯特·科恩，还经常想知道科恩后来发展成什么样子。

罗伯特·科恩的父亲出生于纽约一个很富有的家庭，而他的母亲来自一个古老世家。进入普林斯顿大学之前，他在军事学校补习。当时他是那个学校橄榄球队很出色的一名球员，没人意识到他的种族差异，也没人让他觉得因为自己是犹太人而跟别人不一样，直到他去了普林斯顿大学。他是个和善、厚道的男孩，容易害羞，这就更让他觉得内心难受。他靠拳击来发泄这种情绪，最后他是带着自卑感和一个扁鼻子离开普林斯顿的，而后和第一个对他友好的女孩结了婚。结婚五年后，他们有了三个孩子，这时候他基本上花光了父亲留给他的五万美元，遗产的其余部分归他母亲所有，这就导致了他富有的妻子和他之间的关系很不好，没有幸福可言。就在他刚要下定决心结束这段婚姻的时候，她却先抛弃了他，跟一个袖珍人像画家跑了。他已经为离开妻子考虑了好几个月，因为怕这样做对妻子而言太残酷，而一直犹豫不决，因此她的离开，虽然让他意外却也让他觉得宽慰。

离婚后，罗伯特·科恩去了西海岸。在加利福尼亚，他投身于文艺界，将五万美元中剩下的一部分用来赞助一家文艺评论杂志。这本杂志在加利福尼亚的卡默尔首次发行，最终在马萨诸塞的普罗文斯敦停刊。科恩最初仅仅被视作赞助人，他的名字也只会出现在版权页的顾问栏内，但到后来，他成为这本杂志唯一的编辑。那是他赞助的钱，而他发现，他喜欢那种做编辑时权威的感觉。当杂志因为开销太大而不得不停办时，他感到很忧伤。

就在这个时候，其他的烦心事也来了：有一个女人想要重整这个杂志，她太过强势，科恩无法摆脱她的掌控，也没办法离开杂志社，而且他很确定自己爱上了她。当这个女人发现杂志没办法起死回生时，她便厌倦了科恩，但是看还有东西可捞，就决定再捞一把。于是她唆使科恩去欧洲，在欧洲科恩可以从事写作。这个女人曾在欧洲读书，他们到欧洲后在那里生活了三年。在这三年里，第一年他们到处旅行，后两年他们就在巴黎安顿下来。罗伯特·科恩有两个朋友，我是其中之一，另外一个叫作布拉多克斯。布拉多克斯是他在文学上的朋友，我经常跟他一起打网球。

那个掌控科恩的女人叫作弗朗西斯。第二年年末，弗朗西斯发现自己渐渐年老色衰，因此对科恩的态度来了一个一百八十度大转弯——科恩由一件可有可无的私有财产或利用品变成了一个必须和她结婚的人。这时，科恩的妈妈决定每个月给科恩约三百美元的生活费。这两年半的时间里，我不认为科恩还关注过别的女人。他过得很幸福，除了他希望自己能生活在美国，就像很多居住在欧洲的美国人一样，同时他发现自己能写点东西。他写了一部小说，这部小说不至于像后来的批判者们说得那么烂，尽管内容确实略显苍白。他读了很多书，偶尔也会打打桥牌，玩玩网球，有时也会在当地的健身房打打拳击。

我第一次注意到弗朗西斯对科恩的态度，是有一次我们三个一起用餐之后。我们在大马路饭店吃过饭，之后去了凡尔赛咖啡馆。喝完咖啡又喝了几杯白兰地，我说我必须要走了。科恩之前曾提议周末和我一起旅行，他想出城好好玩一下。我建议我们先坐飞机到斯特拉斯堡，从那里走到圣奥代尔，或者我们可以去阿尔萨斯的其他地方。我跟他说："我认识一个斯特拉斯堡的姑娘，她可以带我们游览一下那座城市。"

这时桌子下面有个人踢了我一脚。开始我还以为他只是无意间碰着的，所以就继续往下说："她在那儿住了快两年了，对那个城市很了解，她是个很不错的姑娘。"

我又被踢了一脚。然后我才发现，罗伯特的妻子弗朗西斯正绷着脸，下巴抬得老高。

“该死，”我说，“为什么要去什么斯特拉斯堡呢？我们可以北上布鲁日，要么去阿登森林也行啊！”

科恩看起来似乎轻松了一些，我也没再被踢了。我说了晚安后走了出去。科恩说他想买份报纸，可以陪我一起走到街道拐角。

“苍天啊，”他说，“你为什么要提斯特拉斯堡的那位姑娘？你没见弗朗西斯是什么脸色吗？”

“我为什么要看她的脸色？我认识一个住在斯特拉斯堡的美国姑娘，这和弗朗西斯有什么关系？”

“随你怎么说，总之只要有姑娘我就不能去。”

“别傻了！”

“你刚认识弗朗西斯，还不了解她，只要是姑娘就不行，你难道没见她刚才的脸色吗？”

“好吧，好吧，”我说，“那就去森利①算了。”

“你别生气。”

“我没有生气。森利也是个很好的地方，我们可以住在麋鹿大饭店，还能到森林里徒步旅行，之后就回来。”

“嗯，听上去很不错。”

“那明天球场见吧！”我说。

“晚安，杰克。”他说完转身准备朝咖啡馆走去。

“你还没买报纸。”我对他说。

“哦，是的。”他跟我一起走到拐角的报亭。“你没生气吧，杰克？”他拿着报纸转过身问我。

“没有，我为什么要生气？”

“那网球场上见。”他说。我看着他拿着报纸走回咖啡馆。我很喜欢他，但这个女人明显让他的日子不太好过。

---

① 位于巴黎东北约25英里处，巴黎人喜欢去的旅游城市。

第二章

那年冬天，罗伯特·科恩带着自己的小说回了趟美国。小说被当地一家相当不错的出版社接纳了。我听说，回国前他和女朋友大吵了一架，我觉得弗朗西斯正是在那时失去他的。纽约有好几个女人都对科恩不错，他从美国回到巴黎以后也改变了许多。他变得更热爱美国了，比过去任何时候都爱，也不再那么单纯厚道了。出版商对他的小说做出了很高的评价，这让他头脑发热。同时还有几个女人开始处心积虑地讨好他，如此一来，他见识大长，眼界也完全变宽了。开始的四年里，他只局限于自己的妻子。之后三年，至少是三年中的大多数时间，他的眼里又只有弗朗西斯。我敢肯定，他迄今为止都从来没有真正陷入过爱河。

他的大学生活过得确实很痛苦，他的妻子正是在他经历大学的磨难后出现的一丝曙光。而当他发现对第一任妻子而言自己并不是一切的时候，弗朗西斯又出现了。虽然现在他还没有真正跟哪个女人相爱过，但是他意识到自己对女人是有吸引力的。有女人喜欢他，想跟他生活在一起，这不是一个白日梦，而是事实。这件事让他发生了改变，他变得不再那么容易相处。此外，他在纽约时跟几个朋友玩过几次大赌注的桥牌，赌注远超他所能负担的范围。在这几次游戏中他赢了好几百美元，这让他觉得自己的牌技很了不起。他还说过好几次，如果迫不得已，他会考虑靠打桥牌来养家糊口。

这里还有一件事要提，他之前一直在读威·亨·赫德森的书。

这看起来好像无可指责，但是，科恩反复地阅读《紫红色的国度》，这是非常有害的。这本书讲的是一位近乎完美的英国绅士在一个十分浪漫的地方所经历的各种虚构的风流韵事，故事编得绚烂多彩，自然风光描写得令人向往。但是，对于一个三十四岁的男人来讲，把这本书当作人生指南就好像是一个三十四岁一直在法国修道院生活的人直接拿着阿尔杰的著作到了美国的华尔街一样，而阿尔杰的书还稍微实际点。这种行为是不靠谱而且有风险的。科恩一字一句地研究《紫红色的国度》，就好像阅读罗·格·邓恩的报告一样认真。你要明白我的意思，他确实有所保留，并没有全部相信书上所说，但是他认为这本书很有道理。最初我还没意识到问题的严重性，直到有一天他跑到了我的办公室。

“嘿，罗伯特！”我说，“你来是要给我带来快乐吗？”

他问我说：“杰克，你想去南美吗？”

“不想。”

“为什么不呢？”

“不知道。我从没想过要去。花费太高了。而且在巴黎你就可以看到想见到的南美洲人啊！”

“那些人不是真正的南美人。”

“可是在我看来他们挺地道的。”我这周的通讯稿就要赶轮船送出去了，可是我只完成了一半。

“你听到什么小道消息了？”

“没有。”

“你那些尊贵的朋友们没有人离婚？”

“没有。听着，杰克，如果我来负责我们两个的花费，你是否愿意和我一起去南美洲？”

“为什么是我？”

“你会说西班牙语，如果你和我一起去，旅行会变得更有意思。”

“不要，”我说，“我很喜欢巴黎，而且夏天我准备去西班牙。”

“我一直想有一次这样的旅行，”科恩说着坐下来，“就怕还没去我就老朽了。”

“不要说傻话，”我说道，“你想去哪就去哪啊，反正你有大把大把的钱。”

“这我知道，但是我一直不知道应该怎样开始。”

“开心点，”我说，“所有的国家都跟电影里差不多。”

但是我还是挺替他难过的，他看起来很沮丧。

“我不能忍受自己的生活如此快速地过去了，而我却觉得自己还没有真正地活过。”

“没有哪个人的生活一直是丰富多彩的，除了斗牛士。”

“我对斗牛士没兴趣，那种生活不正常。我想去南美的国家，我们可以有一次很棒的旅行。”

“你想过去英国管辖的东非地区打猎吗？”

“没有，我不喜欢。”

“我愿意和你一起去那儿。”

“不，我对那里没兴趣。”

“那是因为你从来没读过关于那些地方的书。去读一本满是美丽又耀眼的黑色公主的风流韵事儿的书吧。”

“我想去南美！”

他有犹太人的那种固执倾向。

“到楼下喝一杯吧。”

“你不是在工作吗？”

“没事。”我说。我们下楼到了一层的咖啡厅。我早就发现这是打发走朋友的好办法。你喝完一杯以后就可以说：“我得回去了，我还有篇电讯稿要打。”然后就可以了。当事情牵扯伦理信仰而你发现自己的想法根本不起作用的时候，找一个很优雅的脱身之计是很必要的，比如我的媒体工作还在等待处理。于是，我们下楼去了酒吧，点了一杯威士忌和一杯苏打水。科恩看了看墙边成箱的酒瓶，说：“这个地方还不错。”

“酒水不少。”我附和道。

“听着，杰克，”他倚在吧台上说，“你难道就没想过，你的一辈子就快这么过去了，而你却还没好好享受过它？你难道没发现，你的生命差不多已经过去一半了吗?”

“是的，我有时候也这样想。”

“你知不知道，再过三十五年，我们可能就已经死了。”

“别乱说。”

“我是认真的。”

“这事我才不担心。”

“你应该考虑考虑。”

“我还有很多别的事要想，我要担心的事情太多了，我不愿意再想这么多了。”

“好吧，不管怎样，我都要去南美洲。”

“听着，罗伯特，去别的国家也没有什么意义，我都试过了，不管去什么地方，你也没有办法自我解脱，你还是你。”

“可你没去过南美。”

“见鬼的南美！你要是怀着这种心情去了南美，你会发现那里就跟这里一模一样。你怎么就不能在巴黎好好生活呢?”

“我讨厌巴黎，讨厌拉丁区①!”

“那就离开拉丁区，自己到处转转，看看能遇上什么有趣的事。”

“什么都不会发生。我曾经一个人走了一整晚，除了一个骑自行车的警察让我停下来检查证件之外，什么事情都没有发生。”

“巴黎的夜景不是很美吗?”

“我不关心巴黎的事情。”

这才是问题的根源。我为他感到难过，但这又不是一件你可以帮他的事情。因为你说什么都会杠上他的那两点固执的理由：

---

① 位于巴黎城中心塞纳河南岸，那里大学很多，是学生、文人以及艺术家居住活动的地方。

一是南美能改变一切，二是他不喜欢巴黎。他产生第一个想法是因为他看了一本书，我猜想他之所以不喜欢巴黎肯定也是因为他看了那本书。

“好吧，”我说，“我得上楼发几份电讯稿。”

“你真的得走吗？”

“是的，我必须要发那几份电讯稿。”

“你介意我跟你上楼到你的办公室里随便坐坐吗？”

“不介意，来吧！”

他坐在外屋看报纸，我和编辑还有出版商辛苦地工作了两个小时。然后我把正副件分拣好，打印上我的名字，把那些东西都放进两个马尼拉纸大信封里，打电话给听差，让他把东西送到圣拉扎尔火车站。之后我走到外屋，发现罗伯特·科恩在一个大椅子上睡着了，他的头枕着两只胳膊。我不愿意叫醒他，但是我要锁上办公室的门离开了。我把手放在他的肩膀上，他摇头说：“我做不到。”然后把头埋得更深了。“我不能干这事儿。什么也不能让我这样做。”

“罗伯特。”我说，用手摇他的肩膀。他抬起头，笑了下，眨了眨眼睛。

“我刚刚大声说话了吗？”

“说了，但是不清楚。”

“天哪，这个梦太恶心了！”

“是打字机的声音让你睡着了吗？”

“有可能，我昨晚一整夜没睡。”

“怎么了？”

“谈话。”他说。

我能想象出来。我有个很不好的习惯——喜欢想象朋友们在卧室的情景。我们去了波利咖啡厅，在喝开胃酒的同时，看着林荫大道上散步的人群。

第三章

这是一个温暖的春天的夜晚。罗伯特离开以后，我坐在波利咖啡馆露台的一张桌子边上，看着夜色慢慢降临，霓虹灯都亮起来，红绿灯变换着，路上的行人络绎不绝，马车在出租车行列中踢踢踏踏地驶过，还有“野鸡”或一个人，或成双结对寻找着晚餐。我看着一个长相娇美的女孩从我的桌子边走过去，看着她走到了街上，然后逐渐失去踪迹。我又接着看另外一个，然后看到先前的那个女孩又回来了，她又一次走过去，看到了我，走过来坐在我的桌边。侍者过来了。

“哦，喝点儿什么?”我问她。

“珀诺。”

“这酒可不适合小女孩喝。”

“Dites garcon, un pemod. ① 你才是小女孩。”

“我也要一杯珀诺。”

“什么情况，想找点儿乐子?”她问我。

“没错，你呢?”

“不知道，在这个城市你永远也不知道将发生什么。”

“你不喜欢巴黎?”

“不喜欢。”

“那你怎么不去别的地方?”

“别的地方不也是这样吗?”

① 法语，意为“侍者，来一杯珀诺”。

“好吧，你兴致真好。”

“真好？胡扯吧！”

珀诺是一种绿色的仿苦艾酒。你要是给它兑点水，就变成乳白色了。味道像是甘草，很提神，但能很快把人醉倒。我们坐下来喝着珀诺酒，那个女孩看起来心情不太好。

“好啦，”我说，“你要请我吃晚餐吗？”

她咧嘴微笑了一下，于是我明白了她有意绷着脸不笑的原因——她嘴巴闭着的时候很好看。我结了账，我们一起出门到了街上。我叫来一辆马车，车夫在人行道旁停下了。我们坐在这个缓慢而平稳的出租马车里，沿着歌剧院大街行驶。我们路过一家家已经打烊的商店，灯光从窗子里透出来，使得大街显得很宽敞，路面很空旷，一个人影都没有。马车从纽约《先驱报》分社前经过，只见很多钟表摆在橱窗里。

“他们要那么多钟表干什么？”她问。

“他们要展示美国所有地区的时间。”

“别逗了。”

我们从歌剧院大街拐到了金字塔路，穿过沃利路的车流，经过一个阴暗的大门，驶进了特威勒公园。她亲昵地偎依着我，我也搂住她，她抬起头等着我吻她。她伸手抚摸我，但我把她的手推开。

“不要这样。”

“为什么，难道你有病？”

“嗯。”

“每个人都有病，我也有。”

我们出了特威勒公园来到了明亮的大街，跨过塞纳河，然后拐上教皇路。

“你不该喝珀诺，如果你有病的话！”

“那你也不该喝。”

“我喝不喝没什么区别。对女人来说无所谓。”

“你叫什么?”

“乔其艾特，你呢?”

“雅各布。”

“这是个弗兰德人的名字。”

“美国人也用。”

“你不是弗兰德人?”

“不，我是美国人。”

“太好了，我不喜欢弗兰德人。”

这时，我们已经到了餐厅。我让马车夫停下。我们走下马车，但是乔其艾特不喜欢这家餐厅的外观。

“这家餐厅不好。”她说。

“对。”我说，“或许你更喜欢福艾特的餐厅，要不我们接着坐马车去那里吧?”

我起初搭上她，只是出于一种朦胧的感觉，也许有人陪着一起吃饭总会好点。我已经很长时间没同别人一起吃饭了，我简直已经记不起那有多无聊。我们进了餐厅，路过账台，走进一个小单间。乔其艾特吃了点东西以后心情好了一些。

“这餐厅还不错，”她说，“虽然看上去一般，不过饭菜还行。”

“肯定比你在列日吃得好。”

“你说的是布鲁塞尔?”

我们又叫了瓶红酒，乔其艾特开了个玩笑。她又笑了，露出了一口烂牙。我们一起干杯。

“你人不错，”她说，“真遗憾你生病了。我们很能聊得来，不过你究竟怎么了?”

“我在战场上受了伤。”我说。

“哦，该死的战争。”

我们原本可能就这么聊下去，谈论那场战争，然后一致认为那事实上是一场对文明的灾难，也许那场战争原本可以不必发生。可我实在很烦。正在这时，隔壁单间里有人喊我：“巴恩斯！我说，巴恩斯！雅各布·巴恩斯！”

“有人在叫我。”我向她解释，然后走了出去。

原来是布拉多克斯，他正和科恩、弗朗西斯·克莱恩、布拉多克斯太太，还有几个我不认识的人围坐在一张大桌边。

“你会来参加舞会的，对吧？”布拉多克斯问我。

“什么舞会？”

“哎呀，就是跳舞啊。你不知道我们的舞会已经恢复了？”布拉多克斯太太插话进来。

“你一定要参加，杰克。我们都会去的。”弗朗西斯在桌子的另一头跟我说。她个子很高，还面带着微笑。

“当然，他会来的，”布拉多克斯说，“到这儿来，巴恩斯，我们一起喝杯咖啡吧！”

“好啊。”

“让你的朋友也过来吧。”布拉多克斯太太微笑着说。她来自加拿大，有着加拿大人一贯拥有的那种优雅的社交风度。

“多谢，我们一定来。”说完，我回到了小单间。

“你的朋友都是做什么的？”乔其艾特问。

“作家和艺术家。”

“塞纳河这边也都是这种人。”

“太多了。”

“我也这么认为。但是，他们当中有些人确实能挣很多钱。”

“哦，那当然。”

酒足饭饱之后，我说：“走吧，我们和他们一起去喝咖啡。”

乔其艾特把手提包打开，对着小镜子补了补脸上的妆，又用唇彩重新涂了涂嘴唇，然后扶了扶帽子。

“好了。”她说。

我们走进那间房间，里面坐满了人，布拉多克斯和另外几个男人都站了起来。

“请允许我介绍我的未婚妻，乔其艾特·勒布朗小姐。”我说。乔其艾特摆出和刚才一样的完美笑容，我们跟大家一一握手。

“你和那位女高音歌唱家乔其艾特·勒布朗是亲戚关系吗？”布拉多克斯太太问道。

“不是。”乔其艾特答道。

“可是你们俩有着相同的名字啊！”布拉多克斯很真诚地坚持着。

“不是的，”乔其艾特说，“我们一点儿关系都没有。我的名字是赫本。”

“但刚刚巴恩斯先生说你是乔其艾特·勒布朗小姐。”布拉多克斯太太仍然坚持着，激动地说着法语，虽然她经常不知道自己到底是在说什么。

“他是个傻子。”乔其艾特说。

“哦，这么说他是在开玩笑了。”布拉多克斯太太道。

“没错，”乔其艾特说，“逗大家开开心。”

“亨利，你刚刚听到了吗？”布拉多克斯太太朝桌子那头的布拉多克斯喊道，“巴恩斯介绍他的未婚妻时，说她叫乔其艾特·勒布朗，实际上她姓赫本。”

“当然了，亲爱的。她是赫本小姐，我早就认识她了。”

“哦，赫本小姐。”弗朗西斯·克莱思叫道。她的法语说得很流利，但她不像布拉多克斯太太仗着自己一口地道的法语就故意表现，得意扬扬。“你在巴黎待了很长时间了吗？你喜欢这里吗？你喜欢巴黎，是不是？”

“她是谁？”乔其艾特转过身问我，“我必须跟她讲话吗？”

她又转向弗朗西斯，只见弗朗西斯微笑着坐着，交叉着手指，伸长了脖子，噘起嘴巴来正准备继续交谈。

“不，我不喜欢巴黎。这里又奢侈又脏。”

“真的吗？我倒觉得巴黎非常干净，在欧洲应该算是最干净的城市之一了。”

“我觉得它很脏。”

“那挺奇怪的！不过也许你在巴黎待的时间比较短。”

“我在这儿待的时间已经够长了。”

“可是这里的人都很好，必须得承认这一点。”

乔其艾特扭头对我说：“你有一帮好朋友。”

弗朗西斯有点儿醉了，却还想继续说下去。不过咖啡端了上来，还有利久酒。我们喝完后一起走出餐厅，前往布拉多克斯的跳舞俱乐部。

那家跳舞俱乐部是设在圣日内维埃夫山路上的一个大众舞厅。

每周有五个晚上，先贤祠区的劳动人民都会来这里跳舞。其中一天晚上他们会去跳舞俱乐部。周一晚上俱乐部不开放。我们到的时候里面空荡荡的，只有一个警察坐在门口，老板娘和老板坐在白铁酒吧柜台后面。我们进门后，老板的女儿从楼上走下来。屋子里摆了几条长凳，中间还有一整排桌子，屋子的对面才是舞池。

“希望大家能早点儿来。”布拉多克斯说。老板的女儿朝我们走来，问我们想喝点儿什么。老板坐在舞池边上的一个高脚凳上，开始拉手风琴。他一只脚踝上还系了串铃铛，一边演奏一边用脚打拍子。大家都开始跳舞。屋里很热，以至于我们走出舞池的时候都大汗淋漓。

“天哪，”乔其艾特说，“这里简直是个蒸笼!”

“是啊，太热了。”

“热死了，老天啊!”

“摘下你的帽子。”

“好主意。”

有人邀请乔其艾特跳舞，于是我走到吧台旁。屋里确实很热，在这个炎热的夜晚，手风琴的音乐声听起来令人愉快。我站在门口，喝着啤酒，呼吸着从街道上吹来的习习凉风。

两辆出租车从坡很陡的街上开了下来，都在舞厅门口停下来。车子上下来了一帮年轻人，有的穿运动装，有的穿长袖衬衫。借着屋子里透出的光，我能看清楚他们的手和刚刚洗过的髦发。站在门口的那个警察冲我笑了笑。他们走了进来，我在灯光的照射下看到他们雪白的手、卷曲的头发和雪白的脸。他们又扮鬼脸，又打手势，七嘴八舌地说着话。布蕾特跟他们在一起。她看起来很可爱，并且似乎和他们相处得很愉快。

其中有一个人看到了乔其艾特，然后说：“我保证！这里有一个货真价实的婊子！我要跟她跳个舞！莱特，看我的!”

那个叫莱特的褐色皮肤的高个子说：“可别太冒失了!”

那个金色髦发的回答说：“不用担心，亲爱的。”布蕾特就跟这种人混在一起。

我非常生气。不知道为什么这种人总是让我觉得很生气，我知道他们只是为了娱乐，我应该忍着点儿，但是总忍不住想把他们中的哪一个揍一顿，哪个都行，彻底粉碎他们那种自我感觉良好、故作镇定的做派。但我没有，我出了门，沿着大街往前走，在隔壁一家舞厅的吧台上喝了杯啤酒。那里的啤酒不怎么样，我又灌了杯科涅克白兰地，想把嘴里的啤酒味冲掉，结果这杯酒更加糟糕。等我回到原来的酒吧，舞池里已经人山人海，乔其艾特正跟那个高个子的金发年轻人跳舞，那个年轻人跳得很嬉皮士，扭来扭去，歪着脑袋，眼睛还往上翻着。音乐刚停下来，那群人中的另外一个年轻人又立刻请她跳舞。他们拿她当自己人了，我知道他们全部会跟她跳个遍的。他们就是这种人。

我坐在桌子旁，科恩也坐在那里。弗朗西斯正在跳舞，布拉多克斯带了一个叫罗伯特·普伦蒂斯的人过来，介绍给我们认识。他从纽约过来，中途经过芝加哥，是个新锐作家。他讲话带点儿英国口音，我问他要不要喝一杯。

“非常感谢，我刚喝一杯了。”他说。

“那就再喝一杯啊!”

“那好吧，谢谢了。”

我们把老板的女儿叫过来，每人点了一杯掺水的白兰地。

“他们跟我说你来自堪萨斯市。”他说。

“没错。”

“你觉得巴黎好玩儿吗?”

“嗯，挺好玩儿的。”

“真的?”

我微醉了。虽然没有真醉，但是已经有点儿胡言乱语了。

“以上帝的名义，”我说，“好玩儿，你不觉得?”

“天哪，你生气的样子太迷人了!”他说，“真希望我也有这种特质。”

我站起来走向舞池，布拉多克斯夫人跟着我走过来。“不要跟罗伯特生气，”她说，“你知道他还只是个孩子。”

“我没生气。”我说，“我只是感觉我有可能要吐了。”

“你未婚妻正玩儿得开心呢，”布拉多克斯夫人朝外看着舞池，乔其艾特正在和那个褐色皮肤的高个子莱特相拥着跳舞。

“可不是嘛！”我说。

“相当开心！”她说。

科恩站起来，“杰克，跟我来，”他说，“我们来喝一杯。”我们走到吧台。“你怎么回事儿？看起来好像因为某些事儿而要崩溃了。”他说。

“没有，这整场表演让我恶心而已。”

布蕾特走过来。

“嘿，小伙子们！”

“你好，布蕾特，”我说，“你怎么还没醉？”

“我再也不会醉了，给我一杯白兰地苏打水。”

她站在那里，手里拿着酒杯，我看见罗伯特·科恩正盯着她看。他看她的样子，就好像是亚伯拉罕看见了上帝赐给他土地时的神情。当然，科恩更年轻，他的目光也饱含着理所当然的热情和期待。

布蕾特非常漂亮。她穿了一件套头的紧身运动毛衣和一件花呢裙子，她的头发像男孩子那样梳到了后面，她的曲线就像赛艇的船身一样凹凸有致。而她穿着那件紧身毛衫，使她的好身材一览无余。

“你身边的那些人挺不错的，布蕾特。”我说。

“他们很可爱，是不是？你也是啊，亲爱的。你又是怎么找到你的女伴的？”

“在波利咖啡馆认识的。”

“那你今晚过得很开心喽？”

“嗯，千金难买今宵。”

布蕾特笑了，“杰克，你这样可不对，这话可是看不起我们剩下的所有人。你看看那边的弗朗西斯和乔。”

这句话是对科恩说的。

“这是在执行贸易管制啊。”布蕾特说着又大笑起来。

“你现在还真是特别清醒!”我对她说。

“没错!难道不是吗?你如果跟那群人在一起，喝这么多一定也没问题。”

音乐响起，罗伯特·科恩说:“你愿意和我一起跳这支舞吗,布蕾特小姐?”

布蕾特朝科恩笑笑说:“我已答应雅各布跟他跳这支舞了。”她大笑起来:“杰克，你这名还真是圣经味十足啊!”

“那和我跳下一支怎么样呢?”科恩问。

“我们快走了，”她说，“我们要去蒙马特[①]，那儿还有个约会。”

和布蕾特跳舞的时候，我从她的肩膀上面望过去，发现科恩依然站在吧台旁边目不转睛地盯着布蕾特。

“你又俘获了一个新的男人。”我对她说。

“不要跟我说这个。可怜的年轻人。我也是刚刚才发觉。”

“好吧，”我说，“我以为你喜欢多多益善。”

“别胡说。”

“你确实喜欢这样啊!”

“好吧，就算我喜欢这样又怎么了?”

“没什么。”我说。我们踩着手风琴的节奏跳着舞，有人在弹班卓琴。虽然屋子里热得很，但是我很开心。我们和乔其艾特擦身而过的时候，她正和那群人里面的另外一个跳舞。

“你带她来打算做什么?”

“不知道，反正我带上她了。”

---

① 蒙马特为巴黎北部的一个城区，在塞纳河的右岸。

“你变得浪漫了。”

“不，只是无聊而已。”

“现在呢?”

“当然一点儿也不无聊啦!”

“我们出去吧，她现在被照顾得很好啊!”

“你想走了?”

“我如果不想走为什么要问你?”

我们走出舞池，我从墙上的挂钩上取下来外套穿上。布蕾特站在吧台旁边等我，科恩和她说着话。我在吧台停下，向老板要了个信封。我放了五十法郎在里面，然后封好，把它交给了老板娘。

“如果和我一起来的女孩找我的话，可以帮我把这个交给她。”我说，“如果她跟那些绅士中的某一位离开了的话，就麻烦您暂时帮我代为保管吧。”

“没问题，先生。”老板娘说，“你现在就要走了，这么早?”

“对。”我说。

我们出了门。科恩还在和布蕾特说话，她跟科恩道了晚安，然后挽起了我的胳膊。

“晚安，科恩。”我说。我们走到街道上开始找出租车。

“你将要损失五十法郎了。”布蕾特说。

“哦，是的。”

“这儿没有出租车。”

“我们可以先走到先贤祠去拦一辆出租车。”

“算了吧，我们还是去隔壁酒吧喝一杯，让他们帮我们叫一辆。”

“你不愿意走到马路对面去吗？就这么几步路而已。”

“能不走就不走。”

我们去了隔壁的酒吧，找了个侍者去给我们叫出租车。

“现在好了。”我说，“我们终于甩掉了他们。”

我们倚着高高的白铁酒吧柜台，默默相视。侍者过来说出租车已经在外面等候了。布蕾特用力握住我的手，我给了侍者一法郎，然后我们就一起出去了。

“让司机开去哪里？”我问。

“哦，告诉他随便兜兜风。”

我告诉司机去蒙特苏里公园，然后上了车并带上车门。布蕾特合上双眼偎在角落里。我坐在她旁边。出租车颤了一下后开始向前行进。

“哎，亲爱的，我一直是如此的悲惨。”布蕾特说。

第四章

出租车经过灯火通明的广场上了山丘，之后又开进一片黑暗里，但依然在爬坡，然后开到了圣埃蒂内多蒙教堂后面的一条漆黑的大街上，沿着沥青公路平稳前进，路边有很多树木，可以看到康特雷斯卡普广场上停泊着的公车，之后车子转到了穆孚塔路的鹅卵石路上。道路两边有很多闪着霓虹灯的酒吧和夜店。原本我们分开坐在出租车里，但是车子在老路上一直颠簸，使得最后我们靠在了一起。布蕾特把帽子摘了，转过头来。借着商店的光，我看见她的脸，随后就又是一片漆黑，后来我们到了高柏林大街，我又可以清楚地看到她的面容。这条街的路面被挖开了，借着电石灯的光，工人们在电车轨道上施工。布蕾特的脸很白，灯光照出她脖颈优美的线条。大街又黑了下来，我吻了她，我们的唇紧紧贴在一起，后来她把脸转到另外一边去，紧紧靠在角落里，尽可能地远离我。她低下了头。

“不要碰我，”她说，“求你不要碰我。”

“为什么？”

“我无法忍受。”

“啊，布蕾特。”

“不要这样，你要知道，我无法忍受了，这就足够了。啊，亲爱的，求你一定要理解我。”

“你难道不爱我？”

“爱你？你一碰我，我整个人都软了。”

“难道就没有什么办法了吗？”

她坐直了。我用一只胳膊搂着她，她依偎在我身上，我们都很冷静。她带着她一贯的神情看着我的眼睛，那种眼神让人禁不住想知道她是否真的用自己的眼睛在看你。它们会一直看，一直看，直到世界上所有的眼睛都停止凝视。仿佛她会用那样的眼神去看世界上所有的东西，可事实上，这世界上有太多让她觉得害怕的东西。

“那我们到此为止了。”我说。

“谁知道呢，”她说，“我不想再经历刚才那种感觉了。”

“我们最好和对方保持距离。”

“但是，亲爱的，我必须要见到你。事实并不完全像你想象的那样。”

“不，我们不得不这样。”

“是我的错，但是我们正在为自己做的事情付出代价啊!”

她一直盯着我的眼睛。她的眼睛有不同的深度，有时候真的很浅。比如现在，我就能一直望到她的内心深处。

“每当我想到自己已经把很多人拖进我的痛苦里了，就觉得现在的自己正在为之付出代价。”

“别说傻话，”我说，“再说了，我认为今天发生的一切对我来说都很有意思。我之前从未料到这一点。”

“哦，我会把你忘了的!”

“行了，我们就此打住吧!”

“我自己也嘲笑过自己一次。”她没再看我，“我弟弟的一个朋友从蒙斯[①]的战场回家，在他看来战争就是个玩笑。小孩子们什么都不懂，是吧?”

“不知道，”我说，“大家都什么也不知道。”

---

① 蒙斯是比利时西南部的一座古城，历来为兵家必争之地。

我成功地结束了这个话题。有那么一两次，我可能曾从各个方面考虑过这个问题，也包括某些创伤或是残疾会成为大家戏谑的对象的角度，尽管这对于那个承担创伤或残疾的人来说，仍然是非常严肃和难过的。

“真有趣，”我说，“非常有趣。还有，陷入爱河也是一件很有趣的事情。”

“你这样想?”她的眼神又变浅了。

“我不是说那种乐趣，而是一种很享受的感觉。”

“不是的，可我认为那种感觉就如同地狱一般。”她说。

“能看见彼此就很好。”

“我不觉得。”

“你不想见到我吗?”

“可我不得不这样。”

我们像两个陌生人一样坐着。右边是蒙特苏里公园。那家餐厅里有一个鳟鱼池，在那里你可以看到闭了馆的漆黑的公园。司机歪着头四处看了看。

“你想去哪儿?”我问她。

布蕾特转头朝外面看了看。

“哦，去雅士咖啡厅吧。”

“雅士咖啡厅，”我告诉司机，“蒙帕纳斯大街。”我们沿着大街一直开，绕开了贝尔福狮子像，那狮子就像是一直守卫着蒙特劳奇区的电车。布蕾特眼睛直直地看着前方。车子行驶在拉斯帕埃大街上，直到望得见蒙帕纳斯大街上的灯光才停下。

布蕾特说：“如果我请你做些什么事的话，你会介意吗?”

“别傻了，当然不介意。”

“在我们到达之前再吻我 次。”

出租车停下的时候，我走下车付了钱。布蕾特一边戴上帽子一边走了下来。她停下来，把手递给了我。她的手抖得很厉害。我说："我看起来会不会有些狼狈?"她拉下她的男式毡帽，走进咖啡馆。参加舞会的那伙人几乎都在里面。吧台边、桌子上满是跳舞的人群。

"嘿，小伙子们。"布蕾特说，"我要喝一杯。"

"啊，布蕾特！布蕾特!"一个小个子的希腊人喊她。他是一位肖像画家，自称公爵，别人都称呼他齐齐。他挤到布蕾特身边说："我有好玩儿的事情要跟你说!"

"嘿，齐齐。"布蕾特说。

"我想介绍我的一个朋友给你认识。"齐齐说着，一个肥胖的男人走了过来。

"米皮波普洛斯伯爵，过来认识一下我的朋友，阿什利夫人。"

"您好!"布蕾特说。

"嘿，夫人，您在巴黎玩得开心吗?"米皮波普洛斯伯爵问布蕾特，他的表链上系着一颗麋鹿的牙齿。

"相当不错。"布蕾特回答。

"巴黎是个很好的地方，"伯爵说，"但是我觉得在伦敦的话你肯定会过得更好。"

"没错，"布蕾特说，"在伦敦有很多好玩的地方。"

布拉多克斯坐在另一张桌子边上，他叫我。"巴恩斯，"他说，"过来喝一杯。你带来的女孩儿刚才在这大吵大闹!"

"怎么了?"

"老板娘的女儿说了一些话，吵得沸沸扬扬的，她还挺厉害的。你知道吗，她连自己的黄卡都拿出来了，还让老板娘的女儿也拿出来。跟赶集一样热闹。"

"最后怎么样了?"

"哦，有人带她回家了。很漂亮的一个女孩儿，行话说得也很漂亮。快过来坐下喝一杯吧。”

“不了。”我说，“我必须走了。你见到科恩了吗？”

“他和弗朗西斯一起走了。”布拉多克斯夫人插话说。

“太可怜了，他看起来心情很不好。”布拉多克斯说。

“他确实心情不好。”布拉多克斯夫人说。

“我必须得走了。”我说，“晚安。”

我跟站在吧台边的布蕾特告别。伯爵正在买香槟。“先生，你要不要跟我们一起喝杯酒？”他问道。

“不了，非常感谢您，但我必须要走了。”

“真的要走了？”布蕾特问我。

“是的。”我说，“我有点儿头痛。”

“那明天见！”

“到我办公室吧。”

“可能不行。”

“那好吧，那你说在哪儿碰面？”

“在哪儿见面都行，大约五点钟。”

“那就约在对岸吧！”

“没问题。我五点钟会在克里龙饭店。”

“一定要准时哦。”我说道。

“不要担心，”布蕾特说，“我从未让你失望过，不是吗？”

“你收到迈克尔的来信了？”

“今天收到的。”

“晚安，先生。”伯爵说道。

我走到路边，沿着马路走到了圣米歇尔大街，路过门前摆满了桌子的洛东达咖啡馆，那里依然人声鼎沸。在马路对面，多姆咖啡馆的桌子一直摆到人行道旁。桌子边上有个人朝我挥手，我也没认真去看是谁，继续朝前走。我想早点儿回家。蒙帕纳斯大街上冷冷清清。拉维涅餐馆大门紧闭，有人正在把丁香园咖啡馆外面的桌子摞起来。我经过刚吐出新叶的栗树丛，丛中耸立着奈伊[①]的雕像，雕像笼罩在弧光灯的灯光里。一个已经枯萎的紫色花环放在基座旁边。我停下脚步阅读基座上的铭文：波拿巴主义者组织敬献，某年某月某日。日期我已经看不太清楚了。这座雕像看起来威武神勇，霸气十足。这位元帅脚踏长筒靴，在七叶树绿油油的新叶当中挥舞着宝剑。我的公寓就在街道对面，沿着圣米歇尔大街走，很快就到。

门房里还亮着一盏灯。我敲了敲门，女看门人把我的邮件递给我。我向她道了晚安之后走上楼去。有两封信和一些报纸。我在餐厅的煤气灯下看了一下。信是从美国寄过来的，一封是银行账目表，我的账户还有2432.6美元的结余。我拿出支票本，扣除这个月一号以来开出的四张支票的钱数，还剩1832.6美元。我把这个数额记在账目表背面。另一封是一张婚礼喜帖。阿洛伊修斯·柯比夫妻宣布他们的女儿凯瑟琳要结婚了。我既不认识他们的女儿，也不认识准新郎。他们肯定是把喜帖发给了小镇上的所有人。这名字很有趣。如果我认识一个叫阿洛伊修斯的人，我肯定不会忘记。这是个典型的天主教徒名字，喜帖上还印了个十字架的图案。就像齐齐一样，顶着一个希腊公爵的头衔，那位搞笑的伯爵也是如此。布蕾特也有个名号，阿什利夫人。见鬼去吧！叫阿什利夫人，你见鬼去吧！

我关掉餐厅里的煤气灯，打开床头灯，打开大窗户。窗子离床很远。我开着窗，脱了衣服坐在床边。外面有一辆夜行列车，沿着有轨电车的轨道正往市场运蔬菜。

当你在夜间失眠的时候，会觉得这声音很吵闹。我看着床边

① 奈伊（1769—1815），全名米歇尔·奈伊，法国大革命和拿破仑战争期间的军事指挥官，拿破仑一世手下18名法国元帅之一，于1804年获法国元帅权杖。

大衣橱镜子里光溜溜的自己。我猜，这个房间的装饰风格是典型实用的法式风格。哪里受伤不好啊，偏偏伤到那里，想想可真好笑。我换上睡衣钻进被窝。我拿了那两份“斗牛报”，拆掉包装，一份是橙色的，另一份是黄色的。这两份报纸的新闻应该都差不多，所以不管先读哪一份，另一份都会显得没意思。“牛栏报”比另一份办得稍好一些，所以我先读它。我从头到尾看了个遍，连读者来信栏和谜语笑话都没落下。然后我把灯熄了，这样也许我就能睡得着了。

我的大脑开始运转，旧伤疤又开始勾起我的思绪。是的，在意大利那个可笑的前线上受伤并溃逃是挺逊的。意大利医院里我们这群人几乎可以组成一个小团体了。意大利这个团体有个很搞笑的名字。我也不知道当时那些意大利人后来怎么样了。在米兰总医院的庞蒂[①]病房，隔壁那幢楼是宗达[②]病房。那里有一尊庞蒂的雕像，也或许是宗达的。那就是上校联络官来看我的地方。真是可笑，这大概算得上是最可笑的事儿了。当时我全身都绑着绷带，不过有人已经把我负伤的情况都告诉了他，于是他就做了一番精彩的演说：“你，一个外国人，一个英国人（他们把所有外国人都叫作英国人），做出了比牺牲生命还重大的贡献。”讲得多煽情啊！我都想把那些话裱起来挂在办公室的墙上。他没有笑，我猜他肯定是在为我着想。“真是坏运气，真是倒霉！”

过去我从未意识到这一点。我尽量尝试把它看得淡薄一些，只求不要麻烦别人。如果我被他们送到英国后没有遇到布蕾特，我可能一点儿烦恼都没有。我认为，她只想得到她不可能得到的东西。算了，人都是如此。让这些人都见鬼去吧！天主教倒是很会处理这种事。不管怎么说，都是个不错的建议。算了，别再去

① 庞蒂（1891—1979），意大利伟大的现代主义设计大师。
② 宗达（1898—1976），法国艺术建筑设计大师。

想它了。这个主意不错。今后，就忍着点儿吧。

我睡不着，满脑子胡思乱想。然后我就控制不住地开始想布蕾特，其余的一切都被抛之脑后了。在想念布蕾特后，满脑子的胡思乱想都没了，思绪像是平稳的波浪，缓缓飘向前。突然，我开始哭泣。过了一会儿，感觉好了一些。我躺在床上，静静地听着电车从窗外驶过，它的声音很沉闷，顺着街道慢慢走远，随后沉入了梦境。

醒来的时候，门外有人在吵闹。我听了听，很耳熟的声音。我披上晨衣，走到门口。门房太太在楼下嚷嚷着，听起来她很生气。我似乎听到她提了我的名字，于是就朝楼下喊了一声。

"巴恩斯先生，是您吗?"门房太太喊道。

"是的，是我。"

"这里有个莫名其妙的女人把整条街的人都吵醒了。大半夜的，太不像话了！她说她一定要见你，我已经跟她说过你在睡觉了。"

这时，我听到了布蕾特的声音。半梦半醒间，我还以为是乔其艾特呢。可是我一直觉得纳闷，她不可能知道我的住址。

"请您让她上来好吗?"

布蕾特走上楼。看得出来，她醉得很厉害。"真够蠢的，"她说，"居然大吵了一架。我说，你还没睡，是不是?"

"你认为我在干吗?"

"不知道。几点了?"

我看了看表，四点半。"我都不知道是什么时候了，"布蕾特说，"我说，我可以坐下吗?别赌气了，亲爱的。是伯爵把我送到这儿来的，他刚走。"

"他人怎么样?"我拿出白兰地、苏打水和杯子。

"我只喝一丁点儿，"布蕾特说，"别让我喝醉了。你说伯爵?

哦，还不错。我们是同类人。”

“他真的是伯爵？”

“干杯！我觉得是。不管怎么说，他真不愧是位伯爵，真圆滑。”

“啊！也不知都是从哪儿学的。他在美国拥有很多家连锁糖果店。”

她抿了一小口酒。

“他把它们叫连锁店，反正是类似的称呼。把一家家店串起来。他给我讲了一点儿，太有意思了。不过，他确实是我们这种人。哦，真的。不会错的，这种人很容易辨别出来的。”

她又抿了一口酒。

“我为什么替他宣传这个呢？你不介意的，对吧？他在资助齐齐呢，你知道。”

“齐齐？他也真是个公爵？”

“我认为是的。是希腊的公爵，你知道。他是一个三流画家。说实话，那位伯爵更让我喜欢。”

“你跟他去了哪儿？”

“哦，到处走走。他刚刚才把我送到这里。他要我跟他到比亚里茨去，报酬是一万美元。那能折合多少英镑？”

“差不多两千。”

“一大笔钱嘛。我跟他说我不能那么做。他倒挺大度，没有生气。我对他说，我在比亚里茨的熟人太多了。”

布蕾特大笑起来。

“我说，你这人喝酒可真慢。”她说。

我喝了一大口白兰地苏打，刚才一直只是呷几小口。

“这才对嘛，真有意思。”布蕾特说，“后来他又想让我跟他去戛纳，我又跟他说戛纳我也有很多熟人。蒙特卡洛还是一样。我告诉他我在任何一个地方都有很多熟人。我说的也是实话。然后我就叫他把我送这儿来了。"

她看着我，把手臂放在桌子上，用手举起酒杯。"别这么看着我，"她说，"我跟他说我在和你谈恋爱，这也是实话。别这么看着我。他真的很大度。他还想明天晚上开车接我们俩出去吃饭呢。你愿意去吗？"

"为什么不呢？"

"我现在该走了。"

"为什么？"

"我只是想过来看看你。真是个傻念头。你要不要穿上衣服一起下去？他的车就停在楼下。"

"那位伯爵？"

"他，还有一位穿制服的司机。他还要带我四处兜兜风，然后到 Bois[①] 去吃早点。有很多柴利饭店的酒食，还有穆默酒[②]。动心了吧？"

"我早上还得工作，"我说，"现如今我们差距太大，我跟不上你们了，和你们玩不到一块儿去。"

"说什么傻话。"

"我不能奉陪了。"

"好吧。那给他捎句话吧？"

"随你怎么说，怎么都行。"

"再见，亲爱的。"

"别那么伤感了。"

"都是因为你。"

我们吻别，布蕾特哆嗦了一下。"我得走了，"她说，"再见，亲爱的。"

---

① 法语：森林。此处指巴黎西郊的布洛涅森林。
② 一种德国产的烈性啤酒。

“你不一定非得走啊！”

“我必须得走。”

我们在楼梯上再次接吻。我叫门房太太开门，听到她在门后头嘟囔。我上楼回到房间，从窗口望着布蕾特朝弧光灯下走去，马路边上停着一辆大轿车。她上了车，车子开动了。我转过身，看着桌子上放着的那两个杯子，一个是空的，另一个还有半杯白兰地苏打。我把它们拿到厨房，倒掉那半杯酒，关掉餐厅的煤气灯，坐在床边，把拖鞋踢掉上了床。这就是布蕾特，让我想为之大哭一场的女人。我又想起她走在大街上和迈进汽车里的样子，就像最后一眼看到的情形，接下来的一小段时间里我又觉得难过极了。在白天，我可以无视所有的事情，但是到了晚上，就不一样了。

第五章

第二天清晨，天气很好。我沿着圣米歇尔大街走到索弗洛路去喝咖啡，吃奶油小圆蛋糕。卢森堡公园里的七叶树开花了，空气中弥漫着一种清晨特有的香味。我一边喝咖啡，一边看报纸，接着抽了根烟。卖花姑娘从市场上买进了供一天出售的花，现在正在街边布置。学生人来人往，有的要去法学院，有的去巴黎大学的文理学院。大街上挤满了电车和上班的人们。我登上一辆去玛德琳教堂的公共汽车，站在车后的台子上。我又从玛德琳街沿着嘉布遣会修士大街走到歌剧院，然后就快到我的办公室了。我路上遇到一个售卖跳蛙和拳击手玩具的小贩，他的女助手正在操纵控制拳击手的牵线。我特意绕开，免得撞到线上。那个女孩站在那里，两只手捏着线头，眼睛却盯着别的地方。小贩正在劝说两个游客买他的玩具，另外还有三个游客也停下观看。我走在一个在人行道上拿着涂料辊正印“CINZANO①”字样人的后边。大街上全都是匆匆忙忙赶去上班的行人。即将开始工作是一件让人愉悦的事情。我穿过大街，进了我的办公室。

我在办公室，读了几家法语晨报，又抽了几根烟，然后坐在打字机前一直工作到中午。十一点钟，我打车去了凯道赛②，进去后和十多位记者坐在一起。听一位外交部发言人讲话并回答问题。这次是个年轻的“新法兰西评论”派外交官，戴着一副角质框眼镜。大约听了半个钟头。参议院议长正在里昂发表演讲，或

① 一种意大利产的味美思酒的商标。

② 法国外交部所在地。

者说准确一点儿，他正在回巴黎的路上。有些人的提问纯粹是想说给他们自己听的，还有几位通讯社的记者也提问了，看上去他们倒是真想了解真相。但是没什么新闻发生。回来的时候，我跟伍尔西和克鲁姆搭了同一辆出租车。

“你晚上都干吗呢，杰克?”克鲁姆说，“我从没见你出来玩过。”

“哦，我一般在拉丁区转悠。”

“什么时候我也去玩玩。丁戈咖啡馆，那是个很棒的地方，是吧?”

“没错。那家很好，新开张的雅士咖啡馆也不错。”

“我很早之前就想去，”克鲁姆说，“但是我还有妻子和孩子，这你也是知道的。”

“还打网球吗?”伍尔西问。

“唉，不打，”克鲁姆说，“今年都还没打过呢。我只是想溜出来玩玩，但是星期天总在下雨，球场上又那么多人。”

“英国人都是周六休息。”伍尔西说。

“这帮幸运的家伙。”克鲁姆说，“好吧，我跟你讲，有朝一日，我再也不给通讯社卖命了。到时候我就有大把的时间去乡间旅行。”

“是该这样。你应该住到乡下去，再买辆小轿车。”

“我正筹划着明年买辆车呢。”

我敲了敲车窗，让司机把车停下。“我到了，”我说，“上去喝一杯吧!”

“不用了，老朋友。”克鲁姆说。伍尔西也摇了摇头，“我得回去把他上午讲的东西写成稿发出去。”

我把一枚两法郎的硬币塞到克鲁姆手里。

“你干吗，杰克?”他说，“这次算我送你回来的。”

“反正报社可以报销。”

“不用，我来付就好。”

我摆手说再见。克鲁姆伸出头说："周三午餐时见。"

"就这么定了。"

我乘电梯回到办公室。罗伯特·科恩正在等我。"嘿，杰克，"他说，"一起出去吃午饭吧？"

"好呀，我先看一下有没有新消息。"

"我们去哪儿吃？"

"哪儿都可以。"

我检查了一下办公桌，"你想去哪儿吃？"

"'韦策尔'怎么样？他们的冷盘小吃很好吃。"

我们到餐厅点了冷盘小吃和啤酒。酒务总管拿来了啤酒，高高的啤酒杯外头结满了水珠，很凉。冷盘足有十几碟不同的小吃。

"昨晚玩得开心吗？"我问。

"不怎么样。"

"你的书写得怎么样了？"

"很烂，我都不知道第二部该怎么写下去。"

"谁都会碰到这种情况的。"

"嗯，这我也知道。尽管如此我还是有些担忧。"

"还想着去南美吗？"

"想。"

"好吧，那你为什么还不动身？"

"因为弗朗西斯。"

"那就带她一起啊！"我说。

"她不愿意去，那不是她喜欢做的事情。她喜欢人多热闹的地方。"

"告诉她见鬼去吧！"

"我不能那样，我对她还是要尽些义务的。"

他推开一碟黄瓜片，拿了碟腌青鱼。

“你对布蕾特·阿什利小姐了解多少，杰克？”

“应该叫她阿什利小姐，布蕾特是她的闺名。她很好，”我说，“她快要离婚了，准备嫁给迈克尔·坎贝尔。迈克尔现在在苏格兰。问这干什么？”

“她是一个非常有吸引力的女人！”

“是吗？”

“她身上有种特别的气质和优雅的风度，她一定既高贵又正直。”

“她确实很不错。”

“我不知道该如何形容她那种气质，”科恩说，“我想大概是因为她受过良好的教育吧！”

“听你的口气你似乎很喜欢她嘛。”

“我确实很喜欢她。毋庸置疑我已经爱上她了。”

“她嗜酒，”我说，“她爱的是迈克尔·坎贝尔，而且她就要嫁给他了。这个迈克尔总有一天会发大财的。”

“我不相信她会嫁给他。”

“为什么不相信？”

“不知道，就是不信。你和她认识很长时间了吗？”

“是的，”我说，“我在大战中受伤住院的时候，她是英国志愿救护队的护士。”

“她当时一定还是个小姑娘吧。”

“她现在三十四岁了。”

“她什么时候和阿什利结婚的？”

“大战期间。那时她心爱的人刚好因为痢疾死了。”

“你说话够损的。”

“抱歉，我不是故意的。我只是想告诉你事实。”

“我不信她会和一个她根本不爱的人结婚。”

“好吧，”我说，“事实上，她已经这么干过两回了。”

“我就是不信。”

“那好，”我说，“既然你不喜欢这样的回答，那么就别问我这些愚蠢的问题了。”

“我没有问你这个。”

“你刚刚明明向我打听布蕾特·阿什利的情况。”

“可我并没叫你侮辱她。”

“嚯，你见鬼去吧！”

他脸色煞白，一下子站了起来，气急败坏地站在摆满小碟开胃菜的桌子后头。

“坐下来，”我说，“别跟个傻子似的。”

“你必须收回你刚刚说的话。”

“哦，别耍脾气了，在补习学校时你就这样。”

“收回你的话！”

“好好，我收回。我对布蕾特·阿什利一无所知，行了吧？”

“不，不是这个。是叫我见鬼去的那话。”

“哦，那就别去见鬼了，”我说，“就在这儿待着。我们刚要开始吃饭了。”

科恩重新露出笑容，坐了下来。他看起来是很乐意坐下的，不然他又能怎么样呢。“你竟然说了这么无礼的话，杰克。”

“我很抱歉。我说的话很难听，但我心里可绝对不那样想。”

“我知道，”科恩说，“你真算得上是我最好的朋友了，杰克。”

上帝保佑你吧，我心里暗想。“忘记我刚说的吧，”我大声道，“对不起！”

“没关系，没什么。我生气也就一会儿。”

“那就好，我们再叫点儿其他东西来吃吧。”

吃完午饭，我们溜达到和平咖啡馆喝咖啡。我感觉得到科恩还想再聊聊布蕾特，但我故意把话题岔开了。我们随便聊了一些事情之后，我就告辞回办公室了。

第六章

五点钟，我到克里龙饭店等候布蕾特。在等她的时间里我坐下来写了好几封信。我希望克里龙饭店的专用信笺能让这写得不怎么样的信看起来更好些。大约五点四十五分，她还是没有来，我下楼到了吧台前，跟酒保乔治一起喝了杯鸡尾酒。布蕾特也没来过酒吧间，所以走之前我又上楼找了一圈，之后打车去了雅士咖啡馆。跨过塞纳河时，我看见一艘空驳船被拖曳着顺流而下，场面非常壮观。船快到桥洞时，船夫们伸出长橹控制船的方向。塞纳河看起来很美。在巴黎，过桥总让人感到心情愉快。

出租车绕过一座打着旗语姿势的雕像，那人是旗语的发明者。随后，车子拐到拉斯佩尔大街。我往后一靠，等着车子驶过这段路。行驶在拉斯佩尔大街上总让人感觉不太舒服，就像是行驶在巴黎—里昂公路上一样，让我觉得乏味无聊，直到过去以后才得以解脱。我想，旅途中这些让人感觉呆滞无趣的地方应该是由于某种观念的联想引起的。巴黎有的街道跟拉斯佩尔的大街一样丑陋。我丝毫不介意从这条街道上步行过去，但是我不能忍受乘车路过。或许我在什么地方曾看到过对这条街的描述。罗伯特·科恩也是因为这个原因才会这么不喜欢巴黎的。但不知道具体是哪本书让他有了这样的看法。也许是受门肯①的影响。门肯厌恶巴黎，并且影响着很多年轻人的好恶。

出租车停在了洛东达咖啡馆前。在塞纳河右岸，虽然你叫司

① 亨利·路易·门肯是美国作家及评论家，文笔犀利。

机把你送到蒙帕纳斯的哪家咖啡馆，他们总是会把你送到这儿。或许十年之后，取而代之的就是“多姆”了。反正“雅士”离这个地方也没几步路了。我走过“洛东达”那些让人不舒服的餐桌，来到“雅士”。酒吧间里有几个人，哈维·斯通独自坐在外边，看上去孤零零的。他面前有一摞小碟子，他需要刮刮脸了。

“坐下来，”哈维说，“我正找你呢。”

“怎么了？”

“没什么，就是找过你而已。”

“又去看赛马了？”

“没有。上周日之后就没去过。”

“收到过从美国来的信吗？”

“没有，音信全无。”

“发生什么事情了吗？”

“不知道。我联系不上他们，索性和他们分道扬镳了。”

他往前探了探身子，直直地看着我的眼睛。

“你想知道点情况吗，杰克？”

“想知道。”

“我已经五天没吃东西了。”

我迅速在脑子里回想了一下：三天前，哈维在“纽约”酒吧里掷扑克色子，赢了我两百法郎。

“怎么搞的？”

“没钱，没钱进账，”他顿了顿，“跟你说，杰克，这也奇怪了，我一没钱就只想一个人待着。我只想待在自己的房间里不动弹，就跟猫一样。”

我在自己的口袋搜寻了一番。

“一百法郎对你能有点儿帮助吧，哈维？”

“足够了。”

“走，我们吃点儿东西去。”

“不急，先喝些什么吧！”

“在喝酒之前，最好先吃点儿东西。”

“不用了。都这样了，吃不吃还有什么区别？”

我们一起喝了一杯。哈维又端起我面前的小碟子，摞到了他那一堆上。一个小碟子代表侍者上的一杯酒。这么说来，他已经喝了很多了。色子上刻有扑克牌中六张最大牌图形。

“你认识门肯吗，哈维？”

“认识呀。怎么了？”

“他人怎么样？”

“挺好的。他有时候说话很好玩。我上次和他一起吃饭时，我们谈起了霍芬海默。他说，‘问题就在于，他是一个伪君子。’这话说得挺对。”

“确实不错。”

“如今他也玩完了，”哈维继续道，“他几乎写完了他所有熟悉的一切，现如今他写的一切都是他不太了解的。”

“我想他应该不错，”我说，“但是我就是读不懂他写的东西。”

“唉，现在已经没有人再读他的作品了，”哈维说，“除了那帮在亚历山大·汉密尔顿学院念过书的家伙。”

“哦，”我说，“这也挺好。”

“那是当然，”哈维说。我们就这样坐在那儿沉思了一会儿。

“再来一杯葡萄酒吗？”

“好啊。”哈维道。

“科恩来了。”我说。罗伯特·科恩正穿过大街。

“那个笨蛋。”哈维说。

科恩走到我们桌前。

“嘿，你们这两个懒汉。”他说。

“嘿，罗伯特，”哈维说，“我刚才还跟杰克说呢，你就是个白痴。”

“脱口而出，不假思索。如果做什么都随你便，你想做什么？”

科恩开始思考。

“不要想，马上说出来。”

“我没懂，”科恩说，“可这是要干什么呢？”

“我想知道你最愿意干什么。你脑子里的第一个念头是什么。且不管这念头有多傻。”

“不知道，”科恩说，“我想我更偏向凭我如今的技术再去玩橄榄球。”

“我倒是看错了你嘛，”哈维说，“你不是白痴。你只是个发育不良的病例。”

“你说话太难听了，哈维，”科恩道，“总有一天你会被别人揍一顿的。”

哈维·斯通嘿嘿一笑，“这么想的恐怕只有你吧，别人才不会呢。因为对我来说全都无所谓，我又不是什么好勇斗狠之辈。”

“如果你真的挨了一顿打，就不会这么想了。”

“不，才不会。这就是你会铸成大错的原因，因为你不够聪明。”

“不要再往我身上扯了。”

“好吧，”哈维道，“对我来说你说什么都一样，对我来说你什么都不是。”

“好了，哈维你别说了，”我说，“再喝杯葡萄酒吧！”

“不了，”他说，“我要到街那头去吃点儿东西了。再见，杰克。”

他迈步出门，沿着大街走了。我看着他穿过来往的出租车到路对面，他拖着沉重的脚步，在车流中走得很慢却又很自信。

“他总是让我生气，”科恩说，“我真受不了他。”

“我倒不这么想，”我说，“我真的很喜欢他。你用不着跟他一般见识。”

“我知道，”科恩说，“可他总让我心神不安。”

“你今天下午有没有写点儿什么？”

“什么也没写出来，我实在是写不下去。我写第一本书的时候可比现在轻松多了。这问题真让我头疼。”

他不再像今年初春刚从美国回来时那样意气风发、得意扬扬了。当时他对自己的作品信心十足，还一心想着要去南美探险。现在，这种自信已经全部消失了。但是，我总感觉我似乎没把罗伯特·科恩好好地描绘出来。原因在于，在他爱上布蕾特之前，我从来没听他讲过任何一句与众不同的话，从没有一句话让他显得与众不同。他在网球场上看起来相当不错，体格很棒，体型也保持得不错。打桥牌的时候，他有很好的控牌能力，身上有那么一种大学生的幽默气质。但在公共场合，他从没说过一句与众不同的话。他穿的是过去在学校里叫作马球衫的那类衣服，现如今可能仍然这么叫，但他已经不再那么年轻，不像当年还是职业运动员的时候了。我觉得他对穿着倒不是很在意。在普林斯顿大学的时候，他的外表已经注定不能改变了。他的内心受到了两个有心培养他的女人的熏陶，不过他有一种孩子气的高兴劲头，这是与生俱来的，讨人喜欢的，也是没有办法后天培养的。或许我未能把这一点描述出来。他打网球时好胜心很强，大概像朗格伦①一样渴望赢球。但是即便输了球他也不气恼。可自打他爱上布蕾特，他在网球场上的表现就变得一塌糊涂。那些从前根本没办法和他比的人现在都可以击败他。可是他对这件事情却很看得开。

① 苏珊·朗格伦，法国著名女网球运动员。

话说回来，哈维·斯通穿过马路时，我们正坐在雅士咖啡馆的露台上。

“我们去丁香园咖啡馆吧。”我说。

“我有约了。”

“什么时候?”

“弗朗西斯七点一刻会过来。”

“她已经到了。”

弗朗西斯·克莱恩正穿过马路，向我们走来。她个子很高，走起路来动作很大。她挥挥手，微微朝我们一笑，我们看着她走了过来。

“嘿，”她说，“真高兴你也在，杰克。我一直想跟你谈谈。”

“嘿，弗朗西斯。”科恩微笑着说。

“嘿，怎么，罗伯特，原来你也在这儿?”她继续下去，讲得有些匆忙，“我今天真是倒霉极了。这一位，”她朝科恩那边摆了摆头说，“没有回家吃午饭。”

“我又不是非回家吃饭不可。”

“哦，我明白了。但你并没有告诉厨娘啊。我和保拉有一个约会，而保拉又不在办公室。我就去了里茨饭店等她，可她一直没有出现，我又没有那么多钱在里茨吃午饭。”

“那你是怎么解决的呢?”

“哦，我就出来了呗，”她以一种假装愉快的语气说道，“我一旦跟人家约好了，就从不失约的。可现如今谁还守信用呢? 我真不该这么傻。不过说起来，你最近怎么样，杰克?”

“挺好的。”

“上次舞会上，你带来的那个姑娘挺不错，但后来你却跟那个叫布蕾特的走了。”

“你不喜欢她吗?”科恩问。

“我认为她迷人极了，你不也是这么认为的吗？”

科恩沉默了。

“听我说，杰克。我想跟你谈谈。你和我一起去‘多姆’好不好？罗伯特，你就待在这儿，行吗？我们走，杰克。”

我们穿过蒙帕纳斯大街，在一个咖啡座上坐下。一个报童拿着《巴黎时报》走上前，我买了一份。

“怎么了，弗朗西斯？”

“哦，没什么，”她说，“就是他想把我甩了。”

“你这话是什么意思？”

“唉，以前他逢人便说我们快要结婚了，所以我也就告诉了我母亲和亲朋好友，但现在他又反悔了。”

“发生了什么事？”

“他突然觉得，他还没享受够呢。当他去纽约的时候，我就知道，他早晚会改变主意的。”

她抬起头来看着我，两只眼睛异常明亮，她装着毫不在乎，但有些语无伦次。

“如果他不想结婚，我也不会嫁给他。我当然不会这么做。现在无论如何我也不会嫁给他了。可磨蹭到现在，对我来说确实是晚了点儿。三年，我们都等了三年，而且我又刚刚离婚。”

我没说什么。

“我们本来想庆祝一下的，结果却大吵了一架。真如同儿戏一样。我们吵得不可开交，他还哭着让我讲理一些，但他说，他就是不能跟我结婚了。”

“倒霉透了。”

“这话该由我说。到目前为止，我已经在他身上白白地浪费了两年半的时光。我觉得现在已经没有人再愿意跟我结婚了。两年前在戛纳我喜欢谁就能嫁给谁。那些想要和一个时尚女人好好共度一生的老家伙们，都拜倒在我的石榴裙下。可时至今日，我一个都找不到了。”

“瞧你说的，即便是现在，你也能想嫁谁就嫁谁啊。”

“别哄我了，我才不信呢。再说，我还是很喜欢科恩的。我还想给他生几个孩子，我一直都确信我们会有孩子的。”

她目光灼灼地看着我，“虽然我从来都不是特别喜欢小孩儿，但是我不愿意我们一辈子都没有个孩子。我总想着我会有自己的孩子，然后我会好好疼爱他们。”

“他已经有孩子了。”

“哦，没错。他有孩子，也有钱，还有个有钱的母亲，他还写了本书。可从来没有人愿意出版我写的东西，从来没有。我写得也不差呀。我现在一点儿钱都没有，我本来能弄到一笔赡养费的，但我又用最快的方式离了婚。”

她再次目光灼灼地看着我。

“这不公平。这既是我的错，但也不尽然。我应该更好地了解他。我跟他说起这些，他只知道哭鼻子，说他不能娶我。他为什么不能结婚？我会做个贤妻良母，我很容易相处，我决不会去干涉他。可这一点儿用都没有。”

“丢死人了。”

“没错，真的很丢人。但说这些又于事无补。走吧，我们还是回‘雅士’吧。”

“我真是什么忙都帮不上。”

“不，你可以的。别让他知道我跟你说过这件事就行，我知道他想怎样。”直到现在，她才第一次露出了严肃的表情，不再那么开朗，那样欢乐了。“他想一个人回纽约，然后待在那儿等他的书出版，然后就会有一大帮小妞喜欢他的书，围着他转了。他就希望这样。”

“或许她们不会喜欢他的书呢。说实话，我并不认为科恩是那种人。”

“你并没有像我一样了解他，杰克。我知道那就是他梦寐以求的，我真真切切地知道。他想在今年秋天独享荣华富贵，这就是为什么他不肯娶我。”

“想回‘雅士’吗？”

“嗯，我们回去吧。”

我们从咖啡座上站起来——他们连杯喝的都没给我们上——穿过街道，往雅士咖啡馆的方向走去，科恩正坐在大理石面的桌子旁边朝我们笑着。

“呵，你在笑什么？”弗朗西斯问他，“感到快乐吗？”

“我在笑你和杰克，原来你们之间还有小秘密呢。”

“哦，我跟杰克聊的可不是什么秘密。要不了多久，大家也就都知道了。我只不过提前告诉杰克以示尊重罢了。”

“是什么，关于你即将到来的英国之行？”

“是呀，就是我要去英国的事。哦，杰克！刚刚我忘了告诉你我要去英国的事情了。”

“那多好啊！”

“是呀，贵族公子们就这么处理问题。罗伯特把我给打发去了。他让我去看看我的朋友们，还给了我两百英镑。这是份美差，不是吗？不过，我的朋友们对此还一无所知呢。”

她回过头，冲着科恩微微一笑。但此时，他笑不出来了。

“你本来只打算给我一百英镑的，对吧，罗伯特？是我死皮赖脸地要你给我两百。你可真是慷慨得很呢。对吧，罗伯特？”

我不知道她怎么能把话说得这么刻薄，而且还是当着罗伯特·科恩的面。有些人是不能对他当面无礼的。他们给你这么一种感觉：如果你口不择言，他们就会暴跳如雷，仿佛整个世界立刻就会在你眼皮子底下塌掉。但是科恩竟然就这么听着，丝毫没有恼怒。真的，这全部是我亲眼所见的，而我竟然丝毫没有加以阻拦的想法。其实这些话跟后面的比起来，根本算不了什么，只不过是善意的玩笑罢了。

“你怎么可以这么说呢，弗朗西斯？”科恩打断她的话。

“听听，我就要去英国会朋友了。我将要去拜访我的朋友，甚至拜访那些不待见你的朋友。哦，他们会愿意接待我的。‘好久不见，你过得还好吗，亲爱的？令堂怎么样了？’是呀，我亲爱的母亲怎么样了？她把所有的钱都投到法国战争公债上了。没错，她正是这么做的。恐怕她是全世界唯一这么做的人了。‘罗伯特呢，他怎么样了？’或者是别的关心罗伯特的话题。‘你最好不要提到他，亲爱的。可怜的弗朗西斯的这段经历可真是太不幸了。’这挺好玩的吧，罗伯特？你难道不觉得这很好玩吗，杰克？”

她又转向我，显露出她那有点儿可怕的灿烂微笑。她非常满意这种时候旁边有我这么个听众。

“那你会去什么地方呢，罗伯特？这是我的错，全部都是我的错。我真是咎由自取啊。当初我叫你甩掉杂志社的那个小秘书时，就该知道我也将会有同样的遭遇。杰克还不知道这件事呢，我是不是应该告诉他？”

“看在上帝的分儿上，不要再说了，弗朗西斯。”

“不，我应该讲给他听听。罗伯特曾经和杂志社一个小秘书勾搭上了。她真是世界上最甜蜜的小东西，他很喜欢她。但是后来我出现了，他认为我也非常迷人。于是我让他和那个小秘书断了关系。当初杂志社迁址的时候，他可是特地把她从卡梅尔一路带到普罗文斯敦的，而他把小妞给打发回西海岸时连旅费都没给。他这么做都是为了讨好我。当时他认为我是绝代佳人。是不是，罗伯特？

“你千万别误会，杰克，他跟那个小秘书倒是百分百的精神恋爱。更确切地说，连这也算不上。事实上根本就没什么，只不过就是她挺漂亮罢了。而他之所以这么做，纯粹是为了哄我开心。好了，老话是怎么说的来着，‘凡动刀的，必死在刀下’。嘿，这还是文学典故呢，对吧？你好好记着，等你写第二本书的时候，或许还能用得上呢，罗伯特。

“罗伯特正在为他的新书搜集资料呢，这你也知道，是不是，罗伯特？这就是他要离开我的原因。他已经认定了我不上镜。你看，我们在一起的日子里，他一直都忙着写书，从没想到过我们俩之间的事儿。所以现在他就得跑到外头去搜集新材料了。好呀，我希望他能搜集到让人眼前一亮的有趣的东西。

“听我说，我亲爱的罗伯特。让我告诉你一些事情吧。你不会介意的，对吧？千万别跟那些年轻的女士吵架。尽量不要跟她们吵架。你一吵就忍不住哭，这已经成了习惯，然后就开始顾影自怜，至于别人说了什么，一概不记得。你在那种情况下从来都记不住别人所说的话。一定要努力保持冷静。我知道这对你来说很难，但这都是为了文学啊。对我们来说为了文学作出牺牲是值得的。比如我，为了文学，已经打算前往英国了，没有一丝怨言。我们大家都该帮助年轻作家，对不对，杰克？虽然你已经三十四岁了，可能算不上是年轻作家了，是吧，罗伯特？不过，我觉得，三十四岁对于一个伟大的作家来说还是很年轻的，哈代[①]就是一个很好的例子。还有阿纳托尔·法朗士[②]，他前不久才刚去世。罗伯特认为他没有任何可取之处，他的几位法国朋友以前也跟他这么说过。他还不习惯读法文。他还不如你呢，对吧，罗

① 托马斯·哈代（1840—1928），英国诗人、小说家，他的两部长篇小说代表作分别为《德伯家的苔丝》《无名的裘德》。

② 阿纳托尔·法朗士（1844—1924），法国作家、文学评论家、社会活动家。出版有诗集《金色诗篇》，长篇小说《在白石上》等。

伯特？你觉得他也会到外边去找素材吗？你觉得他抛弃他的情妇时，会对她说些什么话？也像你一样哭哭啼啼吗？对了，还有一件事，”她把戴着手套的手捂在嘴上，“我刚才想到了罗伯特不肯娶我的真正原因，杰克。我在雅士咖啡馆恍惚间看到了启示，神奇吧？有朝一日他们有可能也会在那儿挂上一块铜牌，就像是在卢尔德一样。你想知道我说的是什么吗，罗伯特？让我来告诉你这件简单的事情吧。真奇怪，我原来怎么就没想到。你看，罗伯特总是想有个情妇，要是他不娶我，我就能成他的情妇了。我已经当了他两年多的情妇。看出是怎么回事了吧。如果他娶了我，将他经常说的诺言兑现了，那他所有的浪漫史也就终结了。我能想清楚这一点，还算聪明吧？事实上也确实是这样。你看看他的脸色就能分辨真假了。你要去哪儿，杰克？”

“我得进去看看哈维·斯通怎么样了。”

我朝里走的时候科恩抬了一下头。他脸色煞白。但他为什么还一直坐在那儿呢？为什么一直接受她的冷嘲热讽呢？

当我站在吧台旁边向外看时，我还能看到他们俩。弗朗西斯还在和科恩说话，带着她那异常的微笑，她每次紧盯住他的脸，都在问他“是不是这样，罗伯特”。不过也许她现在已经在说别的事情，不再这么问了。我打发走了酒保，然后从边门走出了酒吧。出去以后，透过两层厚厚的玻璃窗，仍能看到他们俩坐在那儿。她还在继续跟他说话。我沿一条小巷来到拉斯佩尔大街。一辆出租车刚好开了过来，我拦下它让司机将我送回了公寓。

第七章

我刚要上楼，看门人敲了敲她房门上的玻璃示意我停下，她走出来给了我几封信和一封电报。

“这是你的邮件。有位女士来找过你。”

“她留下名片了吗？”

“没有，是一位先生陪她来的。就是昨天晚上来的那位女士。后来我发现她人还是很好的。”

“那位先生是我的朋友吗？”

“不知道，他以前从没来过。他长得很高大。那位女士十分友善，非常非常友善。昨天晚上，她可能有一点儿失控，”她把手放在头上拍了几下，“我一定要实话实说，巴恩斯先生。她昨天晚上做的事让我认为她不是那么文雅。但是你听我说，她应该是非常文雅的。她出身高贵，这一点可以辨别出来。”

“他们一句话也没留下？”

“留了，他们说一个小时以后再过来。”

“如果他们再来的话就请他们上来。”

“好的，巴恩斯先生。那位女士看起来真的很不一般。或许有点儿古怪，但一定是一位高贵的人物。”

看门人来此以前在巴黎赛马场经营一家小酒店。她的顾客都是马场里的普通人，但是她的眼睛却留神注视着过磅处的那些上流人士。她总是很骄傲地告诉我，我的哪些客人教养很好，哪些客人出身于名门望族，哪一个是运动员——“运动员”这个词用法语读法，重音放在最后一个音节上。唯一的麻烦是，如果我的客人不属于这三种人物，就很可能吃闭门羹，他们会被告知巴恩斯不在家。我有一个看起来营养不良、长得面黄肌瘦的画家朋友，这样的人在杜兹尔女士看起来当然教养不好，家庭条件也很普通，也不是运动员。我的朋友写信问我能不能给他从看门人那里弄个通行证，这样如果他晚上偶尔想来看看我，就会方便多了。

我一面上楼，一面想着布蕾特到底是怎么把看门人笼络住的。电报是比尔·戈顿打来的，说他乘的“法兰西”号就快到法国了。我把信放在桌子上，回到卧室里洗了个澡。我正在擦身，听到门铃响了。我急忙穿上浴袍和拖鞋去开门。是布蕾特和那位伯爵，伯爵站在布蕾特身后，手里捧着一大束玫瑰花。

“你好，亲爱的，”布蕾特说，“你不请我们进去吗?”

“啊，快进，我刚刚在洗澡。”

“洗澡，你也太幸福了吧。”

“就冲了一下而已。坐吧，伯爵。想喝点儿什么?”

“不知道你喜不喜欢花，先生，”伯爵说，“我姑且冒昧地送你这些玫瑰。”

“来，给我吧，”布蕾特把花拿了过去，“杰克，给我来点儿水。”我到厨房把一个陶罐灌满了水，布蕾特把花放了进去，然后她把陶罐放在了客厅餐桌上。

“啊哈，我们玩了一整天了。”她说。

“难道你不记得要和我在克里龙约会的事了?”

“不记得了，有吗?我一定是喝醉了。”

“你醉得可真是不轻啊，亲爱的。”伯爵说。

“可不是嘛。伯爵真是个好人啊，绝对慷慨又能够依靠的好人。”

“你还真是让看门人有好感啊!”

“那是当然了，我给了她两百法郎。”

“别尽干傻事。”

“那是他的钱。”她说，朝伯爵点点头。

“我想我们应该为昨晚打扰她而补偿她点儿什么，毕竟昨晚过来的时候已经很晚了。”

“他太棒了，”布蕾特说，“他记得所有发生过的事情！”

“亲爱的，你也如此。”

“仔细想想，”布蕾特说，“谁愿意闲来无事去记那些事情啊！我说，杰克，能不能给我们点儿喝的？”

“我进去穿衣服。你知道饮料在哪儿，自己去拿吧。”

“好的。”

我坐在床上慢慢地穿着衣服，听到布蕾特拿出酒杯和苏打水，他们不停地说话。我觉得又累又烦躁。布蕾特端着一杯酒进了屋子坐在了床上。

“出了什么事，亲爱的？你是头晕吗？”

她在我的额头上漫不经心地吻了一下。

“哦，布蕾特，我是如此爱你！”

“亲爱的，”布蕾特说。接着，她说：“你想要我现在就让他走吗？”

“不需要，他人挺好。”

“我去打发他走吧。”

“不，别这样。”

“就这么办，我送他走。”

“你不能那样。”

“不行吗？你在这里待着。我告诉你，他已经为我着迷了。”

她走出房间，我趴下来，把脸贴在床上。我很难受。我知道他们在谈话，但并没有留意他们说些什么。过了一会儿，布蕾特又进来坐到了床上。

“我可怜的老朋友啊。”她拍着我的头说道。

“你和他说了些什么？”我把头挪到离她远些的地方，我不想看见她的样子。

“我让他去买香槟了，”布蕾特说，“反正他喜欢喝香槟。”

她又说：“你感觉好些了吗，亲爱的，头疼好点儿了吗？”

“好多了。”

“安静躺一会儿吧，他已经去镇子的另一头了。”

“我们就不能住到一起，一起生活吗，布蕾特？”

“恐怕不行。我跟很多人都发生过关系，对你不忠诚，你忍受不了的。”

“我现在就忍受得了。”

“不一样的。杰克，这都是我造成的。这是我自己选择的。”

“我们能不能一起离开这里，到乡下去住一段时间？”

“那也无济于事。如果你愿意，我可以跟你一起去。但即使和我的真爱在一起，我也不能安静地在乡下生活。”

“我知道。”

“是不是太悲哀了。就算我告诉你我爱你，也没有什么用。”

“你知道我爱你。”

“我们不要这么说话了，这样说空话对我们来说实在是太无聊了。我得离开你，而且迈克尔也快回来了。”

“为什么你要离开？”

“这样对你好，对我也好。”

“你什么时候走？”

“尽早。”

“去哪儿？”

“圣赛瓦斯蒂安①。”

“我们不能一起去吗？”

① 又译作圣赛巴斯蒂安，位于西班牙北部，是一个风景如画的旅游胜地。

“不行，我刚才已经说过这种天真的想法是不可行的。”

“但是我们没有达成一致意见啊。”

“你和我都知道这件事是不可能的。亲爱的，请不要再纠结这件事情了。”

“啊，当然。”我说，“我知道你是对的。我只是心情低落，心情不好就会说傻话。”

我坐直，哈腰在床边找鞋穿上，然后站起来。

“别这样看着我，亲爱的。”

“那么你想让我怎么看着你？”

“哦，别傻了。我明天就要走了。”

“明天吗？”

“对，我不是说过我会尽快走吗？”

“我们喝一杯吧，一会儿伯爵就要回来了。”

“嗯，他也该回来了。他尤其喜欢买香槟，对他而言，任何事情都没有这件事重要。”

我们走进客厅，我拿起一个白兰地的瓶子给布蕾特和我自己都倒了一杯。门铃响了，我去开门，伯爵正站在那里，他的司机拎着一篮子香槟站在他身后。

“这些酒放到哪里，先生？”伯爵问我。

“放在厨房里吧。”布蕾特说。

“亨利，把它们放那儿吧。”伯爵指着厨房说，“现在下去取些冰块进来。”他和司机一起进了厨房，司机把篮子放好。“我想你马上就会知道这真的是很好的酒，”他说，“我知道现在好酒在美国还是很稀罕的。我是从一个做白酒生意的朋友那儿搞到这些的。”

“啊，各行各业都有你的朋友。”布蕾特说。

“我这个朋友种葡萄，他有几千英亩的葡萄园。”

“他叫什么名字？”布蕾特问，“弗夫·克里托？”

“不，”伯爵说，“木斯，他是个男爵。”

“真有意思，”布蕾特说，“我们都有一个头衔，杰克你为什么没有呢？”

“老实跟你讲，先生，”伯爵把手放在我的胳膊上说，“很多时候，头衔给不了你任何好处，反而会让你花更多的钱。”

“啊，这我可真不知道。有时候这种头衔还是很管用的。”布蕾特说。

“我从没发现它对我有好处。”

“那是你没有恰当地使用它，反正它让我沾了好大的光。”

“快坐下吧，伯爵。”我说道，“把手杖给我，我帮你把它放好。”

伯爵在煤气灯的亮光下，凝视着桌子对面的布蕾特。她正在抽烟，把烟屑直接弹到了地毯上。她见我看见了，就说：“我说杰克，你就不能给我拿个烟灰缸吗？我可不想毁了你的地毯。”

我找来几个烟灰缸，把它们摆在桌上。这时司机上来了，手里拿了一个加盐的冰桶。“把两瓶酒冰到里面，亨利。”伯爵告诉他。

“还有别的事情要我做吗，先生？”

“没什么了，你到车里等着我吧。”他转身对我和布蕾特说，“我们开车到布洛涅森林吃饭吧？”

“如果你愿意的话，”布蕾特说，“我一点儿胃口都没有。”

“我一直都喜欢美食。”伯爵说。

“要我把酒拿进来吗，先生？”司机问道。

“好的，拿进来吧，亨利。”伯爵说。他递给我一个猪皮烟盒，挺厚实的。“想不想来一支真正的美国雪茄？”他问。

“多谢，”我说，“我这支抽完再说。”

他用拴在表链上的金制小轧刀把雪茄的一头切下去。

“我喜欢真正通气的雪茄，”伯爵说，“我们抽的雪茄里有一半是不通气的。”

他把雪茄点着，一边吸，一边看着桌子对面的布蕾特，“阿什利夫人，等你离了婚，你可就没有头衔了。”

“是啊，多么可惜。”

“没事，”伯爵说，“你不需要头衔，你本来就有一种高贵的风度和气质。”

“谢谢，你真会说话。”

“我不是在跟你开玩笑，”伯爵吐出几个烟圈后说，“你比我见过的所有人都更有高贵的气质，你真的值得这样的称赞。”

“你是个好人，”布蕾特说，“我妈妈要是听到你说这些一定会很开心的。你能不能把这些话写下来，我要寄给她。”

“我会亲自告诉她的，”伯爵说，“我不是在开玩笑，我从来不开玩笑。我常说的一句话是总是开玩笑会给自己树敌人。”

“你说得没错，”布蕾特说，“这真是至理名言。因为我总是跟别人开玩笑，所以我除了杰克没有别的朋友。”

“你别逗他。”

“实话嘛。”

“那你现在呢？”伯爵问，“你是在和他开玩笑吗？”

布蕾特看着我，眯着的眼角出现了皱纹。

“不，”布蕾特说，“我不会跟他开玩笑。”

“是这样啊，”伯爵说，“你不开他的玩笑。”

“这个谈话可真无聊啊！”布蕾特说，“我们还是喝香槟吧！”

伯爵弯下腰在桶里转了转酒瓶。“还没有冰好，亲爱的。你一直都在喝酒，不如我们说会儿话吧！”

“我已经说了太多了，再说就烦了。我和杰克就所有的事情深谈过了。”

“我想听你好好说话，亲爱的。你总是跟我说半截话。”

“剩下的你自己去想吧，谁乐意谁就接着说。”

“这种说话方式挺有趣，”伯爵弯下腰，转了一个瓶子，“但是我还是乐意听你说话。”

“他是不是傻了？”布蕾特问。

“现在，”伯爵拿起了一个酒瓶，“我觉得这瓶够凉了。”

我拿来一块毛巾，他把瓶子擦干之后拿起来。“我想喝香槟都想了很久了，尤其是这种大瓶的。这个酒很好，就是冰镇起来有点儿费劲。”他端详着手里的瓶子，我摆出杯子。

“嘿，你可以把它打开了。”布蕾特说。

“好的，亲爱的，马上打开。”

这是一瓶非常好的香槟。

“这才真叫酒呢。”布蕾特举起酒杯，“我们应该举杯，‘为王室干杯’。”

“这种酒一杯干了有点儿太可惜了，亲爱的。你不要在这样的好酒里掺杂太多自己的情绪，不然你就品不出它的味道来了。”

布蕾特的杯子已经空了。

“你真该写一本关于酒的书，伯爵。”我说。

“巴恩斯先生，”伯爵回答道，“品酒是我喝酒的唯一乐趣。”

“那我们就多品一些。”布蕾特推了推面前的空杯子。伯爵倒得非常小心，“来，亲爱的。现在慢慢地品味，一会儿你就会醉了。”

“醉了？要我喝醉？”

“哦，我的甜心，你喝醉酒的样子非常迷人。”

“听他往下说。”

“巴恩斯先生，”伯爵把我的杯子斟满，“她是我认识的唯一一个醒着和醉着的时候都同样迷人的女士。”

“你一定没见过多大世面，是吧?”

“这话可不对，我见得多了，我见得还真不少。”

“快喝酒吧，”布蕾特说，“我们都是见过世面的人。我敢说，杰克见过的世面绝对不比你差。”

“亲爱的，我知道巴恩斯先生肯定见多识广。只是我也一样见过些世面。”

“这还用说，亲爱的，”布蕾特说，“我开玩笑呢。”

“我亲历过七次战争和四场革命。”伯爵说。

“你当过兵?”布蕾特问。

“有几回，亲爱的。我身上还有箭伤的疤痕呢，你们见过箭伤吗?”

“那让我们看看吧。”

伯爵站起身，把背心解开，敞开衬衣。在他掀起贴身内衣后，黑黝黝的前胸显露出来，大块的腹肌在灯光下凸起。

“看到了吗?”

两处白色的疤痕在最末一根肋骨底下，比周围稍微高出一点儿。“看看后面箭头穿出去的地方。”在背后靠近腰的位置，有两个同样隆起，指头粗细的伤疤。

“我说，你确实很了不起。”

“完全穿透了。”

伯爵把衬衣塞回裤带。

“你在哪儿受的这些伤?”我问。

“阿比西尼亚①，那会儿我才21岁。”

“当时你去干什么?”布蕾特说，“当兵吗?”

“我是去经商的，亲爱的。”

---

① 即埃塞俄比亚，旧称阿比西尼亚。它是1270—1974年非洲东部的一个国家，是今日埃塞俄比亚联邦民主共和国的前身。

“我就跟你说他跟我们是同一类人吧，是不是?”布蕾特转身对我说。“我爱你，伯爵。你太可爱了。”

“你这么说我很开心，亲爱的。不过，你说的不是真心话。”

“别傻了。”

“你瞧，巴恩斯先生。正是我所经历的事情才让我现在可以尽情享受我周围的一切。你觉得生活是不是这样?”

“没错，完全如此。”

“我知道，”伯爵道，“这就是秘诀所在。你必须得形成自己的价值观。”

“你的价值观就没有发生过改变?”布蕾特问。

“没有，永远不会。”

“你从未陷入爱河?”

“这是经常的事情，”伯爵说，“我经常谈恋爱。”

“这对你的价值观有什么影响吗?”

“爱情也是我价值观的一个方面。”

“你根本就没有任何价值观。你已经是个死人了，就这么回事。”

“怎么能这样说呢，亲爱的，我是活生生的呢。”

我们一共喝掉了三瓶香槟，剩下的几瓶就放在我厨房里了。我们去了布洛涅森林的一家餐馆，那里饭菜不错。在伯爵的价值观里，美食和美酒一样占有十分重要的位置。伯爵在餐桌上举止优雅，布蕾特仪态万方，这真是场愉快的聚会。

“你们俩要去哪儿?”晚餐过后，伯爵问。餐馆里就剩我们三个了，两个侍者靠门站着，他们想回家。

“我们或许可以到蒙马特尔山上去，”布蕾特说，“难得美好的聚会时光。”

伯爵眉飞色舞，他十分开心。

“你们俩都是非常好的人。”他说。他又点了支雪茄。“为什么你们俩都还没有结婚呢?”

“我们想拥有不一样的生活。”我说。

“我们有各自不同的事情,”布蕾特说,“走吧,我们出去吧。”

“再来一瓶白兰地吧。”伯爵说。

“到山上再喝吧。”

“不,在这儿喝,这地方比较安静。”

“少来了,你,还有你那个‘安静’,”布蕾特说,“男人到底怎么看待‘安静’这件事?”

“我们喜欢安静,就像你们喜欢喧闹一样。”伯爵说。

“好吧好吧,”布蕾特说,“那我们就再喝一杯吧。”

“酒保!”伯爵叫道。

“在,先生。”

“你们这儿最陈的白兰地是哪年的?”

“1811 年,先生。”

“我们要一瓶。”

“我说,别显摆了。杰克,你叫他不要点了。”

“听我说,亲爱的。在我的观念里把钱花在陈年白兰地上,比拿来买别的什么古董都强。”

“你有很多古董吗?”

“一屋子,满满的。”

后来我们去了蒙马特尔山。“柴利”咖啡馆里面人很多,烟雾弥漫,喧闹不已,一进门就能听见震耳欲聋的音乐。布蕾特和我一起跳舞,舞池的人实在太多了,我们几乎都不能挪动。黑人鼓手朝布蕾特挥手致意。我们被挤在人群中动弹不得,只能在他面前原地挪动着步子。

“你好吗?”

“好极了!”

“那就好。”

黑暗中，他洁白的牙齿和厚厚的嘴唇格外醒目。

“他是我的一个好朋友。”布蕾特说，“很棒的一位鼓手。”

音乐停了下来。我们正准备朝伯爵坐的桌子走过去，音乐又响了起来。于是我们又继续跳舞。我看了一眼伯爵，他坐在桌边抽雪茄。音乐再次停止。

“我们回去吧。”

布蕾特朝着桌子走去。音乐又起，我们又回去接着跳，紧紧地挤在人群之中。

“你跳舞跳得真差劲，杰克。迈克尔是我见过的跳舞跳得最好的人。”

“是的。”

“他能准确地踩在节奏上。”

“我喜欢他，”我说，“我还真的挺喜欢他。”

“我就要和他结婚了，可笑的是我整整一个礼拜都没想起过他。”布蕾特说。

“你没有跟他通信?”

“没有，我从不给他写信。”

“我打赌他一定给你写。”

“是的，而且写得相当不错。”

“你们打算什么时候举行婚礼?”

“我也不知道，我一离婚就和他结吧。迈克尔正在试着让他妈妈出点儿钱赞助。”

“我有什么能帮你的吗?”

“说什么傻话，迈克尔家很有钱。”

音乐停了。我们回到桌子旁，伯爵站了起来。

“很好，”他说，“你们俩跳舞时看起来棒极了。”

“你不跳一曲吗，伯爵?”我问。

“不跳，我太老了。”

“哦，别开玩笑了。”布蕾特说。

“我亲爱的，如果我喜欢跳我会跳的，但我更喜欢看你跳。”

“好极了，”布蕾特说，“哪天我再跳给你看。说起来，你那位名叫齐齐的朋友现在怎么样了?”

“这么跟你说吧，我虽然资助那个男孩，但我不希望他老在我面前转悠。”

“他确实挺不容易的。”

“你知道，我认为他是很有前途的，但就我个人而言，我不想跟他有太多的交往。”

“杰克应该也是这么想的。”

“他总让我觉得精神紧张。”

“这么说吧，”伯爵耸了耸肩，“谁也说不准他的前途怎样。但不管怎样，他的父亲是我爸爸的好朋友。”

“来，我们继续跳舞吧。”布蕾特说。

我们又回到舞池，舞池非常拥挤，也很闷。

“哦，亲爱的，”布蕾特说，“我的心情很不好。”

我有种这一切都发生过一样的感觉。“你一分钟前心情不还是很好的吗?”

“你不能对爱人不忠……”鼓手大声唱着。

“现在没事了。”

“怎么了?”

“不知道，我就是觉得难过。”

"……"鼓手接着唱，然后抓起他的鼓槌。

"想离开这里吗？"

我有种感觉，就像是置身于不断重复的噩梦当中，已经经受过一次，如今又得再经历一遍的炼狱一般。

"……"鼓手温柔地唱道。

"要走就走吧，"布蕾特说，"你别介意。"

"……"鼓手一边大声唱着，一边朝布蕾特笑了笑。

"好的。"我说。我们从人群中走了出来，布蕾特去了卫生间。

"布蕾特想离开了。"我跟伯爵说。他点了点头，"是吗？那好吧。你们先开着我的车子走吧。我在这儿再待一会儿，巴恩斯先生。"

我们握了握手。

"今天过得很愉快，"我说，"希望你允许我这么做。"我从口袋里掏出一张钞票。

"巴恩斯先生，别这么见外。"伯爵说。

布蕾特穿戴好之后走了回来。她亲吻了伯爵，把手放在他的肩膀上不让他起身。我们出门后当我回头看时，伯爵的桌子边已经坐了三个姑娘。我们进了伯爵的那辆大轿车，布蕾特把她的住址告诉了司机。

"不，你别过来了。"她站在旅馆门口说。她按了下门铃，门已经开了。

"你确定？"

"是。别跟来了，回去吧。"

"晚安，布蕾特。"我说，"我很抱歉你心情不太好。"

"晚安，杰克。晚安，亲爱的。我以后不会见你了。"我们站在门口亲吻。她推开我。我们再一次亲吻。“哦，不要这样！”布蕾特说。

她快速地转身走进旅馆。我上了车，司机把我送回家。我给了他二十法郎，他碰了一下帽檐很有礼貌地说：“晚安，先生。”然后开车走了。我按了门铃，看门人把门打开，我就上楼去睡觉了。

第八章

直到布蕾特从圣塞瓦斯蒂安回来，我都一直未能见到她。她从那儿给我寄来一张明信片，上面印有康查海湾风景，上面写着：“亲爱的，这儿非常宁谧，有益健康。向诸位问好，布蕾特。”

这段日子我也没有见到过罗伯特·科恩。我收到弗朗西斯的信件，说她已经去了英国。科恩也给我写了一封短笺，说他要到乡下一两个星期，但具体要去哪儿还没有确定，不过他对去年冬天我们讨论过的计划依旧耿耿于怀：希望我去西班牙钓鱼。他还写道，通过他的银行经纪人，我随时都可以联系到他。

布蕾特走了之后，我不再被科恩的烦恼打扰，不用去打网球，我非常享受这段时光。我有大量的工作要做，我还经常去看赛马，和朋友们一起吃饭。我有时候还主动在办公室加班，提前把一些工作做好，好在我和比尔·戈顿前往西班牙的时候已经把工作转交给秘书。比尔·戈顿到了巴黎，在我那儿住了两天，之后就去了维也纳。他兴致很高，说美国很棒，纽约很棒。纽约的戏剧演出季非常隆重，还有很多前途不可限量的年轻优秀的轻量级拳击手。再过些时间，他们得以成长，增加体重后，都有打败登姆普西的可能。比尔特别开心，因为他新出版的一本书赚了一大笔钱，而且以后还会挣更多。他在巴黎的那两天，我们玩得很开心，然后他就去了维也纳。等他三个星期之后回来，我们就要一起去西班牙钓鱼，然后去潘普洛纳[①]参加他们的狂欢节。他写

① 位于西班牙东北部，为古巴斯克王国（后名纳·瓦拉王国）的首都。

信说维也纳棒极了，然后又从布达佩斯寄来一张明信片说："杰克，布达佩斯简直太棒了。"然后我就收到他一封电报："我周一回来。"

星期一晚上，他来到了我住的地方。我听到出租车的声音，就跑到窗边喊他。他向我挥挥手，提着他的几个旅行包走上来。我到楼梯上去接他，接过其中的一个。

"真好，"我说，"我听你说这趟旅行还不错。"

"棒极了，"他说，"布达佩斯绝对是棒极了。"

"维也纳怎么样？"

"不怎么样，杰克。真的不怎么样。不过貌似比过去要好一些。"

"这话什么意思？"我拿来酒杯和苏打水瓶。

"醉了，杰克。我在那儿喝醉了。"

"那就奇怪了，最好我们能喝一杯。"

比尔擦了擦前额。"真奇怪，"他说，"不知道是怎么发生的，突然就醉了。"

"持续时间长吗？"

"四天，杰克，刚好持续了四天。"

"你都去过哪里？"

"不记得了，只记得给你寄了一张明信片。"

"还干了些什么？"

"不记得了，应该是干了些吧。"

"继续说，跟我讲讲。"

"记不清了，我已经把我记得的每一件事情都告诉你了。"

"嗯，继续说。喝了这杯酒再好好想想。"

"可能记起一点儿了，"比尔说，"记得有一场职业拳击赛，有个黑人拳手。那是维也纳一次规模很大的拳击赛，我对那黑人有很深的印象。”

“说下去。”

“一个很厉害的黑鬼，和‘老虎’弗劳尔斯长得很像，只不过体积是弗劳尔斯的四倍那么大。那个黑人刚击倒一个当地的小伙子，突然之间大家就都开始扔东西，我没扔。黑人举起一只戴着手套的手，想说些什么。他是个举止大方的黑人。他开始说话，这时候那个白人小伙子打了他一拳，他就一拳又把那白人小伙子给打晕过去了。然后所有人都开始扔椅子。那黑人搭我们的车回的家，他连衣服都没能拿回来，就穿了我的外套。现在我想起整件事情来了，那晚上可真是热闹极了。”

“后来呢？”

“我借给那黑人几件衣服，跟他一起四处奔走希望拿到拳击赛的奖金。可他们说场子都给砸了，那黑人还倒欠他们钱呢。但是是谁当的翻译呢？是我吗？”

“可能不是你。”

“你说对了。不是我，是另外一个人，他好像是本地的哈佛大学毕业生，我们当时都这么叫他。现在我想起他来了，他正在学音乐。”

“结果呢？”

“不太理想，杰克。不公平的事到处都在。拳击赛的组织者说那个黑人原来答应会让那个当地小伙子赢。但是黑人违反了合同，他不可以在维也纳击倒维也纳的拳击手。‘我的上帝哪，戈顿先生，’那个黑鬼说，‘那四十分钟我除了一直努力让着他，别的什么都没干。那个白人男孩就一直在我周围晃来晃去，他一定是向我挥拳时自己伤了自己，我根本就没有打过他。’”

“你们得到奖金了吗？”

“没钱，杰克。我们只是拿回了那个黑鬼的衣服。有人把他的手表都拿走了。真是个了不起的黑人，他不应该去维也纳，那个地方不好，杰克，不好啊！”

“那黑人后来呢？”

“他回科隆去了。他住在那儿，已经结婚了，有了自己的家庭。他要给我写信，还要把我借给他的钱还给我。真是个不错的黑人，希望我给他的地址是正确的。”

“应该不会错的。”

“管它呢，我们去吃饭吧，”比尔说，“除非你还想继续听我讲旅行中的故事。”

“继续说吧！”

“还是先吃饭吧。”

我们走下楼，走上圣米歇尔大街。六月的傍晚很暖和。

“我们去什么地方吃？”

“你想去岛上吗？”

“好哇！”

我们沿大街朝前走。在大街与当费尔·罗歇罗路交叉的路口立着尊雕像，雕像是两个衣带飘飘的人物。

“我知道他们是谁，”比尔看着那纪念碑说道，“是首创药剂学的两位先生。别想用巴黎的玩意儿来欺瞒我！”

我们继续朝前走。

“这儿竟然还有家动物标本店，”比尔说，“想买些东西吗，买只漂亮的狗狗标本怎么样？”

“得了，”我说，“你喝多了。”

“这些狗标本可真够漂亮的，”比尔说，“肯定会让你的公寓更漂亮！”

“快走吧！”

“就买一只，我是无所谓。但是，杰克，就买一只狗标本。”

“快去吃饭吧。”

“你一买回去，世界上其他的东西你都不会在乎了。简单的等价交换嘛，你给他们钱，他们给你一只狗标本。”

“等我们回来的时候再买吧。”

“好吧，你自己看着办吧。等你去地狱的时候，发现路上到处都是该买而没买的狗标本，那个时候你可不要责怪我。”

我们继续往前走。

“你怎么突然对狗那么感兴趣？”

“我本来就喜欢狗，也一直非常喜欢动物标本。”

我们停下来喝了一杯酒。

“我确实喜欢喝酒，”比尔说，“你也可以偶尔试试啊，杰克。”

“你赢了我一百四十四点。”

“不要因为这个而灰心，永远不要灰心。这是成功的秘诀。在别人面前，我从未表现出气馁。”

“你在哪儿喝的酒？”

“在‘克里荣’喝了一下，乔奇给我调了几杯。他是个伟大的人物。知道他成功的秘诀吗？和我一样，从不气馁。”

“你再喝三杯珀诺酒就会气馁了。”

“我从不当着别人的面气馁，感到自己撑不住的时候，我就自己一个人偷偷地溜走。在这方面，我就像猫一样。”

“你什么时候见到哈维·斯通的？”

“在‘克里荣’，他当时有些坚持不住了，已经整整三天没吃东西了。什么也不肯吃，像猫一样开溜了，他很伤心。”

“他没事。”

“那就好，希望他不要总是像猫那样开溜，这让我很不安。”

“晚上我们要做什么？”

“随便，只要我们能坚持住。你看看，如果这里有煮鸡蛋，我们就用不着到那么老远的岛上去吃了。”

“不行，”我说，“我们要吃些正常的食物。”

“我只是建议而已嘛，”比尔说，“现在要走吗？”

“好的。”

我们又沿着大街继续往前走。一辆马车经过我们身边的时候，比尔朝它看了一眼。

“看见那辆马车了吗？我要把那辆马车做成标本，然后作为圣诞礼物送给你。我还打算给所有的朋友都送动物标本呢，我可是博物学作家。”

一辆出租汽车经过，有人在里面招手，然后敲敲车窗，叫司机把车停下。司机把车停到人行道边，里面的人是布蕾特。

“美女啊！”比尔说，“她是想把我们拐走吧！”

“嘿！”布蕾特说，“你们好啊！”

“我来介绍一下，这位是比尔·戈顿，这位是阿什利夫人。”

布蕾特冲比尔笑了笑说：“啊，我刚刚回来，还没来得及洗澡。迈克尔今天晚上会到。”

“很好，和我们一起去吃饭吧，等会儿一起去接他。”

“我得先洗个澡。”

“别说废话，走吧。”

“我一定得洗个澡，他九点才会来。”

“那么洗澡之前先来喝点儿东西吧。”

“不错的主意，你这话说得有道理。”

我们坐上车，让司机回过头来。

“去最近的酒店。”我说。

“我们还是去‘丁香园’吧，”布蕾特说，“我不喝那些劣质白兰地。”

“那就去‘丁香园’。”

布蕾特转身面向比尔。

“你在这个令人厌恶的城市生活很久了吗?”

“今天刚刚从布达佩斯来到这儿。”

“布达佩斯怎么样?”

“好极了，布达佩斯非常好!”

“问问他对维也纳的印象怎么样。”

“维也纳，”比尔说，“是座有些奇怪的城市。”

“维也纳很像巴黎，”布蕾特冲他笑着，眯着的眼角出现了皱纹。

“确实如此，”比尔说，“眼前这季节的确很像巴黎。”

我们坐在“丁香园”外面的露台上，布蕾特和我各自叫了一杯威士忌苏打，比尔又要了一杯珀诺酒。

“你还好吗，杰克?”

“很好，”我说，“我过得非常愉快。”

布蕾特盯着我。“我们选择离开真傻，”她说，“谁离开巴黎，谁就是个笨蛋。”

“你过得高兴吗?”

“哎，还行。挺有趣的，不过也不怎么好玩。”

“有没有遇见熟悉的人?”

“没有，基本上没碰见，我从没有出去过。”

“你也没去游泳?”

“什么也没有干。”

“听上去和维也纳很像。”比尔说。

布蕾特看着他，眯着眼睛，眼角现出了皱纹。

“所以，原来维也纳和这儿一样啊。”

“它各方面都跟维也纳没有差别。”

布蕾特又对他笑了笑。

“你这位朋友挺不错的，杰克。”

“没错，”我说，“他是制作动物标本的。”

“那还是在另一个国家里的事，”比尔说，“何况都是些死动物。”

“再喝一杯，”布蕾特说，“我必须离开了，请侍者去叫辆出租车。”

“外边有很多出租车等着，就在对面。”

“好的！”

我们喝完酒，把布蕾特送上车。

“记得十点左右到‘雅士’。叫比尔也去，迈克尔会在那里的。”

“我们会准时到的。”比尔说。出租汽车开动了，布蕾特朝我们挥手告别。

“确实是个不错的女人，”比尔说，“挺有教养的，迈克尔是谁？”

“她的未婚夫。”

“好吧，”比尔说，“我总是在这种时候认识女人。我送他们什么作为结婚礼物呢，你觉得一对赛马标本怎么样，他们会喜欢吗？”

“我们还是继续吃饭吧。”

“她真是一位什么某某夫人吗？”去搭出租车去圣路易岛的路上，比尔问我。

“是啊，在马种谱系里面记载着。”

“我的天哪！”

我们去小岛北部勒孔特太太的饭店里吃饭，里面坐满了美国人，我们只能站着等座。不知道是谁把这家餐厅写进了美国妇女俱乐部的导游小册子里，说这是巴黎沿河码头边一家还没有美国人来过的古雅饭店。所以过了四十五分钟，我们才终于等到一张空桌子。比尔在 1918 年大战刚停时在这里吃过饭，勒孔特太太一见到他就大肆张罗起来。

“没有了空座，她给我们弄了一张空桌子，”比尔说，“她是个不得了的女人。”

我们餐桌上的菜十分丰盛：烤仔鸡、新鲜菜豆、土豆泥、沙拉以及一些苹果馅饼夹干酪。

“啊，我的上帝！你快把全世界的人都吸引到这里来了。”比尔举起一只手对勒孔特太太说。

“你会变得富有的！”

“但愿如此！”

喝完咖啡和白兰地，我们把账单拿过来。账单一如既往地用粉笔写在石板上，这无疑是本餐厅“古雅”的特色之一。付完账，我们和勒孔特太太握手告别。

“你不想再来了吧，巴恩斯先生？”勒孔特太太说。

“太多美国人了。”

“午饭时间过来吧，那会儿人不是很多。”

“好的，我会再来的。”

我们继续往前走，小岛北部奥尔良河滨街旁种着一行树，树枝从岸边伸出，笼罩着河面。河对岸是一些老房子的断墙残壁，那些房子正在被拆毁。

“他们要打通一条大街。”

“是正在这样做。”比尔说。

我们绕着小岛走了一圈。河面漆黑一片，一艘灯火通明的小客轮驶过河面。它静静地向上游驶去，看起来有些匆忙，然后消失在桥洞底下。河流下游，巴黎圣母院在夜空下安谧地蹲伏着。我们从贝都恩河滨街向塞纳河左岸走去，路过小木桥时，在桥上逗留了一会儿，眺望着河流下游的圣母院。站在桥上，远望过去，岛上黑黑的，一点儿亮光都没有，在房屋的映衬下天空高高耸起，只能看到树木的阴影。

“这景象太壮观了！”比尔说，“上帝啊，我真想往回走。”

我们倚着桥的木栏杆，望着大桥上闪烁的灯光。桥下的水漆黑一片，静静地流淌着。河水绕过桥墩时悄然无声。有个男人和一个姑娘相拥着从我们身边经过。

我们从木桥上走过，顺着勒穆瓦纳主教路开始爬坡。路面坡度很大，我们一直走到康特雷斯卡普广场。广场上，弧光灯的光穿过树叶丛，洒在地面上。树下停放着一辆公共汽车，它正要出发。音乐声从“快乐的黑人”咖啡馆里传出来。透过“爱好者”咖啡馆的窗子，我看到了里面那张很长的白铁酒吧柜。几个工人在门外露台上喝着酒。在“爱好者”的露天厨房里，有位姑娘正在油锅里炸土豆片。一个老头儿手里拿着一瓶红酒站在那里，姑娘从一旁的铁锅里舀了一些炖肉，用盘子装上递给他。

“想要来一杯吗？”

“不了，”比尔说，“现在不想喝。”

我们在广场上向右转去，沿着平坦而狭窄的街道继续向前走，两侧古老而高大的房子一幢接着一幢。有些房子向街心突起，有的则往后缩。我们来到铁锅路上，顺着它一直向前走，一直到南北笔直的圣雅克路，之后我们转向南边，经过庭院围着铁栅栏的瓦尔德格拉斯教堂，到达皇家港大街。

“我们做点儿什么好呢？”我问，“去咖啡馆看看布蕾特和迈克尔怎么样？”

“好啊！”

我们沿着皇家港大街一直走到了蒙帕纳斯大街，之后我们继续向前，经过“丁香园”“拉维涅”“达穆伊”和其他的小咖啡馆，然后穿过马路，到了对面的“洛东达”，经过它门前灯光下的那些桌子，来到了“雅士”。

迈克尔从桌子边站起来，向我们走过来。他的脸被晒黑了，看起来很健康。

“喂，喂，杰克，”他说，“嘿——嘿！你好啊，我的老朋友！”

“你看起来气色不错啊，迈克尔。”

“没错，我很健康。我每天除了走路也没什么别的事儿。另外，我每天和母亲喝茶的时候都会喝一杯酒。”

比尔走进了酒吧，他站在那里和布蕾特交谈。布蕾特跷着二郎腿坐在一只高凳上。她没有穿长筒袜。

“很高兴见到你，杰克，”迈克尔说，“你知道，我有点儿醉了。不可想象吧，你看到我的鼻子有什么不一样了吗？”

他的鼻梁上有一摊已经干了的血迹。

“这是一位老太太干的，”迈克尔说，“我本来想抬手帮她拿几个手提包，结果它们砸到了我的头上。”

布蕾特向他打手势，她坐在酒吧间里，拿着她的烟嘴，并且朝迈克尔使着眼色。

“一位老太太，”迈克尔说，“她的手提包砸在我的头上了。我们进去看看布蕾特吧。哎，她真是让人神魂颠倒。你真是位可爱的夫人，布蕾特。你这顶帽子是哪儿来的？”

“一个朋友送给我的，你不喜欢？”

“它太丑了，快点去买顶好的吧！”

“啊，现在我们有钱了哈，”布蕾特说，“喂，这是比尔，你们之前认识吗？你真是位可爱的人，杰克。”

她转身面向迈克尔说：“这位先生是比尔·戈顿。这个醉汉是迈克尔·坎贝尔。坎贝尔先生破产了，债台高筑。”

“谁说不是呢？你知道，昨天我在伦敦遇见了我以前的合伙人。就是他，害我今天落到这种境地。”

“他说了些什么？”

“他请我喝了一杯。我想着恭敬不如从命吧。喂，布蕾特，你真是把人弄得神魂颠倒。你也认为我很迷人，对不对？”

“迷人？鼻子长成这样也叫迷人吗？”

“那是个可爱的鼻子。来，把鼻子冲着我。我难道不迷人吗？”

“是不是该让他待在苏格兰？”

“喂，布蕾特，我们还是早点儿回去吧，回去睡觉。”

“说话得体些，迈克尔。别忘了这酒吧间里还有其他女客人呢。”

“你说她是不是很迷人，杰克？”

“今晚有场拳击赛，”比尔说，“去看看怎么样？”

“拳击赛，”迈克尔说，“谁会出场？”

“莱杜和另外一个人。”

“莱杜是一流拳击手，”迈克尔说，“我挺想去看的，”——他努力打起精神来——“但是我去不了，我早就和布蕾特约定好了。喂，布蕾特，我一定要去给你买顶新帽子。”

布蕾特拉下毡帽，遮住一只眼睛，帽檐下，她露出了笑容。

“你们两位快点儿去看拳击吧。我和迈克尔就直接回家了。”

“我没喝醉，”迈克尔说，“也许稍微有点儿醉吧。喂，布蕾特，你这个小东西真是太让人神魂颠倒了。”

“你们去看拳击吧，”布蕾特说，“坎贝尔先生越来越难以伺候了。你怎么突然变得如此多情，迈克尔？”

“嘿，是你太让人着迷了！”

我们互相告别。“我不能去真可惜。”迈克尔说。布蕾特开心地笑。我走到门口时回头看了看，迈克尔一只手扶在酒吧柜上，伸长身体对着布蕾特说话。布蕾特表情平静地看着他，但是眼角流露出一丝笑意。

走到外面人行道上，我说：“你想去看拳击吗?”

“那是必然啊,”比尔说，“如果我们不用走路的话。”

“迈克尔真是为自己交到这个女朋友而兴奋。”我在汽车里说。

“是呀,”比尔说，“但是他确实应该如此!”

第九章

莱杜对弗朗西斯的拳击比赛在六月二十日晚间举行，那是一场非常精彩的拳击赛。比赛后的第二天早晨，我收到罗伯特·科恩从昂代寄来的信。信中说，他的生活非常平静，偶尔去游泳，有时打打高尔夫球或者玩玩桥牌。昂代有一处美丽的沙滩，他迫不及待地想去钓鱼。他问我什么时候能到，如果我可以给他买到双丝钓线的话，我到那时他会把钱还给我。

同一天早上，我在办公室写信告诉科恩，我和比尔二十五号离开巴黎，如果行程有变，会另外发电报告诉他。我还约他在巴荣纳见面，从那里，我们可以一起搭长途汽车翻山到潘普洛纳。当天晚上七点左右，我路过“雅士”进去找迈克尔和布蕾特。他们没来，我就跑到“丁戈”，看见他们在里面酒吧柜前坐着。

“你好，亲爱的。”布蕾特伸出手来。

“你好，杰克，”迈克尔说，“现在我知道我昨天晚上喝醉了。”

“嘿，可不是吗，”布蕾特说，“丢死人了。”

“喂，”迈克尔说，“你什么时候去西班牙，我们能跟你一起去吗？”

“那很好啊！”

“你真的不介意我们加入吧？你知道的，我已经去过潘普洛纳了。布蕾特特别想去，你们不会嫌弃我们吧？”

“怎么可能！”

“你知道，我已经有些醉意了。如果我是清醒着的话，也不会这样问你。你肯定愿意，对不对？”

“行了，迈克尔，”布蕾特说，“现在他怎么可能拒绝呢？以后我再问他。”

“你不反对，是吧?”

“如果你不想故意惹我生气，就别再问这个问题了。我和比尔在二十五号早晨起程。”

“哟，比尔到哪儿去了?”布蕾特问。

“他在香蒂利和朋友聚餐。”

“他这人还不错。”

“他是个老好人，”迈克尔说，“没错，你很清楚。”

“你肯定记不得他了。”布蕾特说。

“记得，我一点儿都没忘。听我说，杰克，我们二十五号晚上动身。早上太早了，布蕾特起不来。”

“真的是起不来。”

“如果我们收到了寄过来的钱，你又同意的话就行。”

“钱不可能汇不到，我去办。”

“跟我说，要寄什么样的渔具。”

“弄两三根带卷轴的钓竿，还有钓线，一些蝇形钓钩。”

“我对钓鱼没什么兴趣。”布蕾特插嘴说。

“那么两根钓竿就足够了，比尔不需要买了。”

“没问题，”迈克尔说，“我给管家发个电报通知他。”

“太好了，”布蕾特说，“西班牙！这一定是一次愉快的旅行。”

“二十五号。那天是星期几?”

“星期六。”

“我们需要着手准备了。”

“嘿，”迈克尔说，“我要去剪剪头发。”

“我一定得去洗个澡，”布蕾特说，“你陪我走回旅馆去，杰克。听话啊。”

“我们住的这家旅馆真不错，”迈克尔说，“我看像是家妓院。”

“我们刚到就把旅行包寄存在‘丁戈’了。旅馆人员问我们是不是只要住半天就足够了，听说我们要在旅馆过夜，他们看起来特别高兴。”

“这旅馆肯定是家妓院，”迈克尔说，“这我很清楚。”

“哼，别说了，快去剪你的头发吧。”

迈克尔离开了，我和布蕾特继续坐在酒吧柜边。

“再来一杯？”

“好！”

“我需要酒精。”布蕾特说。

我们在迪兰伯路上走着。

“自从我回来之后还没有见到过你。”布蕾特说。

“确实如此。”

“你过得怎么样，杰克？”

“很好。”

布蕾特看着我。“喂，”她说，“罗伯特·科恩也一起参加这次旅行吗？”

“是的，为什么问起这个？”

“你不认为这样的旅行对他来说有点儿艰难吗？”

“为什么会艰难呢？”

“我和谁一起去的圣塞瓦斯蒂安？”

“真是祝贺你。”我说。

我们接着往前走。

“你说这话是什么意思？”

“我不知道，那你想让我说什么？”

我们走着，拐了一个弯。

“他表现得相当好，但后来变得有点儿没意思了。”

“这样啊。”

“我最初觉得这样对他挺好。”

“你可以去从事社会公共服务了。”

“别说得这么难听。”

“不敢。”

“你难道真的不知道？”

“知道什么？”我说，“我想我没有想起过。”

“你认为这场旅行对他来说是否有点儿艰难？”

“这事他说了算，”我说，“写信跟他说你也要去，他可以决定是否要参加。”

“我会给他写信，让他来得及退出这次旅行。”

六月二十四日晚上之前，我再也没有见过布蕾特。

“你有科恩的消息吗？”

“当然，他非常期待这次旅行。”

“我的天哪！”

“我自己也觉得这事挺不寻常。”

“他说他已经迫不及待地要看看我了。”

“他会不会觉得你是自己过去的？”

“不会，我告诉他，迈克尔和我们大家一起去。”

“他可真不一样！”

“就是啊！”

他们预计的钱将在第二天到账。我们相约一起到潘普洛纳[1]。他们准备直接从圣塞瓦斯蒂安乘坐火车前去，我们要在潘普洛纳的蒙托亚旅馆碰面。如果他们星期一还没到，我们就不等他们，搭乘直接到达布尔戈特的长途汽车，自行朝北到山区的布尔戈特去钓鱼。我做了一份行程计划，按照这份计划他们可以随时跟上我们。

我和比尔坐早班车离开道赛车站。天气晴朗，也不太热，一出城就是一派美丽的田园风景。我们到后面的餐车吃饭。离开餐

① 潘普洛纳，位于西班牙东北部，现为纳瓦拉省首府。每年7月举办奔牛节。

车时，我想向乘务员索要一批就餐券。

“现在只有第五批了，前四批已经发完了。”

“为什么会这样？”

在那趟列车上，午饭通常最多只供应两批，而且每批都有很多座位。

“都已经预订完了，”餐车乘务员说，“下午三点半供应第五批。”

“这下麻烦了。”我对比尔说。

“给他十法郎。”

“给你，”我说，“我们想在第一批用餐。”

乘务员把那十法郎放进口袋。

“谢谢你，”他说，“先生，我建议你们买点儿三明治。前四批的座位在铁路办事处就被人预订了。”

“你大有前途啊，老兄，”比尔用英语对他说，“我想如果我刚刚给你五法郎，你大概会建议我们跳车了。”

“Comment?”①

“见你的鬼！”比尔说，“那就给我们几个三明治，再来一瓶葡萄酒。你跟他说吧，杰克。”

“请送到隔壁车厢。”我向他描述了一下我们所在的位置。

我们的卧铺包房里还有一个家庭——一对夫妻和他们的小儿子。

“我猜想你们俩是美国人吧？”那男人问，“旅途愉快吗？”

“棒极了！”比尔说。

“你们算是心想事成了，年轻的时候就应该去旅行。我跟孩子他妈一直就想出来逛逛，可总是耽搁下来。”

“你要是真想出来，十年前就可以的，”妻子说，“你一直叨

---

① 法语，“您说什么？”

叨的是什么，‘先看看美国再说！’要我说的话，这里那里的，我们见过的地方也不算少了。”

“所以说，在这列车上的美国人还挺多，”男人说，“他们从俄亥俄州的达顿来，占了七个车厢。他们之前前往罗马朝圣，现在要去比亚里茨和卢尔德。”

“原来是因为他们，朝圣信徒。这些该死的清教徒。”比尔说。

“你们两位小伙子来自美国什么地方？”

“我来自堪萨斯城，”我说，“他来自芝加哥。”

“你们俩都去比亚里茨？”

“不是，我们去西班牙钓鱼。”

“哦，我向来对这个不感兴趣。但是在我的家乡，有很多人喜欢钓鱼。我们蒙大拿州有几家顶级棒的钓鱼场所，我带孩子们去过，但是一直不太喜欢。”

“你去的那几次，可钓了不少鱼啊！”他妻子说。

他朝我们挤挤眼。

“你知道女人是怎么回事，见到一罐酒或是一箱啤酒，她们就大惊小怪，觉得天要塌下了。”

“男人才会那样。”他妻子对我们说，她平静地捋捋齐膝的裙子下摆。“我投票反对禁酒，一方面为了让他高兴，另一方面是因为我喜欢在家里喝一点儿啤酒。这种人竟然能讨到老婆，真是匪夷所思。”

“哎，”比尔说，“你们知不知道，那帮清教徒已经把整个餐车给包了，我们至少得到下午三点半才能吃上饭。”

“你这话什么意思？他们不能这么做啊！”

“你们去试试，看能不能找到座儿。”

“哎，孩子他妈，看样子我们还是回去再吃顿早饭吧。”

她站起身，整整衣裙。

“两位年轻人，可以麻烦你们帮我们照看一下东西吗？我们走，休伯特。”

他们一家三口都去了餐车。之后没过一会儿，一位乘务员一路走来，吆喝着第一批用餐的乘客前往餐车用餐。那些朝圣者跟在他们的几位教士后面，开始列队穿过走廊。我们的朋友——那一家三口没有回来。一个侍者拿着我们的三明治和一瓶夏布利白葡萄酒经过我们这个车厢的走廊，我们把他叫了进来。

“今天你们可有的忙了。”我说。

他点了点头，“他们已经开始了，刚刚十点半。”

“我们什么时候才能吃饭？”

“哼！那我什么时候才能吃上饭啊？”

他把那瓶酒和两个玻璃杯放下，我们付了他三明治的钱，给了他小费。

“一会儿我来收拾这些盘子，”他说，“或者你们也可以顺路带给我。”

我们嚼着三明治，喝着夏布利，欣赏着车窗外的乡间风景。庄稼刚刚开始成熟，田里满是罂粟花。牧场一片青葱，树木优美挺拔，有些地方可以看到奔流的大河和林木掩映中的城堡从窗外闪过。

我们在图尔下车，买了瓶葡萄酒。等我们回到车上的包房时，我们发现蒙大拿的那位绅士和他妻儿正舒舒服服地坐着。

“比亚里茨有好的游泳去处吗？”休伯特问。

“这孩子如果不泡在水里，就像着了魔一样，”他母亲说，“这么大的孩子出门旅行也真是麻烦。”

“在那里游泳很棒，”我说，“不过有风浪时不太安全。”

“你们吃过饭了吗？”比尔问。

“嗯。他们开始进去的时候，我们已经坐好了，他们肯定觉得我们和他们是一伙的。一个侍者跟我们说了几句法语，他们就让其中的三个人回去了。”

“他们以为我们是磕头虫呢，”那个男的说，“由此可见天主教会的权势。可惜你们两位不是天主教徒，不然你们就可以第一批吃饭了。”

“我是天主教徒，”我说，“因此我才会这么生气。”

等到四点十五，我们终于有午饭可吃了。比尔最后生气了，他把一位正领着一行吃完饭往回走的清教徒的神父拦住了。

“什么时候我们这些新教徒能吃上饭，神父?”

“我不知道啊，你们没有拿到就餐券吗?”

“这种行为足以让一个人走投无路，只得去投奔三 K 党[①]。”比尔说，神父回头瞅了他一眼。

侍者们在餐车里供应着第五批商务餐。为我们服务的那名侍者的衣服被汗水浸透了，他白外套的腋窝处被汗水染成了紫红色。

“他一定是喝了很多葡萄酒!”

“或许里面穿着一件紫红色的汗衫。”

“让我们来问问他吧。”

“别问啦，他已经很辛苦了。”

火车在波尔多[②]停半个小时，我们下了车，在车站转悠了一下。这点儿时间是来不及进城的。后来列车穿过兰兹省，我们欣赏日落。松林中有一道道宽阔的防火带，像一条条街道。远方尽头处是一座山丘，山上树木郁郁葱葱。我们在七点半左右吃晚饭。在餐车里，透过敞开的窗户瞭望原野。这是一片长着松树和满是石南的沙地，几座房屋坐落在几小块空地上。火车偶尔驶过一个锯木厂。天逐渐黑了下来，但我们仍然能够感觉到窗外那一片泛着热气、多沙而黑暗的土地。大约九点左右，火车抵达巴荣

① 一个反对天主教、犹太人及其他少数民族的美国组织。
② 波尔多，法国西南部城市、港口，是一个传统而优美的城市，以盛产葡萄酒而著名。

纳。那对夫妇和休伯特一一同我们握手告别。他们要继续前行，到拉内格里斯镇，然后转车去比亚里茨。

“祝你们一路顺风。”男的说。

“在那里看斗牛时要小心一点儿啊!”

“或许我们还能在比亚里茨见面。”休伯特说。

我们背着旅行包和钓竿袋下了车，穿过昏暗的车站，来到了明亮的广场上。一辆辆出租马车和旅馆接客的公共汽车在广场上等候。罗伯特·科恩站在旅馆接待员的人群里。一开始，他没有看见我们，后来他才朝我们走过来。

“嘿，杰克。旅途愉快吗?”

“很好，”我说，“这是比尔·戈顿。”

“你好!”

“走吧，”罗伯特说，“我雇了一辆马车。”他有点儿近视，我以前没注意到这点。现在他紧盯着比尔，想看清楚。比尔有点儿腼腆。

“一起到我住的旅馆去吧。旅馆还可以，挺不错的。”

我们上了马车，车夫把旅行包放在他身旁的座位上，然后爬上了驾驶座。他抽了下鞭子，车子穿过黑洞洞的桥，往城里走去。

“我见到你很开心，”罗伯特对比尔说，“我以前听杰克讲过很多关于你的事情，我还读过你的几本书。你带钓线了吗，杰克?”

马车停在了旅馆门前，我们下了车回到旅馆。旅馆条件还不错，前台接待的人态度非常亲和。我们每人都有一间舒适的小房间。

第十章

第二天早上，天气不错，一些人在城里的大街上洒水。我们三个在一家咖啡馆吃了早餐。巴荣纳是个风景秀丽的小城镇，与干净秀丽的西班牙小城很像，临靠一条大河。河面上有一架桥，早上桥上已是暑气逼人了。我们走上大桥，然后横穿小城四处闲逛。

我也不能确定迈克尔要的钓竿能否及时从苏格兰送过来，所以我们就想找家渔具店铺。后来，我们在一家成衣店楼上给比尔买到了一根钓竿。卖渔具的人当时出去了，我们只好等他回来。最后他终于出现了，我们以很优惠的价格买到了一根相当不错的钓竿，还顺便买了两张抄网。

我们走回街上去参观当地的大教堂。据科恩说，它是某某建筑式样的经典建筑，我不记得他当时说的到底是什么式样了。那是一座非常漂亮的大教堂，既漂亮又阴暗，与西班牙的教堂一样。之后我们又途经旧城堡，来到当地旅游事业联合会的办事处，这儿应该是公共汽车的始发站。可是办事处的工作人员告诉我们，公共汽车要到七月一日才开始运行。我们在办事处打听了雇车前往潘普洛纳的大概费用，然后在市立剧院拐角处的一个大型车库花四百法郎雇了一辆汽车。跟司机约好四十分钟之后到旅馆去接我们，我们就又回到广场上吃早饭的那家咖啡馆，喝了杯啤酒。天气炎热，但是城里却仍像早晨一样清新、凉爽，在咖啡馆里坐坐实在是十分惬意。微风吹起，你能够感到海风的气息。广场上有鸽子起落，房屋是黄黄的、被阳光炙烤出来的颜色。我真舍不得离开这家咖啡馆。不过我们必须回旅馆收拾行李，把房费付清。我们付酒账的时候扔硬币小赌了一把，我记得最后是科恩付的钱，随后我们走回旅馆。我跟比尔每人只付了十六法郎的房钱，再加百分之十的服务费，我们叫人把行囊送到楼下，等罗伯特·科恩过来。在我们等待科恩的时候，我看见镶木地板上有只蟑螂，至少得有三英寸长。我把它指给比尔看，然后用脚踩住了它。我们一致同意，这只蟑螂一定是刚从花园里爬进来的，因为这家旅馆确实十分干净。

科恩终于下来了，我们一起出去准备上车。那是一辆很大的、带顶篷的汽车，司机穿一件蓝领蓝袖的白色防尘外衣；我们叫他把后车篷放下来。他把行李都堆到车里，我们就正式沿大街出城出发了。沿途经过好几处可爱的花园，回头望着城里的风光，然后就开上青葱而起伏不平的乡野。多数都是上坡路，一路上可以看到许多赶着牛车和牲口的巴斯克人，还有很漂亮的农舍。农舍房顶很低，涂的都是清一色的白灰泥。巴斯克地区的土地看着都特别肥沃，绿油油的一片，房子和村庄也都很优裕、整洁。每个村子里都有一个回力球场，在有些球场上孩子们顶着大太阳在玩耍。教堂的墙上都有标识，上面写着禁止把回力球朝墙上打，村子里的房子都有红瓦的屋顶。接着，道路转了个弯，开始爬坡，我们沿着山坡的地势一路往山上走，底下是个山谷，几座小山向后面一直延伸到海边。这里还看不到海，虽然海距离这里也不算太远。放眼望去，虽然只见重重叠叠的山峦，但是能够感觉到大海就在眼前。

我们进入了西班牙境内。那里有条小溪，还有一座桥，边境线一侧有西班牙的马枪骑兵驻防，他们头戴黑漆皮拿破仑式三角帽，背挎短枪；另一侧则是戴平顶军帽，留着小胡子的肥胖的法国兵。他们仅仅打开了我们的一个旅行包，把几本护照拿到哨所看了看。边境线的两边各有一家百货店和小客栈。司机必须到哨所里填几份汽车登记表，于是我们就走下车到小溪边，去看里面有没有鳟鱼。比尔想跟一位马枪骑兵练习几句西班牙语，但是他们交流得并不顺畅。罗伯特·科恩指着溪流问里面有没有鳟鱼，那位马枪骑兵说有，不过很少。

我问他有没有钓过鱼，他回答说没有钓过，他不喜欢钓鱼。

就在这个时候，有个老头儿大踏步走到桥头，他的头发胡子都很长，被太阳晒得发黄，身上的衣服活像是用麻袋片缝的。他手拿一根长拐棍，背着一头小山羊，四条腿都捆着，脑袋朝下耷拉着。

马枪骑兵挥了挥刺刀示意他回去。老头儿一句话也没说，扭头沿白色的大路又退回西班牙那边了。

“这老头儿怎么回事儿？”我问。

“他没有护照。”

我递给卫兵一根香烟，他接过去，说了声谢谢。

“那他怎么办？”我问。

马枪骑兵朝尘土吐了口唾沫。

“哦，他会直接从溪水蹚过去。”

“这里走私的多吗？”

“哦，”他说，“越境的不少。”

司机一边往外走，一边把几份证件折起来，放进外衣里面的口袋。我们都上了车，车沿着尘土飞扬的大路驶向西班牙。一开始，四周的景物没有什么变化，我们一路爬坡，从一个隘口上穿过，道路百折千回，这才到了真正的西班牙。褐色峰峦绵延不绝，山坡上长了一些松树，再远一点儿则是山毛榉的森林。道路一直升到隘口的绝顶处，然后开始下降，司机为了不撞上两头在路中间睡觉的驴，不得不按响喇叭，放慢车速，从路边绕过去。我们从山上下来，经过一片橡树林，白色的牛群在森林里吃草。再往下就是绿草茵茵的平原和清澈见底的溪流，我们穿越溪流，经过一个幽暗的小村庄，又开始爬坡。我们爬呀爬呀，翻过一个高高的隘口，然后顺着山势转向，道路向右边下坡，我们由此欣赏到南边另一道山脉的全景，清一色全是棕褐色，像是被烤焦了，而且沟壑纵横，形状千奇百怪，十分壮观。

不一会儿，我们驶入群山之中。道路两旁都是树木，有条小溪流过，再就是一片熟透的庄稼，道路笔直地朝前伸展，白得耀眼。然后是个缓坡，左侧有座小山突起，一座古堡耸立在山上，周围有一圈建筑群围着它，一片庄稼地一直抵到城墙边上，随风摇曳。我坐在副驾驶的位置，转身向后看了看。罗伯特·科恩在打瞌睡，不过比尔也在欣赏车外的景色，并连连点头。然后我们穿过一片开阔的平原，右边有条大河在树林间波光粼粼地奔流，太阳倒映在河里面，潘普洛纳高地在地平线上升起，可以看到老城墙和壮观的棕色大教堂，还有刺破了地平线的其他教堂的轮廓。高地背后又是群山环绕，白色的道路一直伸展开去，穿过平原直达潘普洛纳城。

我们驶入位于高地另一侧的城区，灰尘扑面，道路陡然向上爬升，路两旁是遮天蔽日的行道树。之后路面下降，我们穿过古城墙外正在建设中的新城区，又途经斗牛场。这是幢高高的白色建筑，在阳光的照射下，它显得很坚固。然后我们穿过一条小巷进入大广场，车子在蒙托亚旅馆前停了下来。

司机帮我们卸下行装。一群孩子觉得我们的汽车很新鲜，纷纷围着看，广场上暑气逼人，树木绿意盎然，旗杆上挂着各色旗帜。我们避开太阳的照射，躲到绕广场整整一周的拱廊底下享受阴凉，很惬意。蒙托亚先生见到我们很高兴，和我们一一握手，他给我们安排的是面朝广场的好房间。我们洗漱更衣后，下楼到餐厅吃午饭。司机也留下来就餐。饭毕，我们付了他钱，他就回巴荣纳去了。

蒙托亚旅馆有两个餐厅。其中一个在二楼，俯瞰着广场；另一个比广场的地面低一层，有道门和后街通着，牛群一大早穿街过巷朝斗牛场奔去时就经过这条后街。楼下的餐厅一直很阴凉，我们美美地吃了一顿。在西班牙的第一顿大餐往往会吓你一跳，有好几碟冷盘，一道鸡蛋做的菜，两道肉菜，还有蔬菜、沙拉、甜点和水果。你需要喝不少葡萄酒，才可以吃下这么多道菜。罗伯特·科恩本来想说他不需要第二道肉菜了，不过我们都没给他翻译，结果女侍者给他另外换了一道菜，我想是一盘冷肉。自从我们在巴荣纳见面后，科恩就一直心神不安。他并不确定我们是不是已经知道布蕾特跟他去过一次圣塞瓦斯蒂安的事，这让他相当难堪。

"喂，"我说，"布蕾特和迈克尔今天晚上应该会到这儿。"

"我不确定他们一定会来。"科恩说。

"为什么不一定来？"比尔说，"他们绝对会来的。"

"他们总是迟到。"我说。

"我觉得他们很可能不来了。"科恩说。

他这么说时带了一种了解内情的优越感，这让我和比尔很生气。

"我跟你赌五十比塞塔①，他们今天晚上肯定到。"比尔说。他一上火总喜欢跟人家打赌，所以通常赌注下得很蠢。

"我跟你赌，"科恩说，"很好！你来做个见证，杰克。五十比塞塔。"

"放心，我自己记着呢。"比尔说。我见他真的生气了，就想帮他消消气。

"他们一定会来，"我说，"不过今晚未必来得了。"

"你想取消赌局吗？"科恩问。

"不，为什么要取消？你如果愿意就把赌注提到一百。"

"好的，我奉陪到底。"

---

① 比塞塔是西班牙及安道尔在 2002 年欧元流通前所使用的法定货币。1 欧元大约相当于 166 比塞塔。

“够了，”我说，“再这样下去你们就得立个委托书，我要从中抽头了。”

“我没意见。”科恩说。他微微一笑，“或者你可以在打桥牌的时候再赢回去。”

“你还不一定能赢这个赌呢。”比尔说。

我们出去，绕过拱廊走到了伊鲁涅咖啡馆，点了杯咖啡。科恩说他要去刮刮胡子。

“你说，”比尔对我说，“我有可能赢了那个赌局吗?”

“希望渺茫，他们到哪儿也从没有准时过。如果他们的钱没汇到，那今天晚上他们是肯定不会出现了。”

“当时我一开口就已经后悔了，不过我必须得跟他比下去。我猜科恩这个人还不坏，但是他又是从什么地方了解这么多的?迈克尔和布蕾特可是跟我们说好要到这儿来的呀。”

我看见科恩穿过广场走了过来。

“他回来了。”

“我说，得让他改改他这种自高自大和犹太人的毛病了。”

“理发店关了，”科恩说，“四点才开门。”

我们坐在“伊鲁涅”舒服的柳条椅上喝咖啡，从阴凉的拱廊望向面前的大广场。过了一会儿比尔要回去写几封信，科恩又去了那家理发店。理发店还没开门，他决定回旅馆洗澡。我在咖啡馆门前闲坐了片刻，又去城里转了一圈。天气很热，我一直走在街道有阴凉的一边，穿过市场，再次欣赏了这座城市的风光。我来到市政厅，找到那位每年都为我预订斗牛票的老先生。他已经收到了我从巴黎汇给他的钱，给我预订好了票，所以斗牛这方面都安排妥当了。这位老先生是档案管理员，城里所有的档案都堆放在他的办公室里。当然这跟我们的故事没什么关系。他的办公室有一道绿粗呢包的门，还有一扇很厚实的木头门。我走出去以后，把两道门都带上，就剩他一个人坐在四墙都堆满档案柜的

“孤城”里。我走出市政厅来到街上，门房叫住了我，给我刷掉外衣上的尘土。

“您准是坐汽车来的。”他说。

我的领子后头和肩头部位都蒙了层灰扑扑的尘土。

“从巴荣纳过来。”

“我说呢，”他说，“一见您身上落尘的部位，我就知道您是坐汽车来的。”我给了他两个铜币作为酬劳。

我看到那座大教堂在街道尽头，于是走过去。我第一次见到它时，觉得它的外表不太好看，但是现在我很喜欢。我走进教堂，里面阴森森的，而且很幽暗，立柱高高地耸立着，还有几扇很漂亮的巨型花玻璃窗。有人在做祷告，大堂里弥漫着香火味儿。我跪下来为我想到的所有人祈祷：布蕾特和迈克尔、比尔和罗伯特·科恩，还有我自己，还有所有的斗牛士，又单独为我喜欢的几个斗牛士一一祈祷，其余的就索性放到一起祈祷了。然后，我再次为自己祈祷，但是在为自己祈祷时，我发现我几乎要睡着了，于是我就祈祷将要举行的斗牛比赛一定要精彩，狂欢节要搞得有声有色，还有就是钓鱼能有所收获。我思考了一下，还有别的什么愿望想要实现的。于是想到希望自己能有点钱，就祈祷自己能赚到一大笔钱，接着我又想到赚钱的方式，想到该怎么赚钱的时候，我又联想到了伯爵。于是我又开始琢磨伯爵现在在哪里？想到自从那晚蒙马特尔一别就一直没有见过他，就觉得挺遗憾的，还想起布蕾特跟我说的他做过的一些滑稽事儿。因为我一直把头搁在前排的木椅子靠背上跪在那里，所以我便为自己这样祈祷而有点儿惭愧，惭愧自己竟是这么糟糕的天主教徒。不过我也明白目前我对此毫无办法，或许永远都没有办法改变。可不管怎么说，天主教还是一种伟大的信仰，我只能希望自己能拥有信仰的热忱，也许下次来这个大教堂我就有了。随后我走出教堂，来到灼热的阳光下，站在台阶上。我右手的食指和大拇指还因为在圣水器中蘸了一下而湿漉漉的，我感觉到它们在太阳的照射下慢慢地蒸发变干。阳光很强烈，我借着旁边建筑物的荫蔽穿过广场，沿小巷走回旅馆。

那天吃晚饭时，我们发现罗伯特·科恩已经洗了澡，刮了脸，理了发，洗了头，而且为了使头发平顺有型还抹了点儿什么油。他心神不宁，而我丝毫不想帮他宽解。从圣塞瓦斯蒂安开来的火车预计九点到，如果布蕾特和迈克尔来的话，就该乘这班车。八点四十左右，我们的饭还没吃到一半，罗伯特·科恩就从桌边站起来，说他要到火车站。我故意说我愿意跟他一起去，我这么说只是为了戏弄他。比尔说，他这时候死也不想离开饭桌。我说我们一小会儿就回来。

我们步行前往火车站。科恩心神难安，而我却因此幸灾乐祸。我希望布蕾特就乘坐了这趟车。到了火车站我们得知火车晚点了，因此我们就坐在车站外面的一辆行李车上等。在没有战争时，我还从没见过有人紧张到像罗伯特·科恩这种程度的。我就在一旁看热闹。我这么幸灾乐祸的行为挺恶劣的，不过我情绪也确实挺恶劣。科恩有能够把所有人身上最卑劣的一面都给招出来的能力。

过了一会儿，山坡另一头远远地传来了火车的汽笛声，然后我们看到火车头上的前灯逐渐爬上山坡。我们走进车站，跟一群人挤在出站口。火车进站停稳之后，乘客开始从出站口走出来。

我们一直等到所有旅客都出了站还没有看到布蕾特和迈克尔。乘客要么搭乘公共汽车，要么租一辆马车，要么跟他们的亲戚朋友一起穿过黑暗朝城里走去。

“我早就知道他们俩是不会来的。”我们朝旅馆的方向走回去时罗伯特说。

“我倒觉得他们也许会来。”我说。

我们回到饭桌上时，比尔正在吃餐后水果，一瓶葡萄酒也被他喝光了。

“没来，是吗?”

“没错。”

“你不介意我明天早上再把那一百比塞塔给你吧，科恩?”比尔问，“我还没去换钱呢。”

“哦，算了吧，”罗伯特·科恩说，“我们换点儿什么别的赌吧，斗牛怎么样?”

“能赌，”比尔说，“可你根本不需要这么做。”

“这就跟拿战争来赌一样，”我说，“牵扯不到任何经济利益。”

“我十分急切地想看斗牛。”罗伯特说。

蒙托亚朝我们桌旁走过来，他手里拿着一份电报。“您的电报。”他把电报递给我。

电报上写着：“夜宿圣塞瓦斯蒂安。”

“是他们发来的，”我说，顺手把电报往口袋里一塞。要照平时，我都是要给大家传看一下的。

“他们今天晚上待在圣塞瓦斯蒂安，”我说，“他们俩向你们问好。”

我不知道为什么会涌起一种戏弄他的冲动。当然，现在我明白其中的缘由了。我对他跟布蕾特的关系生出一股盲目而又决绝的嫉妒。就算我把这事儿视作理所应当，也无法打消这样的情绪。我从没想到我会真的讨厌他，直到吃午饭的时候，他摆出那副什么都知道的得意姿态——还有就是那套又理发又洗头，还把头发抹得油光水滑的小把戏时，我才知道我是真的很恨他。所以我就直接把电报往口袋里一塞，再说，那封电报确实是发给我的。

“好了，”我说，“我们应该搭乘午间的公共汽车到布尔格特去了。他们要是明晚到的话，可以随时跟过去。”

从圣塞瓦斯蒂安开来的火车每天只有两班，第一班一大早到，再就是我们刚去接车的这班。

“这主意听起来不错。”科恩说。

“我们越早赶到河边越好。”

“什么时候动身对我来说都一样，”比尔说，“但越快越好。”

我们在“伊鲁涅”坐了一会儿，喝了杯咖啡，然后出去散了会儿步，先去斗牛场看了看，然后穿过一片田地，来到悬崖边上的树丛下，朝下看了看在黑暗中流淌的河流。然后我很早就回去睡觉了。我想，比尔和科恩在咖啡馆一定很晚才回去，因为他们回旅馆时我已经睡着了。

第二天早上，我出门买了三张去布尔格特的公共汽车票。汽车两点发车，这是最早的班次了。我在“伊鲁涅”闲坐看报，看到罗伯特·科恩从广场对面走来。他来到我的桌边，坐在一把柳条椅上。

“真是家舒服的咖啡馆，”他说，“昨晚睡得好吗，杰克？”

“睡得就像根儿木头。”

“我睡得不怎么好，比尔和我在外头一直待到很晚才回去。”

“你们都去哪儿了？”

“就在这儿。这儿关了门以后，我们又去了另外那家咖啡馆。那家的店主是个老头儿，他会讲德语和英语。”

“那是家瑞士咖啡馆。”

“没错，那老头儿看起来挺不错。与这家咖啡馆比起来，我觉得那家咖啡馆更好。”

“在白天就不怎么样了，”我说，“太热。哦对了，我已经买好车票了。”

“我今天不打算走，你跟比尔先去吧。”

“我已经帮你买了票了。”

“把票给我，我去把它退掉。”

“五比塞塔。”

罗伯特·科恩给我一枚五比塞塔的银币。

“我应该留下来，”他说，“你看，我怕有什么误会。”

“什么意思？”我说，“如果他们在圣塞瓦斯蒂安玩起来，恐怕三四天时间都到不了这边。”

“正是如此，”罗伯特说，“我担心他们以为可以在圣塞瓦斯蒂安遇见我，正是因为这个原因他们才在那里耽搁下来。”

“你为什么会这么想？”

“好吧，我跟布蕾特通信的时候这么建议过她。”

“那你为什么不留在那儿等他们呢？”我把这将要说出口的话又立刻咽了回去。我以为他自己也该想到这一点的，但是在我看来他根本没这么想过。

这下他倒是可以一吐衷肠了，因为他知道我对他跟布蕾特之间的关系是有所了解的，所以他很高兴能跟我说说心里话。

“好，我跟比尔午饭后立刻离开。”我说。

“我也希望能去，我们整个冬天都盼望着这次钓鱼呢，”他又开始情感泛滥了，“可我得留下来。这真的是我应该做的。他们一到，我马上就带他们跟过去。”

“我们俩先找到比尔吧。”

“我想去一下理发店。”

“午饭时见。”

我在比尔的房间里找到了他。他正在刮脸。

“哦，没错，他昨晚把一切都告诉我了，”比尔说，“他说起心里话来真是滔滔不绝。他说他已经和布蕾特约好了，要在圣塞瓦斯蒂安见面。”

“这个满嘴谎言的杂种！”

“哎，别这样，”比尔说，“别生气。旅行才刚刚开始，先别生气。不过话说回来，你是怎么认识这家伙的？”

“别提了！”

比尔回头看了我一眼，他脸才刮了一半，他一边往脸上抹肥皂沫，一边对着镜子继续往下说。

“去年冬天你不是还写了封信让他来纽约的时候带给我吗？谢谢老天爷，幸亏我喜欢四处旅行，总在外头晃荡，才没有碰上。你就没有其他的犹太朋友可以陪你旅行了？”他用大拇指摸了摸下巴，看了看，然后又继续刮。

“你自己不是有几位不错的犹太朋友吗？”

“哦，没错！我是有几个很棒的朋友。他们跟这位罗伯特·科恩可不是一类人。滑稽的是，这人还挺可爱的。我喜欢他，他只是让人难以忍受。”

“有时候他也能让人喜欢得不得了。”

“这个我知道，这点是有点儿可怕的。”

我大笑起来。

“是呀，笑你的吧，”比尔说，“昨儿晚上一直跟他混到两点钟的难道不是你？”

“他的情绪不好？”

“简直可以说是很可怕。话说回来，他跟布蕾特到底是怎么一回事儿呢？她真的跟他在一起过？”

他仰起下巴，左右转动了一下。

“当然了，她跟他一起去的圣塞瓦斯蒂安呢。”

“这真是一件蠢事，她为什么要这么做？”

“她想离开巴黎一段时间，可她一个人又哪儿都不能去。她说她本以为这对他会有好处。”

“人类真的是总做些傻事儿啊。她为什么不跟自己的家属或者和你老兄一起去呢？”他把“你老兄”这几个字含混带过——“或者跟我？为什么就不能跟我一起去呢？”他在镜子里仔细看着自己的脸，在两侧颧骨部位涂上了一大堆肥皂沫。“这是张可靠的脸，任何女人都可以相信。”

“但她又不认识你。”

“她真该见见，所有的女人都该见见。这个国家的每一块银幕上都应该出现这张脸。每位女性在离开婚礼圣坛时，都该发给她一张这个脸的照片。每位母亲都该让她们的女儿认识这张脸。我的儿啊，”他拿剃刀指着我，“带着这张面孔到大西部去，跟祖国一起成长吧！”

他把脸埋进脸盆，用冷水冲洗干净，抹上点儿酒精，然后仔细地看着镜子里的自己，把他长长的上嘴唇往下一扯。

“我的天哪！”他说，“这张脸是不是太可怕了？”

他看着镜子里的自己。

“而至于这位罗伯特·科恩嘛，”比尔说，“他真让我反胃，让他见鬼去吧！他在这儿留下真让我不开心，这样我们钓鱼的时候就没有他在一边烦了。”

“你说得太对了！”

比尔套用了西部大开发时期一个著名的口号：“到西部去，年轻人，跟祖国一起成长。”他说，“我们这就去钓鳟鱼。我们这就到伊拉蒂河[1]钓鳟鱼喽，我们这就去吃饭，喝遍西班牙的美酒，然后开开心心地上车开始美妙的旅程。”

“走，我们先去‘伊鲁涅’，然后就马上起程。”我说。

① 在比利牛斯山脉南麓，布戈尔附近。

第十一章

吃完午饭以后，我们背着行囊和钓竿出来，准备出发前往布尔格特，太阳炙晒着广场，公共汽车顶上都已经有人了，还有一些人正沿着梯子向上爬。比尔爬上顶层，罗伯特坐在比尔旁边帮我占了个座位，我又回旅馆拿了几瓶葡萄酒带着路上喝。我出来时，车上已经很挤了。顶层上所有的行李和箱子上都坐满了人，而所有的女人都在太阳底下扇着扇子。天实在太热了。罗伯特·科恩从车上爬下来，我正好坐在他刚才替我占的位置上，我们的座位就是一条横跨顶层的木头长椅。

罗伯特·科恩站在拱廊的阴凉下等着我们出发。一个巴斯克人抱着个很大的皮制酒袋，酒袋就横躺在我们座位面前，他的后背抵在我们腿上。他把皮酒袋递给比尔和我，要请我们喝酒，我把酒袋倾斜过来正准备喝的时候，他突然模仿汽车的高音喇叭嘟嘟叫了一声，学得非常逼真。我被震惊到了，把酒泼掉了一些，引得大家哈哈大笑。他向我道歉，再次请我喝他的酒。可不一会儿他又模仿了一次喇叭叫，我又上当了。他模仿能力可真强。这些巴斯克人都喜欢这套东西。挨着比尔的那个人跟他讲起了西班牙语，比尔听不大明白，所以他就拿了我们的一瓶酒，请那个西班牙人喝。那人摆了摆手，说天气太热，而且他午餐的时候已经喝得太多了。可比尔又给了他一次，他于是就接过去，喝了一大口，然后这瓶酒就在这部分人中间传了一圈。每个人都很有礼貌地喝了一小口，然后他们就叫我们把瓶塞塞好，收起来。大家都想请我们喝他们皮酒袋里的酒。他们都是农民，要到山区去。

最后，那个巴斯克人又学了一两次喇叭叫以后，车子终于启动了，罗伯特·科恩朝我们挥手道别，车上所有的巴斯克人全都和他再见。车一开出城，就凉快了许多。我们高高地坐在车顶，贴着树底下一路向前，感觉十分惬意。飞速的车带来阵阵凉风。我们沿着大路往下开，扬起的尘土扑打在树上，飘下山去。透过树间的空隙往回看，风景优美，潘普洛纳城从河岸的峭壁上拔地而起，巍然耸立。靠在我膝盖上的那个巴斯克人用酒瓶的瓶颈指着车外的美景，朝我们眨眨眼，点头赞叹不已。

“很漂亮，是不是?”

“巴斯克人真友好。”比尔说。

靠着我大腿的那个巴斯克人皮肤的颜色和皮马鞍的颜色一样，被太阳晒得黝黑，黑黝黝的脖子上满是皱纹。他跟其他巴斯克人一样穿了件黑色的罩衫。他转过身，把皮酒袋递给比尔请他喝。比尔则递给他一瓶我们带的酒。那巴斯克人伸出食指朝他摆了一摆，把酒瓶递还比尔，同时用手掌“啪”的一声拍上瓶塞。他把皮酒袋举得老高。

“举起来！举起来!”他说，“把酒袋举起来。”

比尔把酒袋举起，头部后仰着，让酒喷射进自己的嘴巴。喝完以后，他把皮酒袋放直，有几滴酒液顺着下巴淌下来。

“不对！不对!”几个巴斯克人嚷嚷起来，“不是这样的。”酒袋的主人正想亲自做个示范，没料到一个年轻的小伙子一把将酒袋抢了过去。他拿着酒袋，伸直双臂，然后高高举起，用手挤压皮袋，酒像水流一样乖乖地流进了他嘴里。然后他伸手高擎着酒袋，酒就沿着一条平直的轨迹喷到他嘴里，这次比之前更加猛烈了。而他则镇定自若地像之前一样，把酒咽下去。

“嘿!”酒袋的主人叫道，“这到底是谁的酒啊?”

小伙子伸出小指来朝他摆了摆，眼睛则充满笑意地看我们。然后他猛然间将酒线刹住，倏地将酒袋竖直，放低之后交还主人。他朝我们眨眨眼。主人痛心地晃了晃酒袋。

我们经过一座小镇，车停在一家旅馆门前，司机搬上来几个包裹。然后继续向前走，开出小镇后道路开始爬升。前面是一片庄稼地，嶙峋的石头和小山的山脊一直延伸到田里。庄稼地沿山坡向上延伸。我们爬升到更高的位置后，只见一片风吹麦浪的美丽景象。白色的道路布满灰尘，车轮过后，灰尘扬起，散布在车后的空中。道路攀登上山，也把肥沃的庄稼地留在了后边。现在，光秃秃的山坡和河道两侧只有小块的庄稼地零星散布。我们的车猛然间闪到路边，给一长列运输队让路。这个运输队由六头骡子组成，骡子一头紧挨着一头，拉着一辆满载货物、车篷老高的货车。货车和骡子身上都积了层尘土。这辆车后面紧跟着另一个骡队和另一辆货车，这辆车上装的是木材。骡夫往后一拉，把粗大的木闸扳上，刹住车，让我们的车先过。这一带的土地相当贫瘠，山上到处是石头，雨水在被太阳烤得坚硬的土地上冲刷出一道道沟壑。

我们顺着一个弯道驶入一个小镇，两侧突然开阔，一个青翠的山谷出现在眼前。一条小溪穿过小镇的中心，房屋后面不远处是一片片葡萄园。

汽车在一家酒馆前停了下来，许多乘客都下了车，好些原来蒙在巨幅油布底下的行李也被解开，从车顶上卸了下来。我和比尔下车，走进酒馆。酒馆又矮又暗，里面放着马鞍、马具和白木做的干草叉，房梁上还挂下来一串串帆布面绳子底的鞋子、火腿、腌猪肉、白色的大蒜头和长长的香肠。屋里面凉爽阴暗，我们站在一个长条柜台前，柜台是用木头做成的，后面有两个女人招呼卖酒，她们俩背后的货架上摆满了东西。

我们每人要了一杯土酿的白兰地，总共需要付四十生丁①。我给了那个女人五十生丁，多出来的算小费，可是她又把那个铜币还给了我，以为我把价钱听错了。

两位同车的巴斯克人也进来了，坚持要请我们喝酒。他们请每个人喝了一杯，然后我们就回请。他们拍了拍我们的后背，又买了一轮。然后我们再买，最后我们一起走出酒馆，回到外面的烈日和酷热中，重新爬到车顶上去。现在有了足够的空座，车上的人都可以坐到座位上了。原来躺在铁皮车顶上的那个巴斯克人，现在坐在了我们中间。酒馆里那个卖酒的女人也走了出来，在围裙上擦着手，跟车上的什么人说着话。司机走出酒馆，晃荡着两个皮制空邮袋，爬上车来，发动车子，车下的人都向我们挥手告别。

不一会儿，车子就开出了这个青翠的山谷，我们重新开始走山路。比尔跟抱着酒袋的那个巴斯克人聊了起来。有个人从椅子背后探身过来，用英语问："你们是美国人吗？"

"没错。"

"我四十年前去过那儿。"他说。

那是个老头儿，跟别的人一样皮肤黝黑，脸上留着白白的胡楂儿。

"那里怎么样？"

"什么？"

"你感觉美国怎么样？"

"哦，我当时去的是加利福尼亚。那是一个好地方。"

"那你为什么要离开呢？"

"什么？"

① 生丁，是2002年前法国流通的法定货币中的一种硬币，其面额有1、5、10、20生丁。1法郎等于100生丁。

“为什么要回到这里来?”

“噢，我是回来娶媳妇的。我自己原本是打算再去美国的，但是我老婆不喜欢旅行。你是什么地方的人?”

“堪萨斯城人。”

“我到过那里，”他说，“我还去过芝加哥、圣路易斯、丹佛、洛杉矶、盐湖城。”

他非常仔细地一一念出这些地名。

“你在美国生活了多久?”

“十五年，然后我就回来结婚了。”

“喝一口?”

“好吧，”他说，“你在美国可喝不到这种酒，对吧?”

“只要有钱，那里有的是。”

“你们为什么来这儿?”

“我们到潘普洛纳过节。”

“你喜欢斗牛?”

“当然，你不喜欢吗?”

“我也喜欢，”他说，“我想我是喜欢的。”

过了一会儿，他又说：“你们这次准备去哪儿?”

“去布尔格特钓鱼。”

“噢，”他说，“希望你们有所收获。”

他和我握手之后转身回去坐好。他同我们的谈话让别的巴斯克人对他可是刮目相看了。他舒舒服服地坐回去，每次我转身欣赏乡野风光的时候，他都朝我微微一笑。不过看来这一次费劲的美国英语的谈话使他累得不轻。之后他一句话都没说。

汽车一直往上爬。路边寸草不生，山地荒芜贫瘠，薄薄的泥土地上裸露着山石。回头望去，底下是铺展开来的原野。原野后面远处的山坡上，青葱与焦褐色相间的田地一块接着一块。远处与天相接的是连绵不绝的褐色群山，山形突兀奇崛。随着我们越攀越高，天际的群山也不断变换形状。汽车缓缓沿公路继续往上攀升之后，可以看到南面又一组群山跃出地平线出现在我们眼前。随后道路就翻越了极顶，转而平坦下来，最后进入一片树林。这是片软木槲树林，透过枝杈照进来的阳光斑驳陆离，林子后面有牛群在吃草。走出林子以后，道路沿着一处高地转弯，前头则是一片青葱的平原，有些起伏不平，黛色的群山将它围拢起来。这山跟我们抛在身后的那些焦褐色的群山很不一样。山上林木葱茏，云雾缭绕。青葱的平原向远处铺展开去，被栅栏分割开来，两行笔直的行道树中间夹出一条白色的大道，朝北纵贯整个平原。我们来到高地的边缘时，看到布尔格特的红顶白屋就铺展在面前，远处第一重黛色山脉的山冈上，龙塞斯瓦列斯修道院那灰色的铁皮屋顶若隐若现。

“那就是龙塞沃[①]。”我说。

“在哪里？”

“那边远处第一座山上就是。”

“这儿挺冷的。”比尔说。

“海拔高的原因，”我说，“应该有一千两百米了。”

“冻死人了！”比尔说。

汽车从高地上驶下，进入通往布尔格特的笔直的大道。我们经过一个十字路口，越过一座架在小溪上的桥。道路两边就是布尔格特的房屋。这条路上一条支路都没有。我们经过教堂和学校的操场，车子停了下来。我们下车，司机把我们的行囊和钓竿递下来。一位马枪骑兵走过来，他头戴三角帽，胸前交叉勒着黄皮带。

“这里面是什么？”他指着钓竿的套子。

---

① 这是龙塞斯瓦利斯在法语中的名字，该地处于比利牛斯山脉南麓一山隘地，在潘普洛纳东北部。

我打开来给他看。他要我们出示钓鱼许可证，我也掏出来给他看。他看了看上面的日期，就让我们过去了。

“这就行了？”我问。

“是的，当然了。”

我们沿街朝旅店走去，沿途都是刷得雪白的石头住宅，各户人家都坐在自家的门口，盯着我们看新鲜。

旅店的胖老板娘从厨房里出来，和我们握手表示欢迎。她把眼镜摘下来，擦一擦，然后再戴上。旅店里很冷，外面也起了风。老板娘打发一个侍女陪我们上楼去看看房间。房间里有两张床，一个脸盆架，一个衣橱，还有一幅巨大的镶在镜框里的龙塞斯瓦列斯圣母的钢版画。这个房间在旅店的北面。我们洗漱了一下，穿上毛衣，下楼来到餐厅。餐厅的地面是石头铺的，天花板很低，墙上镶了橡木嵌板。因为刮风的原因，百叶窗都关着，屋里很冷，我们都可以看到呼出的白气。

“我的天哪！”比尔说道，“希望明天可别像今天这么冷，我可不想在这种天气下河蹚水。”

有一架立式钢琴放在屋子尽头几张木头餐桌后面，比尔走过去弹了起来。

“我得暖和暖和。”他说。

我出去找到老板娘，问她食宿费每天要多少钱。她把手揣到围裙底下，连看都不看我一眼。

“十二比塞塔。”

“天哪，在潘普洛纳也不过花这么多钱。”

她没说话，只是把眼镜摘下来，在围裙上擦了擦。

“太贵了，”我说，“我们住大旅馆也只花这么多钱。”

“这个包含使用浴室的费用。”

“那你们有没有便宜点儿的房间？”

“夏天没有，现在可是旺季。”

我们是这家小旅店里仅有的两个旅客。算了，我想，反正也只有几天而已，将就着吧！

“也包括酒钱吗？”

“哦，包括在内。”

“好，”我说，“那就这么着吧。”

我回去找比尔。他朝我哈了口气，以展示天有多冷，然后继续弹他的琴。我在一张桌子边坐下，看起墙上挂的画来。有一幅画的是野兔，死的；有一幅是野鸡，也是死的；还有一幅是死鸭子。这些画看起来统统都黑乎乎的，像是被烟熏过。食橱里摆满了酒，我挨个看了个遍。比尔还在弹。

“喝一杯热的朗姆甜酒怎么样？”他说，“弹琴可暖和不了多久。”

我出去告诉老板娘朗姆甜酒是什么，是怎么配的。过了几分钟，一个女侍者端着个热腾腾的粗陶罐子走进来。比尔撇下钢琴跑过来，我们一边喝热甜酒，一边听着外面的风呼啸而过。

“这里面朗姆酒很少啊。”

我走到食橱跟前，拿出一瓶朗姆酒，往陶罐里倒了半杯。

“做得好，”比尔说，“行动胜过空想。”

女侍者走进来，收拾桌子准备摆饭。

“这风就跟从地狱里刮出来的似的。”比尔说。

侍女先端进来一大碗热菜汤，还有葡萄酒。喝完了汤，我们吃了香煎鳟鱼和一道特色炖菜，餐后的水果是满满一大碗野生草莓。在酒钱方面，我们可没吃亏，那侍者虽然很害羞，但给我们拿酒的时候也很爽快。老板娘进来检查了一次，数了数空酒瓶的数量。

酒足饭饱后，我们就上楼了。外面实在太冷，我们钻到被窝里抽烟，看报纸。夜里我醒过一次，听到外头呜呜的风响，更觉得躺在热被窝里是多么舒服。

第十二章

早上我一觉醒来，就跑到窗子边看外面的景象。天晴了，群山连绵，没有一点儿云雾。窗户底下有几辆大车和一辆老式驿车，驿车的篷顶已经因风雨侵蚀而有些破裂了。我想这是汽车时代以前遗留下来的。一只山羊跳到大车上，然后又跃上驿车的车顶。它冲着地下其他的山羊探了探头，我向它摆摆手，它马上跳了下去。

比尔还没睡醒。我穿上衣服，到外面走廊上穿上鞋，下了楼。楼下一个人都没有，我拉开门闩，出了旅店。一大早，外面很凉，大风过后，外面有很多露水，太阳还没出来，因此这些露水没有被晒干。我在旅店屋后的棚子找到一把鹤嘴锄，来到小溪边，想挖些钓鱼用的虫饵。溪水又清又浅，不大像是有鳟鱼的样子。岸边有很多草，我拣一处特别湿润的地方下锄，锄松了一大块草皮，草皮底下有些蚯蚓在爬来爬去。可是等我把草皮整个翻起来时，蚯蚓却都已经逃走了，我细心地继续挖下去，挖到很多蚯蚓。在湿地上挖了一会儿，我挖到的蚯蚓装满了两个空烟草罐，然后我又在蚯蚓上面撒了点儿土。那几头山羊就在那里待着，看着我挖蚯蚓。

回到旅店的时候，老板娘已经在厨房里了。我请她为我们煮些咖啡，并且帮我们准备好午饭。比尔正坐在床沿上，他已经睡醒了。

“我透过窗子看到你了，”他说，“但我不想打扰你。你在做什么？把你的钱埋起来？”

“你这个懒虫！”

“难道你是在为我们共同的利益努力工作？真好，希望你每天早上都能这样。”

“别赖在床上了，”我说，“快起来吧！”

“什么，让我起来？我永远也不想起来了。”

他又爬回被窝里，把被子盖得严严的，一直拉到下巴底下。

“你能说服我起来吗？试试看吧！”

我不管他，继续找渔具，统统收拾到渔具包里。

“你没兴趣？”比尔问。

“我要下去吃饭了。”

“吃饭，你刚才为什么不说吃饭，我还以为你想让我起床只是开玩笑。吃饭？真不错。现在的你还挺讲道理。你再出去多挖点儿蚯蚓吧，我马上就下来。”

“呸，去死吧你！”

“为大众服务嘛，”比尔穿上他的内衣和内裤，“你就不能表现出点儿可爱和怜悯吗？”

我收拾好渔具包、渔网和钓竿袋，抬脚走出房间。

“嘿，回来！”

我把头伸进门里。

“表现出一点儿可爱和怜悯来吧！”

我拿大拇指抵住鼻子，扇动四根手指，冲他做了个轻蔑的手势。

“这才不是可爱。”

我一边下楼，一边听见比尔在唱：“可爱和怜悯。当你感到……哦，就可爱一下吧！就怜悯一下吧！哦，给他们说点儿可爱的话，当你感到……就一丁点儿俏皮，就一丁点儿怜悯……”他下楼的过程中一直在唱，曲调用的是《婚礼的钟声正为我和我的姑娘敲响》。我这时正在读一份一周前的西班牙报纸。

“这套可爱啊、怜悯啊的玩意儿到底怎么回事?”

“什么，你竟然不知道‘可爱和怜悯’是怎么回事?”

“不知道，是谁说起来的?”

“整个纽约的人都为之疯狂了。就跟曾经为弗拉泰利尼家族杂技团感到疯狂一样。”

侍女端来了咖啡和抹了黄油的吐司。确切一点儿地说，那只是把面包烤了一下又抹了点儿黄油。

“问问她有没有果酱，”比尔说，“用可爱点儿的语气。”

“请问有果酱吗?”

“这可不能算俏皮，真希望我也会讲西班牙语。”

咖啡不错，是盛在大碗里喝的。侍女拿来了一玻璃碟果酱。

“谢谢。”

“嘿！不是这样的，”比尔说，“说点儿俏皮话。说句取笑德·里维拉的俏皮话。”

“我倒是可以问问她，他们觉得在里夫山陷入了什么样的果酱[1]当中。”

“真差劲!”比尔说，“真差劲。这事儿你做不来。就这么回事，你根本不知道什么叫俏皮。你也没有怜悯心，说点儿会让人怜悯的事儿吧。”

“罗伯特·科恩。”

“还不赖，比刚才强了。现在说说科恩为什么叫人怜悯？说得俏皮点儿。”

他喝了一大口咖啡。

“噢，见鬼!”我说，“大清早的，就开始耍嘴皮子了。”

---

① 有“果酱”和“困境”双重含义。

“就你这样，还号称要当个作家呢。你只不过是一个记者，而且是一个在海外流亡的新闻记者。你应该一起床就能耍嘴皮子，你应该一睁眼就能悲天悯人。”

“继续说，”我说，“谁教给你这些观点的？”

“所有的人。你不看报吗，你不跟别人交流吗，你是什么人啊？你就是个流亡的人。你为什么不在纽约住下来？如果你住在那儿，就能知道这些事儿了。你期望我能怎么样，每年都到这儿来亲口告诉你这些事情？”

“再来点儿咖啡。”

“好的，喝咖啡对你还是有好处的。里面有咖啡因，我们也正是因为咖啡因到了这里。咖啡因使一个男人骑上他的马，也把一个女人送进他的坟墓。你知道你什么地方出现问题了吗？你是个侨民，一个流亡者，是一个典型的最不幸的人。你难道没听说过吗？一旦远离了祖国，一个人就再也写不出任何值得出版的东西来了，哪怕是报纸上的新闻报道。”

他在喝咖啡。

“你是个流亡者。你已经失去了跟土地的联系，变得矫揉造作。虚假的欧洲标准已经将你弄得面目全非。你嗜酒如命，沉溺于性事。你把所有的时间都浪费在夸夸其谈上，却不肯脚踏实地地工作。你是个流亡者，懂了吗？你一天到晚就在各家咖啡馆里虚度光阴。”

“你说的这种生活倒是很好，”我说，“那我的工作都是什么时候做的？”

“你不做事，有一帮人声称有女人在养着你。另一帮人又说你根本就是个不中用的男人。”

“不是这样的，”我说，“我不过是出了场意外。”

“永远不要再提，”比尔说，“这种事压根就不该说起。你应该像亨利的自行车一样，故意把它搞成一个谜。”

他口若悬河，滔滔不绝，但他突然停下来不说了。我担心是他以为取笑我不行的俏皮话刺伤了我，我想让他接着说下去。

“不是什么自行车，”我说，“他当时骑在马背上呢。”

“我听说的版本是，那是辆三轮车。”

“那就算是三轮车吧，”我说，“飞机跟三轮车也有相似之处。飞机的操纵杆的操作原理和三轮车的驾驶盘是一样的吧。”

“可是不用踩脚踏板。”

“没错，”我说，“我想是不用脚踩。”

“我们还是别提这事儿了。”比尔说。

“好吧，我不过是想为三轮车辩护一下。”

“我觉得亨利还是个不错的作家，”比尔说，“而你绝对是个好人。有谁说过你是个大好人吗？”

“我不是什么好人。”

“听我说，你绝对是个大好人，我在这个世界上最喜欢的人就是你。在纽约我不能这么告诉你，否则别人可能怀疑我是同性恋。事实上，这就是美国的南北战争爆发的原因。亚伯拉罕·林肯[①]爱上了同为男性的格兰特将军[②]，杰斐逊·戴维斯[③]也是。林肯解放黑奴，仅仅是因为一次打赌。德雷德·斯科特一案[④]就是反酒吧联盟的圈套。上校太太和朱蒂·奥格雷蒂本质上原是一对同性恋。”

他停下来不说了。

“想知道更多？”

---

① 亚伯拉罕·林肯（1809—1865），美国第16任总统，领导了拯救联邦和解放黑奴的斗争。

② 尤里西斯·辛普森·格兰特（1822—1885），美国军事家、政治家，美国内战时期联邦军总司令。

③ 杰斐逊·戴维斯（1808—1889），美国军事家、政治家。

④ 指1857年美国法院判决的一个关于奴隶制案件，对最高法院的威望产生巨大损害，并成为南北战争的起因。

“继续。”我说。

“我就知道这么多，吃午饭的时候再继续吧。”

“你这个家伙!”我说。

“你这个流氓!”

我们在帆布包里放进了中午吃的冷食和两瓶葡萄酒，比尔背上了背包。我扛着鱼竿袋，抄网挂在背后。我们出发了，经过一片草地后，发现了一条小路。这条小路从田野中穿过，一直延伸到第一座山坡上的树林。我们就顺着这条小沙子路穿过了田野。田野起伏不平，遍地青草，因为羊群在这里放牧的缘故，草都被啃秃了。牛群是在山上放牧的，我们听到树林里传来的牛铃声。

小溪上架着一座独木桥，使得小路得以继续延伸下去。原木的表面被刨平了，有棵小树被压弯了，从对面伸过来刚好可以当作栏杆。小溪旁边有个浅浅的水塘，蝌蚪在水底的沙子上游来游去。我们走上陡峭的溪岸，穿过高低不平的田野。回过头看时，布尔格特的白房和红顶展现在我们眼前。白色的路上驶过一辆卡车，车轮扬起的尘土弥漫在空气中。

之后，我们又经过一条溪流，它比之前的那条水流更加湍急。一条沙子路从浅滩开始，一直延伸到树林中。我们走的小路在浅滩的下游与另一座独木桥相接，然后与沙子路会合，我们也就走进了树林。

这是片山毛榉的林子，树木都有一定的年龄了。地上盘根错节，树上枝丫虬结。我们走在由老山毛榉粗大的树干夹成的小路上，阳光透过枝叶照进来，在青草上留下一块块光斑。树木高大，枝繁叶茂，可并不觉得昏暗。大树下并不见矮树丛，只有平坦的草地，小草绿油油的，鲜嫩无比，参天的灰色树木间井井有条，就像一个公园一样。

“这才叫乡野。”比尔说。

道路顺着一座山头逐渐升高，我们也顺着小路走进了密林。道路仍不断向上爬去。有时是下坡，不过很快又陡直上升。一路上都能听到牛群在林中放牧的牛铃。最后，道路跃上了山顶，穿出密林。我们站到了这片田野的顶端，这是我们从布尔格特看到的那片林木繁茂的群山的最高峰。山脊向阳面的树林间有一小块空地，上面长满了野草莓。

道路穿出密林后，继续沿山脊向前延伸。前面的山地上也没有了树木，但是可以看得到大片黄色的金雀花。再往远处看去就是陡峭的绝壁，林木幽深，灰岩兀立，底下就是伊拉蒂河的河道。

“我们需要沿着山脊上的这条道儿翻越过这几座山，穿过远处山地上的几片树林，下到伊拉蒂河的河谷。”我指着前面的地势对比尔说。

“这次旅行一路上可真是够辛苦的!”

“到这边来钓鱼路途太远了，要想当天去了就回来可不是件容易的事。”

“容易，说起来好听。我们一直赶路跑到那边，然后再急忙赶回来，还得钓鱼，怎么可能容易呢?”

这段路程确实很长，乡野的景色虽然很美丽，但等我们从山林里跋涉出来，终于来到通向法布利卡河谷的陡路时，已经筋疲力尽了。

我们沿着道路走出荫蔽的密林，来到火热的阳光下。河谷就在前面，对岸是陡峭的山坡。山上有一片荞麦地，可以看到有一幢白房子在山坡上的几棵树下。天气很热，我们停在了拦河坝旁边的几棵树下。

比尔把背包挂在一棵树上，我们把钓竿一节一节接起来，装上线轴，系好接钩绳，一切都准备好，接下来就要钓鱼了。

“你确定这里面有鳟鱼?”比尔问道。

“这里面很多。”

“我要用假蝇钓钩，你带迈克尔的金蒂假蝇钓钩了吗?”

“盒子里面应该有几个。”

“你要用蚯蚓做诱饵吗?”

“嗯，我打算就在这水坝上钓了。”

“好吧，那我就把‘蝇钩书’给带走了。”他把一个蝇钩拴上，“我最好去哪里钓呢，上游还是下游?”

“下游最好，不过上游的鱼也很多。”

比尔顺着河岸朝下游走去。

“带一罐蚯蚓吧!”

“不了，我不想用蚯蚓。要是鱼不上钩，我就多在几个地方试试。”

比尔在水坝下面望着流水。

“我说，”他喊道，声音压过水坝的水声，“我们把带来的酒放到路那边的泉水里冰一下怎么样?”

“好呀。”我也喊。比尔朝我挥挥手，继续沿着河朝下游走去。我从背包里掏出那两瓶葡萄酒，拿到路边那个泉眼边上，泉水从一根铁管子里汩汩地往外冒。泉眼上盖了块木板，我把木板掀开，把酒瓶的软木塞敲紧，将酒瓶放到水里。泉水很凉，刺得我从手到手腕都麻了。我又把木板放回去，希望这两瓶酒不会被人发现。

我拿起靠在树上的钓竿，带上蚯蚓罐和抄网，回到坝上。建这个拦河坝原是为了抬高水流的落差，好让水上的原木运输更加方便。现在闸门关着，于是我坐在一根刨得方方的原木上，望着坝内那潭平静的池水，它可能很快就会形成瀑布了。坝脚下水流很深，白沫四溅。我装鱼饵的当口，一条鳟鱼突然扑的从溅着白沫的水流中跳了起来，跃到瀑布之上，很快就被冲进水花中消失不见了。还没等我装好鱼饵，又一条鳟鱼朝瀑布跃起，画出一道同样美丽的弧线后，在轰隆隆飞流而下的水中消失不见了。我拴上一个个头挺大的坠子，把它沉进水坝底下木材旁边冒着白沫的水流中。

第一条鳟鱼咬钩时我都没有发觉。我开始往上拽钓丝的时候，才感觉到已经有一条鱼上钩了。我把它从翻腾的瀑布底下拽出水面的时候，它拼命地挣扎摆动，差点儿把钓竿给弄折了。我摇摇晃晃地把它给拽上来，放在水坝上。这是条不错的鳟鱼，我拿它的脑袋朝木头上撞了撞，它抽动了两下就不能动弹了，我把它放进了袋子。

在我钓到它的这段时间里，又有好几条鳟鱼朝瀑布跃去。我再装上鱼饵，刚把钓丝放回去，马上又有一条上钩了。我如法炮制，也把它收进渔袋。不一会儿工夫，我就已经收获了六条鳟鱼，它们的个头都差不多。我把它们都摆出来，并排放好，头全朝一个方向，仔细观察它们。它们的颜色都很漂亮，由于在冷水中生活，身子紧绷结实。因为天很热，我把它们一一剖开，把内脏、鱼鳃等东西都剥掉，扔到河对岸去。我把鳟鱼拿到河边，在水坝上面用平静而水速较缓的冷水洗净，然后拣了些蕨类植物，把鱼都收到渔袋里：我先铺一层蕨类植物，然后每放三条鱼进去，就再铺一层，最后在最上面再盖一层。它们裹在蕨类植物当中看起来相当不错。现在渔袋也鼓了起来，我把它放在树荫底下。

坝上面天气很热，我就把蚯蚓罐和渔袋一起放在树荫下，从背包里拿出一本书，在树底下坐下来，一边看书，一边等着比尔回来吃午饭。

此时正午刚过，树荫很小，不过我背靠的是两棵长在一起的树，书还读得下去。这是艾·爱·伍·梅森的一本书，故事很精彩，讲的是一个人在阿尔卑斯山上被冻僵了，然后掉进了一个冰川里，从此就失踪了，他刚刚结婚的妻子整整等了他二十四年，他的尸体才在冰碛上显露出来，而真心爱着这位新娘的人也同样在等待着她，比尔回来的时候他们都还在等呢。

“有收获吗?”他问。他的钓竿、渔袋和渔网都在一只手里抓着，浑身都被汗湿透了。水坝上隆隆的水声盖住了他走过来的脚步声，所以我没听见。

“钓到六条，你怎么样?”

比尔坐下来，打开渔袋，把一条很大的鳟鱼拿出来，放在草地上。接着又拿出三条，一条比一条大，并把它们并排放在树荫下。他脸上汗水淋漓，不过心情很好。

“你钓到的大不大?”

“没有你的大。”

“拿出来看看嘛。”

“我都收起来了。”

“到底有多大?”

“跟你最小的差不多大。”

“你不是在糊弄我吧?”

“我倒挺想这样。”

“这些都是用蚯蚓钓的?”

“没错。”

“你个懒虫!”

比尔把鳟鱼收回袋里，朝河边走去，敞开的渔袋来回晃荡着。他腰部以下都是湿的，我知道他肯定下河蹚过水。

我走到路边的泉眼旁，把冰着的两瓶酒拿出来。酒瓶已经冰透了。走回树下的工夫，瓶壁上已经挂满了凝结的水珠。我铺了张报纸，把午饭摆出来，拔出一瓶酒的瓶塞，把另一瓶靠在一棵树上。比尔走回来，一边把手擦干，一边把他的渔袋里也塞满了蕨类植物。

“让我们来品尝一下这瓶酒吧。”他说。他把瓶塞拔开，倒举着喝了起来。“我的天哪！这对眼睛不好。”

“让我试试。”

酒液透心凉，稍微有点铁锈味儿。

“这酒没那么差劲。”比尔说。

“是冰过的原因。”我说。

我们把那几小包吃食打开。

“鸡肉!”

“还有煮鸡蛋。”

“有没有盐?”

“先是蛋，”比尔说，“然后是鸡。就连布赖恩①也明白这个道理。”

“我昨天在报上看到了他去世的消息。”

“不会吧，是真的?”

“千真万确，布赖恩已经死了。”

比尔放下了他正在剥的那枚鸡蛋。

“先生们，”他剥开报纸取出一只鸡腿说，“为了布赖恩，我把次序颠倒一下。为了表示对这位伟大平民的纪念，我们先吃鸡，再吃蛋。”

“不知道鸡是上帝在哪一天造的。”

“噢，”比尔吮着鸡腿说，“我们怎么会知道？我们就不应该这样猜想。人在这世界上停留的时间并不长，我们还是高兴些

---

① 布赖恩（1860—1925），美国政治家，民主党和平民党领袖。

好，笃信上帝，诚心感恩。”

“吃个蛋。”

比尔一手拿着鸡腿打手势，一手拿酒瓶。

“为了上帝的赐福，我们欢欣鼓舞吧！空中的飞禽，葡萄园出产的酒，让我们尽情地享用吧。你要来一点儿吗，兄弟？”

“你先来吧，兄弟。”

比尔喝了一大口。

“喝一点儿，兄弟，”他把酒瓶递给我，“我们可不能怀疑，兄弟。我们可不能像类人猿一样，将爪子伸进鸡窝，去窥探神圣的奥秘。让我们只凭信仰去接受，只说——我希望你跟我一起说——可我们该怎么说，兄弟？”他用鸡腿指着我继续道，“让我来告诉你。我认为我们要骄傲地说——我希望你跟我一起说，跪下来，兄弟。让大家再也不会为在这辽阔的原野上下跪而羞愧。不要忘记，丛林本就是上帝最早的神庙。让我们跪下来，说：‘放过那只母鸡——那是门肯。’”

“请吧，”我说，“享用一点儿美酒吧！”

我们又打开了一瓶。

“怎么回事？”我说，“你不喜欢布赖恩？”

“我喜欢他，”比尔说，“我们就像是亲兄弟。”

“你们是在什么地方认识的？”

“他，门肯，还有我，都曾在圣十架大学上学。”

“还有弗兰基·弗里奇。”

“这不是真的，弗兰基·弗里奇上的是福德姆大学。”

“好吧，”我说，“我跟曼宁主教一起上的罗耀拉。”

“还是谎话，”比尔说，“跟曼宁主教一起在罗耀拉大学上学的是我，不是你。”

“你喝多了。”我说。

“谁说的?”

“不然还是什么?”

“是湿度的关系,”比尔说,“他们应该让这该死的潮湿干一些。”

“再喝一口。”

“我们就这点儿酒吗?”

“只带了两瓶。”

“你知道你是什么样的人吗?”比尔望着酒瓶子,满怀深情。

“不清楚。”我说。

“你就是反酒吧联盟花钱雇的奸细。”

“我跟韦恩·比·惠勒一起上的圣母大学。”

“你又说谎了,”比尔说,“我跟韦恩·比·惠勒一起上的奥斯汀商业学院,他还是班长呢。”

“好吧,”我说,“必须得取缔酒吧。”

“你这话说得不错,老同学,”比尔道,“必须得把酒吧取缔,而我要带着酒吧一起走。”

“你喝多了。”

“我喝醉了?”

“没错。”

“好吧,没准儿是这样。”

“想小睡一会儿吗?”

“行。”

我们把头枕在树荫下,抬头仔细观察这些树。

“睡着了?”

“没呢,”比尔说,“我在思考。”

我闭上眼睛。躺在地上感觉很棒。

“我说,”比尔道,“布蕾特现在是什么情况?”

“你指的是什么?”

“你爱过她?”

“没错。”

“多长时间?”

“断断续续的应该有很长时间吧。”

“哦，真见鬼!”比尔说，“我很抱歉提起这件事情，老兄。”

“没关系，”我说，“现在我已经不在乎了。”

“真的吗?”

“当真，只不过我非常不喜欢谈起这件事情。”

“我已经和你谈起来了，你不生气吗?”

“我为什么要生气?”

“我要睡了。”比尔说着就把报纸盖在脸上。

“听着，杰克，”他说，“你真是个天主教徒?”

“按规定来说，是!”

“这话什么意思?”

“我也不知道。”

“好吧，我真要睡了，”他说，“别再继续说下去了，那样我没有办法睡觉了。”

我也打算睡了。等我醒来的时候，比尔正在收拾帆布背包。已经临近傍晚了，树荫被拖得很长，一直盖过了水坝。在地上睡这么一觉，醒来浑身僵硬。

“你怎么了，醒了?”比尔问，“你何不直接在这睡上一晚?”我伸了个懒腰，揉了揉惺忪的睡眼。

“我做了个美梦，”比尔说，“具体是什么内容，我已经不记得了，但那是个美梦。”

“我应该没有做梦。”

“你应该做梦，”比尔说，“我们所有的大商人都是梦想家。看看福特、柯立芝总统、洛克菲勒，还有乔·戴维森。”

我把我的和比尔的钓竿拆开，放进钓竿包里。然后我把线轴放进渔具袋。比尔已经把帆布包收拾好了，我们把一个装鳟鱼的渔袋放进去，另一个我拎着。

“好了，”比尔说，“我们没有落下什么东西吧？”

“还有蚯蚓。”

“那是你的蚯蚓，把它们放到背包里吧！”

他已经把包背上了肩，我就把两个蚯蚓罐塞到了背包外头一个带盖的小袋子里。

“现在你没落下什么东西了吧？”

我又扫了一眼榆树底下的草地。

“是的。”

我们动身走进树林，沿着来时的大路往回走。走回布尔格特实在是段很长的路，等我们穿过田野走上公路，再沿镇上两侧都是住户的道路走回旅店时，已是夜晚时分，天色太黑，街上已经灯火通明了。

我们在布尔格特一共待了五天，钓鱼让我们过得很开心。那里夜晚很冷，但白天很热，不过，就算是白天最热的时候也有凉风拂面。这么热的天里，我们蹚进冰冷的河里去钓鱼，感觉很好。上岸坐一会儿，太阳就能把衣服给晒干了。我们发现了一条小溪，溪水中有个可以游泳的深潭。晚上我们跟一个叫哈里森的英国人玩起了三人桥牌。他从圣让皮耶德波尔一路徒步走来，在我们住的旅店停留几日，也是过来钓鱼的。他很友好，我们一起去了两次伊拉蒂河。无论是罗伯特，还是布蕾特和迈克尔，在这段时间都杳无音信。我们没有听到有关他们的任何消息。

第十三章

一天早上，我从楼上下来吃早饭，那个叫哈里森的英国人已经在餐桌旁就座了。他戴着眼镜看报纸，见到我抬起头来朝我微笑。

“早上好，”他说，“我这儿有你一封信。我去了趟邮局，他们让我把你的信一起捎回来。”

信在餐桌边我的位子上放着，斜靠在一个咖啡杯上。哈里森接着读报纸。我打开信，这是从潘普洛纳转过来的。它是星期天从圣塞瓦斯蒂安发出的。

亲爱的杰克：

我们周五来到这个地方，布蕾特在火车上醉得一塌糊涂，因此我就带她来了我的老朋友这里。我们在这里休息了三天。我们将于周二出发去蒙托亚旅馆，也不知道具体几点到。希望你能给我们回一封短信，通过公共汽车捎给我，告诉我们周三怎么跟你们会合。最衷心的问候，同时我对我们的迟到深感抱歉。但布蕾特实在是累坏了，到周二应该就能恢复了，事实上现在已经有所好转了。我非常了解她，会设法照顾好她，不过这可真不是件简单的事。替我向大伙儿问好。

迈克尔

“今天是周儿?”我问哈里森。

“我想是星期三了吧。是的，没错。就是星期三。在这深山老林里过得连日子都不记得了，真够神奇的。”

“是呀，我们到这儿来已经快一个星期了。”

“我希望并没打算离开。”

“恐怕今天下午我们就得坐汽车回去了。”

“太糟糕了，我还希望我们能一起再去一趟伊拉蒂河呢。”

“我们必须得赶回潘普洛纳了，跟朋友约好了在那儿碰头。”

“我运气可真够差的，在布尔格特这儿过得多开心啊。”

“来潘普洛纳吧，可以在那儿继续打桥牌，而且那儿就要举行一场棒极了的狂欢节。”

“你能够邀请我过去真的是太棒了。我很愿意到那里去。不过我最好还是待在这儿，可以钓鱼的时间已经所剩无几了。”

“你是想在伊拉蒂河钓到几条大鳟鱼吧。”

“说得没错，你知道，那里面真有大鳟鱼呢。”

“我也很想再去一次。”

“那就去吧，在这儿再待一天，就听我的吧。”

“我们真的得回城了。”我说。

“太遗憾了。”

吃完早饭，我跟比尔坐在旅店门前的一条凳子上，晒着暖洋洋的太阳，讨论了一下这件事情。我看见一个姑娘从通往镇中心的路上走过来。她在我们面前停了一下，从裙子上挂的皮袋里拿出一封电报。

“这是给你们的?”

我看了一眼。收件人一栏写的是“杰克·巴恩斯收”。

“是的，这是给我们的。”

她拿出一个本子让我签收，我给了她几个铜币。电文是用西班牙语写的:“我周四到，科恩。”

我把电报递给比尔看。

“‘Cohn’这个词什么意思?”他问。

“糟糕透顶的电报!”我说,“这样的价钱他可以发十句话的。‘我周四到’,好像这里面真有很多内幕消息是让人感兴趣的，是不是?”

“它把所有科恩感兴趣的全都透露出来了。”

“不管怎么说我们要回去了,”我说,“要想在狂欢节前把布蕾特和迈克尔弄到这儿来再弄回去，还不够折腾的。我们应该回一封电报吗?”

“最好回一个,”比尔说,“我们没必要显得太目中无人。”

我们步行到邮局，要了一张空白电文纸。

“怎么说?”比尔问。

“‘今晚到’。这么说就足够了。”

我们为电报付了钱，又走回旅店。哈里森还在，我们仨一直溜达到龙塞斯瓦列斯，参观了一遍修道院。

“这是个标志性的地方,”哈里森说,“不过正如你们所知，我不怎么喜欢这类地方。”

“我也是。”比尔说。

“毕竟是个很不错的地方,”哈里森说,“不来看看总觉得遗憾。我每天都想着要过来看看。”

“但是这件事情还是没有办法跟钓鱼相提并论，是不是?”比尔说，他很喜欢哈里森。

“那当然。”

我们这时正在修道院的礼拜堂前面站着，那座修道院已经非常古老了。

“街对面是不是有家小酒馆?”哈里森问,“还是我看错了?”

“看着像！”比尔说。

“我看着也像。”我说。

“我说，”哈里森说，“我们去那里享用一下吧。”“享用”这个词儿他就是从比尔那儿学的。

我们每人点了一瓶酒，哈里森不让我们付账。

他说西班牙语说得很好，酒馆的老板不肯收我们的钱。

“我说，你们不知道在这儿能够遇见你们俩对我来说意味着什么。”

“我们和你在一起也开心极了，哈里森。”

哈里森有点儿醉了。

“你们真不知道对我的意义有多大，大战结束之后我就没过过几天开心日子。”

“下次我们约好了再一起去钓鱼。一言为定，哈里森。”

“一言为定，我们在一起过得真的是非常开心。”

“再来一瓶怎么样？”

“好主意。”哈里森说。

“这次算我的，”比尔说，“要不然我就不喝。”

“我希望还是让我来付，你知道这是我的荣幸。”

“我也会因此很高兴。”比尔说。

酒馆老板给我们拿来第四瓶酒，我们还是用之前的酒杯，哈里森举起手里的酒杯。

“你知道这确实值得好好享用一番。”

比尔拍了拍他的背。

“哈里森，老兄。”

“其实我并不姓哈里森，我的姓应该是威尔逊—哈里森。它是个双姓，中间有个连字符，这你们是知道的。”

“威尔逊—哈里森，老兄，”比尔说，“我们只叫你哈里森，是因为我们太喜欢你了。”

“巴恩斯，你不知道这对我意义有多大。”

“来，我们再喝一杯。”我说。

“巴恩斯，真的，巴恩斯，你不会明白的。我就这么句话。”

“干，哈里森!”

我俩架着哈里森，一路从龙塞斯瓦列斯走回旅店。在旅店，吃了午饭，然后哈里森把我们送到汽车站。他把他的名片给了我们，上面有他在伦敦的地址和他的俱乐部的地址，还有他的办公地址。上车以后，他又递给我们每人一个信封。我打开来一看，原来是一打假蝇钓钩。那是哈里森亲手扎的，他用的钓钩都是自己扎的。

“嘿，哈里森——”我开口道。

“别，别!”他说，他正从汽车上往下爬。“这根本算不上一级棒的假蝇钓钩。我只希望在将来的某一天，如果你们拿它来钓鱼的时候，能想起我们一起度过的这段快乐时光。”

汽车开动了，哈里森站在邮局门前跟我们挥手告别。等车子开上了公路，他才转身走回旅店。

“我说，这个哈里森不错吧?”比尔说。

“我看他这段时间确实过得很开心。”

“你说哈里森吗?那是当然。”

“他要是能来潘普洛纳就好了。”

“他只想钓鱼。”

“是呀，反正你很难明白英国人彼此之间是怎么和睦相处的。”

“这话说得很对。”

我们将近黄昏时分进入潘普洛纳城，汽车停在蒙托亚旅馆门前。广场上有人在架设电灯线路，为的是在狂欢节期间可以照亮广场。汽车停下来，有几个孩子围拢上来。本城的一位海关官员让大家都从汽车上下来，在人行道上把行李都打开。我们走进旅馆，上楼时遇到了蒙托亚。他带着他惯常的忸怩的微笑跟我们俩握了握手。

“你们的朋友来了。”他说。

“你指的坎贝尔先生？”

“没错。科恩先生和坎贝尔先生，还有阿什利夫人。”

他微微一笑，好像我自己会听到些什么事情似的。

“他们什么时候到这里的？”

“昨天，你们两位的房间我还给你们保留着。”

“那真是太棒了。你给坎贝尔的房间是面向广场的吗？”

“是，就是之前我们选定的那些房间。”

“他们现在在什么地方？”

“我想他们应该是看回力球赛去了。”

“今年的公牛有什么消息吗？”

蒙托亚又是微微一笑。“今晚，”他说，“就在今晚七点，他们会把维拉尔公牛放进牛栏，明天来的是米乌拉的公牛。你们都去看吗？”

“哦，没错。他们都还没见识过公牛是怎么从牛栏里放出来的呢！”

蒙托亚用手在我肩膀上拍了拍。

“那我们到时候在那边再见吧！”

他再次微微一笑，他总是这么笑，仿佛有不能与人言说的秘密，对此我们却是心照不宣。而对于那些不明就里的外人，实在是不方便告诉他们。

“你的这位朋友也是斗牛迷吗？”蒙托亚转向比尔笑了笑。

“没错，他是专程从纽约赶来参加圣费尔明节的。”

“是这样吗?”蒙托亚非常客气，但语气中透露着怀疑。“但是他看起来没有你那么着迷。”

他再次把手搭在我肩膀上，还是挺忸怩的。

“当然，”我说，“他真是个斗牛迷。”

“可他还是比不上你。”

西班牙语“aficìon”的意思是“热烈的爱好”。而所谓“aficìonado”就是“狂热喜欢斗牛的斗牛迷”。蒙托亚的旅馆接待了所有优秀的斗牛士，也就是说，住这儿的都是真正热爱斗牛的人。那些为了赚钱的斗牛士或许来这里一次就绝对不会再来了。而优秀的斗牛士每年都会来。蒙托亚的房间有很多他们的照片，题词大都是献给华尼托·蒙托亚或是他姐姐的。蒙托亚把真正信得过的斗牛士的照片都镶了框。而那些对斗牛并无真正激情的斗牛士的照片，他都收在了抽屉里。这些照片上的题词，倒常常有过分奉承的。但实际上并没有什么意义。有一天，蒙托亚把这些照片全都扔进了纸篓。他根本就不想再让别人看到它们了。

我们经常一起谈谈公牛和斗牛士。我有好几年都在蒙托亚住宿。我们每次谈话都不会持续很长时间，不过这样互相交流感受，我们感到很高兴。有些人会从很远的城镇特意赶来过节，在离开潘普洛纳之前找到蒙托亚，跟他谈几分钟和斗牛相关的事儿。这些人都热衷于斗牛。这些斗牛迷即便在他的旅馆客满的时候也总能搞到房间。我还通过蒙托亚认识了其中的几位。一开始，他们总是很客气，等知道我是美国人后，总是觉得特别好玩。不知怎么的，一个美国人总是理所当然地被认为不可能热爱斗牛。他的热爱要么出于假装，要么就是错把刺激当作了热爱。当他们发现我确实是真的热爱斗牛以后——这种热爱没办法通过某种暗语或是一套问题就能测试出来，它不如说是通过一系列总是稍稍有些自我保护意味，又遮遮掩掩的口头提问进行的一种精神测验——他们就会像蒙托亚一样，忸怩地用手按着我的肩，或者赞我一声“好汉!”不过在更多的情况下是实实在在地伸手摸一下，就仿佛他们想通过实际的触摸来确认一下对斗牛的热爱的真假。

蒙托亚可以原谅真正怀有激情的斗牛士的任何行为。他可以原谅突然发作的紧张、恐慌、莫名其妙的恶劣举动，以及其他各种各样的失误。对于一个真正怀有激情的人，没什么是他不能原谅的。他同时也原谅了我，不去追究那些朋友的事儿。经他这么闭口不提，我的那些朋友也就成了我们俩之间羞于提及的事情，就像在斗牛场上马儿被公牛挑出了肠子这等不光彩的意外，还是不说为好。

我们聊天的时候比尔先上楼去了，我上楼之后发现他正在房间里梳洗更衣。

“好嘛，”他说，“又跟人用西班牙语聊了半天?”

“他是告诉我今儿晚上公牛进栏的情况。”

“我们找到咱们的同伴儿，一起去看吧!”

“好主意，他们很可能在咖啡馆里。”

“你弄到票了吗?”

“已经拿到了，我拿到了公牛出笼的所有票子。”

“那到底是个什么情形?”他在镜子前伸长脖子，以确认下巴底下的胡子已经刮干净了。

“精彩极了，”我说，“他们一次从笼子里放出一头公牛，然后在牛栏里放进好几头犍牛来截住它，不让这些公牛相互顶撞，公牛就冲向这些犍牛，犍牛好像老保姆一样四散奔逃，让它们安静下来。”

“有犍牛被公牛挑死过的情况发生吗?”

“当然有。有时候公牛紧追不放，就把犍牛给挑死了。”

“犍牛没有办法寻求活路吗?”

“哪里有，它们只想跟公牛交朋友呢。”

“把它们放进去到底是为了什么?”

“目的是让公牛安静下来，别在石墙上撞断了角，或是相互挑伤了!”

“当头犍牛肯定很有意思。”

我们下了楼，走出大门，穿过广场，走向“伊鲁涅”咖啡馆。广场上有两座孤零零的售票亭。几扇窗户上分别写着 SOL, SOL Y SOMBRA 和 SOMBRA① 的字样，不过窗户都关着，要等到狂欢节前一天才开放。

广场对面，“伊鲁涅”的白色柳条桌椅都摆到了拱廊外面，一直摆到了街边。我在咖啡座上每个桌子上寻找布蕾特和迈克尔。他们果然在，布蕾特、迈克尔和罗伯特·科恩都在这儿。布蕾特和迈克尔都戴了一顶巴斯克人的贝雷帽。罗伯特·科恩没戴帽子，不过他戴着眼镜。布蕾特看到我们向他们走过去，就朝我们招手。我们走到桌边时，她眯起眼看着我们，眼角又皱了起来。

“嘿，你们两个家伙!”她叫道。

布蕾特很开心。迈克尔有个本事，能在握手时给人一种强烈的情感。罗伯特·科恩因为我们赶回来了，所以跟我们握手。

“你们到底去哪儿了?”我问。

“是我把他们带到这儿来的。”科恩说。

“荒谬，”布蕾特说，“你要是不来找我们的话，我们还可以早些到这儿。”

“那你们一辈子都到不了这儿。”

---

① 西班牙语，意为“太阳、太阳及阴影、阴影”。此处是指斗牛场座位的三档，向阳的、半向阳的及背阴的。

“瞎说！瞧瞧比尔，你们两个家伙都晒黑了。”

“钓鱼开心吗?”迈克尔问，“我们本来是想跟你们一起去钓的。”

“不赖，我们一直惦记你们呢。”

“我想过去的，”科恩说，“不过我想还是应该带他们来这儿。”

“你带我们？真是荒唐。”

“钓鱼真的很过瘾吗？”迈克尔问，“钓到很多？”

“有几天，每人都钓到十几条。我们还在那儿结识了一个英国人。”

“姓哈里森，”比尔说，“你认识他吗，迈克尔？他也参加过大战。”

“他真是个幸运的家伙，”迈克尔说，“那段日子多么令人难忘啊。我多么希望时光能够倒流，我们可以再回到当初那些日子。”

“别说傻话。”

“你参加过大战，迈克尔？”科恩问。

“当然。”

“他是个出类拔萃的战士，”布蕾特说，“跟大家讲讲那次你的马在皮卡迪利大街脱缰狂奔的事儿吧！”

“我不说，我已经讲过四次了。”

“但是我从来没有听你谈起过呢。”罗伯特·科恩说。

“我才不讲这一段呢，这事儿很丢人。”

“那就说说你的勋章的事儿。”

“我不说，那事儿更丢脸。”

“到底是怎么回事呀？”

“布蕾特会讲给你们听的，凡是让我丢脸的事儿她都乐意讲。”

“说吧，告诉我们，布蕾特。”

“我应该说吗？”

“还是我自己来吧。”

“你都得了些什么勋章，迈克尔？”

“我什么勋章都没得。”

“你肯定得过几枚的。”

“我觉得一般的那几种勋章我还是可以得着的，不过我从来就没有申请过。有一次举行一场非常盛大的，英国王子也要参加的晚宴，请柬上写着要佩戴勋章。我自然是没有勋章的，于是就跑到我的裁缝那儿请他帮忙。他对这份请柬可是肃然起敬，我马上想到了一个很好的交易，就对他说：‘你得想办法给我弄几枚勋章来戴戴。’他说：‘您想要什么样的勋章，先生？’我说：‘哦，什么都行。给我弄几枚就成，我不挑剔。’于是他就说：‘那你们都有什么勋章呢，先生？’我说：‘这我哪里知道啊？’难道他认为我成天都在读那该死的政府公报吗？‘你就多给我弄几枚好了，样子你自己挑。’于是他就给我弄了几枚缩样复制的勋章，连盒儿一起递给我。我往口袋里一揣，然后就把这事儿给忘了。到时候我就参加宴会去了，谁知那天晚上正好赶上亨利·威尔逊被女人枪杀，所以王太子和国王都没来，也就没人再戴什么勋章了，那帮人都忙着把勋章往下摘，而我的勋章就一直在我口袋里揣着。”

他停下来等着我们发笑。

“这就完了？”

“完了，可能我不擅长讲故事。”

“是讲得不好，”布蕾特说，“不过没关系。”

我们都笑了。

“啊，对了，”迈克尔说，“我刚刚想起来，那次晚宴十分无聊，我待不下去，然后半路就离开了。当天晚上，我在口袋里发现了那个盒子。‘这是什么？’我说，‘难道是勋章，沾满鲜血的军功章?’我把它们都从衬垫上扯了下来——勋章都是别在一条带子上的，这一点大家都知道吧。我把勋章分送给了姑娘们，每个姑娘送了一枚，留作纪念。她们肯定以为我是个了不起的勇士，在夜总会分发勋章，真厉害。”

“接着讲。”布蕾特说。

“你们不认为这件事情很滑稽吗?”迈克尔问，我们都大笑。“滑稽，实在是太滑稽了，可是后来裁缝就写信要求我把勋章还给他了。还派了个人四处找我，他好几个月接连不断地写信催讨。看来那些勋章是有主人的，那个人把它们放在他那儿要他清洗干净，应该是个身经百战的老军人吧，把它们当作命根子。”迈克尔故意停顿了一下，“裁缝算是倒了大霉了。”他说。

“你这话不对，”比尔说，“我觉得裁缝是撞了大运呢。”

“那可是个好裁缝，他肯定想不到我会落到这步田地。”迈克尔说，“当时我每年付给他一百镑安抚他一下，免得他给我送账单。紧跟在勋章事件之后，我破产的消息对他应该是个沉重的打击，这使他的来信变成了非常沉痛的调调。”

“你为什么会破产呢?”比尔问。

“两种原因，”迈克尔说，“先是逐渐累积，然后就突然破产了。”

“是什么原因引起的呢?”

“朋友，”迈克尔说，“我交了很多狐朋狗友，后来又添了债主。或许我的债主比所有英国人的债主还要多。”

“跟大家说说法庭上的事儿。”布蕾特说。

“记不清楚了，”迈克尔说，“当时有点儿喝高了。”

“有点儿喝高了?”布蕾特叫道，“你都醉得不省人事了!”

“那是因为发生了一件很特殊的事情，”迈克尔说，“几天前碰上了我的前合伙人，他请我喝酒。”

“再说说你那位博学的辩护律师的事儿。”布蕾特说。

“我不说，”迈克尔说，“我那位博学的辩护律师也喝得不省人事了。我说，这话题也太扫兴了，我们到底还要不要去看公牛进栏的表演啦?”

“我们去吧!”

我们叫来侍者，付了账，动身穿过市区。我一开始跟布蕾特走在一起，可罗伯特·科恩又凑上来，走在她另一边。我们三个人就这么并排走着，途经市政厅，市政厅的阳台上挂满了旗帜。然后我们经过市场，又经过通往阿尔加河大桥的陡街。有很多人徒步前去观看公牛，也有马车从山上下来，经过大桥，大街上出现了车夫、马匹和马鞭。过桥后，就拐上了通往牛栏的那条路。路上又经过一家酒店，窗户上有个招牌，上面写着：上好的葡萄酒，三十生丁一公升。

“等我们手头紧了，我们就来这儿喝。”布蕾特说。

我们经过酒店门口时，一个女人盯着我们看。她朝酒店里的什么人喊了一声，窗前就出现了三位姑娘，她们也一起瞪着眼观望，她们看的是布蕾特。

有两个男人在牛栏门口负责收门票。我们走进大门，里面有几棵树和一幢低矮的石头房屋。尽头是一圈开着些小孔的石墙围成的牛栏，小孔像枪眼一样遍布每个牛栏的墙面。墙头搭着一个梯子，大家都顺着梯子往上爬，分散站在分隔开两个牛栏的墙头。我们踩着树下的草地朝梯子走去的路上，路旁有几个巨大的灰漆笼子，公牛就关在里面。一个运牛笼子里装一头公牛。它们是用火车从卡斯蒂利亚的一个公牛养殖场运送过来的，在火车站从平板货车上卸下来，运到这里现在准备从笼子里往牛栏里放。每个笼子上都印着公牛饲养人的名字和商标。

我们顺着梯子爬上墙头，找了个俯视牛栏不错的地方安顿下来。石墙粉刷成白色，场地上铺了稻草，墙边还有木制的饲料槽、饮水槽。

“看上面！”我说。

河对岸耸立着的高岗、古城墙和城垒上全都挤满了人。三道防御城墙形成三道黑压压的人墙。高出城墙的各扇窗口人头攒动。高岗尽头的树上也都爬满了孩子。

“他们一定是等着看热闹呢。”布蕾特说。

“他们想看的是公牛。”

迈克尔和比尔在牛栏对面的墙头上，朝我们挥手。来得晚的人都站在我们后面，别人向前挤，他们就向前压在我们身上。

“怎么还不开始？”罗伯特·科恩问。

一头骡子拉着一个笼子来到牛栏的门前。有几个人用撬棍又推又抬地让笼子紧靠在大门上，顶住大门。站在墙上的人做好准备，先拉起牛栏的大门，然后再拉起笼子门。牛栏的另一头，有扇门开了，两头犍牛被放了进来，摇晃着脑袋一溜小跑，瘦瘦的侧腹来回晃荡。两头犍牛并肩站在最里面，脑袋冲着公牛进场的那扇大门。

“这两头犍牛看起来可不怎么开心。”布蕾特道。

墙上站着的人向后一仰，把牛栏的大门拉了起来。然后又把笼子的门拉开。

我朝墙底下微微探身，想看清楚笼子里的情形，但是里面很昏暗。有人拿根铁棍敲打着笼子，里面像是有什么东西突然爆炸了。公牛用犄角左右猛撞两边的木板，声响震天。接着，黑乎乎的牛头和犄角的影子在我眼前闪过，然后空笼子的木板发出一阵咔嗒声，公牛旋风般冲进牛栏，前蹄在稻草上打了个滑，它仰头挺脖，脖颈上隆起一大块巨大的肌肉，它看着石墙上拥挤的人群，身上的肌肉一颤一颤的。那两头犍牛一直退到墙根底下，头垂下来，眼睛望着公牛。

公牛看到它们就猛冲过去。这时笼子后面有个人大喊了一声，而且用帽子磕打着板壁，公牛还没等冲到犍牛面前，突然一个转身，攒足力气朝刚才那人所站的地方冲去，用右边的犄角迅猛地朝板壁连刺了五六下，企图刺中藏在板壁后面的人。

“我的天哪，它太漂亮了吧？”布蕾特说。我们目不转睛地观察着，公牛正好在我们正下方。

“你看它在用它的犄角时多灵巧，”我说，“它左一攻右一刺，简直就像个拳击手。”

“不会吧？”

“你看哪。”

“它动作确实很迅速。”

“等等。马上又有一头牛就要被放出来了。”

他们已经把另一个笼子往后拖回到入口处。在对面的角落里，有个人躲在板壁后面的掩蔽处，想要吸引公牛的注意力，公牛的脑袋从大门口的方向一转开，门就被拉了起来，第二头公牛也进入场内。

这头公牛径直就朝犍牛冲去，两个人从藏身的板壁后面跑出来，大喊大叫想分散它的注意力。可它并不转身，那两个人大叫：“嘿！嘿！公牛！”同时还挥舞着手臂。两头犍牛侧过身去承受这一击，结果公牛把犄角抵进了一头犍牛的体内。

“别看。”我对布蕾特说，可她却眼珠不转地看得入了迷。

“好吧，”我说，“如果你不觉得恶心的话。”

“我看到了，”她说，“它先是用左角，又换成右角抵了进去。”

“真是服了你了！”

那头犍牛倒了下来，它的脖子往外伸着，脑袋扭曲着，它怎么倒下的就怎么躺着，突然，那头公牛撇下它，又朝另一头犍牛冲去。那头犍牛原本远远地站在一边，摇晃着脑袋冷眼旁观。这时它笨拙地跑了起来，那头公牛赶上了它，用犄角轻轻地划了一下它的侧腹，就抬头看着墙上的人群，脊背上的肌肉块块隆起。那头犍牛走上前来，作势要闻它，公牛则马马虎虎地用犄角抵了一下。随后它也闻了闻那头犍牛，这两头牛就一起小跑着去找第一头入场的公牛。

第三头公牛放进场，前面那两头公牛和一头犍牛已经站在同一阵营里，犄角都对准那头新来的公牛。几分钟后，犍牛就跟新来的公牛套上了近乎，使它安静下来，四头牛都成了一伙的。等最后的两头公牛也被放进栏后，整个牛群集结完毕。

先前被抵伤的那头犍牛爬起来靠着石墙站着。再也没有公牛想要攻击它，但它也并不愿意加入牛群。

我们随着人群从墙上爬下来。透过牛栏石墙上的窥孔，最后看了公牛一眼。它们现在已经变得安静了，耷拉着脑袋。出来后我们搭乘一辆马车，回到咖啡馆。半小时后，迈克尔和比尔才回来，他们在路上停下来喝了几回酒。

我们坐在咖啡馆里。

“这场表演可实在是非同寻常。”布蕾特说。

“最后那几头能跟第一头一样，斗得那么好吗？”罗伯特·科恩问，“看上去它们很快就安静下来了。”

“它们彼此熟悉，”我说，“它们单独一头，或者两三头碰到一起才会很危险。”

“危险，你说的是什么意思？”比尔说，“在我看来它们都很危险。”

“它们只有单独待着的时候才容易伤人。当然了，你如果走到牛栏里面，把其中一头从牛群里引出来，那它肯定会很危险。”

“太复杂了，”比尔说，“我跟你们是一起的，你可千万别把我赶出去啊，迈克尔。”

“要我说，”迈克尔说，“它们都是很出色的公牛，你们说是不是？你们没看见它们的犄角吗？”

“可不是，”布蕾特说，“我原来都不知道牛犄角到底是什么样的。”

“你刚刚看到抵伤犍牛的那头公牛了吧？”迈克尔问，“那可真是头出色的公牛呢。”

“当一头犍牛真没意思。”罗伯特·科恩说。

“你竟然这么想？”迈克尔说，“我还以为你喜欢当头犍牛呢，罗伯特。”

“你这是什么意思，迈克尔？”

“它们过着这么闲适的生活。他们也不说话，还有，可以老在周围转悠。”

我们都很尴尬，只有比尔笑了。罗伯特·科恩大怒。而迈克尔不理会他，自己继续往下说。

“我的确是这么觉得啊，你几乎都不怎么讲话。来呀，罗伯特。说句话呀，不要只是在那儿坐着呀。”

“谁说我不说话，迈克尔。我说了呀，你不记得了？关于犍牛。”

“哦，再多说一点儿，说点儿有意思的。你没见我们全都开心得很吗？”

“得了，你别说了，迈克尔，你喝多了。”布蕾特说。

“我没醉呢，我没开玩笑。罗伯特·科恩真打算跟头犍牛似的整天围着布蕾特转悠吗？”

“闭嘴，迈克尔。请你不要说这种没教养的话。”

“教养有什么用。说起来，除了那些公牛，还有谁又有一点儿教养呢？那些公牛多可爱呀。你怎么会不喜欢它们呢，比尔？你为什么不说句话，罗伯特？别带着一张苦瓜脸坐在那儿。就算布蕾特真跟你上了床又能怎么样？跟她睡过的男人多了去了，但是全都比你强！”

“闭嘴，”科恩说，他站了起来，“闭嘴，迈克尔。”

“哦，你别站起来摆出一副要揍我的样子，这对我一点儿用都没有。跟我说说，罗伯特。你为什么像头可怜的犍牛一样老围着布蕾特转悠，你难道不知道你不受欢迎吗？如果别人不欢迎我，我会知道的。但是人家不欢迎你，你怎么就跟块木头一样没有知觉呢？你眼巴巴儿地跑到你本来不想去的圣塞瓦斯蒂安去，还像头该死的犍牛一样围着布蕾特转悠。你觉得这么做合适吗？”

“别说了，你醉了！”

“或许我是喝多了，你为什么不一醉方休呢？你为什么从来就不醉呢，罗伯特？你明知你在圣塞瓦斯蒂安不会开心，因为我们的朋友没有一个愿意邀请你参加他们的任何一次派对。你也不能够责怪他们，难道不是吗？是我要求他们请你来的。但是他们不乐意，现在你知道不能责怪他们了吧？好，回答我。你能责怪他们吗？”

“见鬼去吧，迈克尔。”

“我不能责怪他们，你能吗？你为什么一直跟在布蕾特屁股后面转悠？你难道连最基本的礼节都没有吗？你有没有想过你这么做我会有什么感受？”

“你倒来谈论文明礼貌了，”布蕾特说，“你的举止可真叫彬彬有礼呢！”

“走吧，罗伯特。”比尔说。

“你跟在她后面转悠什么？”

比尔站起来，拉住了科恩。

“站住，”迈克尔说，“罗伯特·科恩还要给我们买酒喝呢。”

比尔拉着科恩走了，科恩的脸色很不好。迈克尔还说个没完，我坐着听了一会儿，布蕾特表现出一脸厌恶的表情。

“我说，迈克尔，你为什么要做这种傻事儿呢?”她打断他的话，“你知道，我也没认为他做得不对。”她转身对我说。

迈克尔的语调平稳下来，我们之间又充满了友好的气氛。

“听我说话好像醉了，其实没那么厉害。”他说。

“我知道你没那么醉。”布蕾特说。

“我们当中没有一个完全清醒的。”我说。

“不过我说的话倒是句句在理。”

“但是你也表达得太刻薄了。”布蕾特哈哈大笑。

“不过他太蠢。他眼巴巴儿地跑到圣塞瓦斯蒂安，可谁都不待见他。他整天跟在布蕾特屁股后头，色眯眯地盯着她看，他那样子真让我恶心。”

“他的做法确实不太恰当。”布蕾特说。

“跟你这么说吧，布蕾特过去确实跟不少男人干过不少风流事儿。她把一切都告诉我了。她还把科恩写给她的信拿给我看，我不会读那些东西的。”

“干得不错嘛。”

“不，听我说，杰克。布蕾特确实跟不少男人有过不清楚的关系，但其中从来没有犹太人。再者说了，他们事后也绝对没有谁还跑来纠缠的。”

“他们都是好人，”布蕾特说，“说这些真无聊。迈克尔和我是相互了解的。”

“她给我看罗伯特·科恩的信，可我看都不看。”

“谁的信你也不看吧，亲爱的。你甚至连我的信都不看。”

“我不会看信，”迈克尔说，“这很滑稽，是不是?”

“你什么都看不明白。”

“不，这一点你说得不对。我在家待着时经常看书，我真看了不少书。”

“你接下来还会写作呢，”布蕾特说，“好了，迈克尔。振作一下，你现在必须得忍耐。他在这儿，是个事实。可别把狂欢节给糟蹋了。”

“好吧，那就让他老实点儿。”

“这个没问题，我会跟他讲的。”

“你跟他说，杰克。告诉他，要么就给我老实一点儿，要么离开这里。”

“好的，”我说，“由我来告诉他比较合适。”

“来，布蕾特，跟杰克说说，罗伯特怎么称呼你来着？那可真是妙不可言，你知道。”

“哦，不，我不能讲。”

“说吧，大家都是朋友嘛。我们难道不是朋友吗，杰克？”

“我不能跟他说，这实在是太荒谬了。”

“那我来说吧。”

“别这样，迈克尔，别干蠢事。”

“他叫她迷人精，”迈克尔说，“他说她能把男人都变成猪，说得真是妙极了。真希望我也是个酸腐文人呢。”

“他确实很在行，”布蕾特说，“他很擅长写信。”

“这我知道，”我说，“他从圣塞瓦斯蒂安给我写过信。”

“那算不上什么，”布蕾特说，“他可以写出很有意思的信。”

“她还让我假定她生病了写那种信呢。”

“我是病得不轻嘛。”

“好了，好了，”我说，“我们得回去吃饭了。”

“我再见科恩时应该怎么办呢？”迈克尔问。

“就像什么事都没发生过一样。”

“这对我来说不难，”迈克尔说，“我脸皮厚着呢。”

“他要是说什么，你就说你喝多了。”

“好，滑稽的是我现在才明白刚才我真是喝醉了。”

“我们走吧，”布蕾特说，“这些毒得死人的东西都付过钱了吗？晚饭前我得洗个澡。”

我们穿过广场。天黑了，广场周围一圈灯光，那是拱廊底下的咖啡馆里射出来的。我们走过树下的砾石路，走回旅馆去。

他们上楼去了，我停下来和蒙托亚聊了一会儿。

“你说，你觉得这几头公牛怎么样？”

“很好，都是很不错的牛。”

“它们是不错，”蒙托亚摇了摇头，“可并不是特别好的牛。”

“它们哪一点让你觉得不满意？”

“我也说不上，它们就是没有给我很好的感觉。”

“我懂你的意思。”

“它们还行。”

“是的，它们是不错。”

“你的朋友们认为这几头牛怎么样？”

“他们都觉得很不错。”

“那就好！”蒙托亚说。

我上了楼，比尔正站在他房间的阳台上眺望广场，我在他身边站住了。

“科恩在哪儿呢？”

“楼上他自己的房间里。”

“他还好吗？”

“当然糟糕透了，迈克尔也太恐怖了。他醉了以后真是可怕。”

“他没醉。”

“这还没醉？我知道到咖啡馆前我们在路上喝了多少酒。”

“过后他就恢复意识了。”

“好吧，那个时候他确实可怕。上帝知道，我并不喜欢科恩，而且我认为他跑到圣塞瓦斯蒂安去真是丢人现眼的愚蠢行为，但是迈克尔也不至于说得那么难听呀。”

“你觉得那些公牛怎么样?”

“很棒，他们这样一个一个把公牛放出来的方式很好。”

“明天要放的是米乌拉的公牛。”

“狂欢节什么时候开始?”

“后天。”

“我们得看着迈克尔，别让他喝得太醉。他醉了以后，太可怕了。”

“我们还是梳洗一下准备去吃晚饭吧!”

“对，这顿饭可有得好吃的了。”

“可不是!”

事实上，那顿饭确实吃得还不错。布蕾特穿了一件黑色无袖的晚礼服，看起来十分漂亮。迈克尔表现得就跟什么事都没发生过一样。我不得不跑上楼去把罗伯特·科恩给拉下来。他表现得很矜持，拘礼，他仍然紧绷着脸，脸色还是很不好，不过最终他还是高兴起来了。他还是情不自禁地盯着布蕾特，似乎这能够让他感到幸福。看到她这么可爱，而且大家都知道了他竟然跟着布蕾特一起出游过，他应该是很得意吧。没有人可以否认他跟布蕾特的这种特殊关系。比尔表现得很风趣，迈克尔也一样。他们俩在一起很和谐。

这情形很像我记忆中几次战时的晚餐。备有好多酒，故意假装得毫不紧张，还有一种要发生的事终究会发生的预感。酒醉之余，我也不再厌烦，变得快活起来了。醉眼望去，这些朋友都是如此的可爱。

第十四章

我不知道自己是什么时候回去睡觉的，我只记得把衣服脱了，穿上浴衣，站在阳台上。我知道我当时喝得很多，已经烂醉如泥了。我还记得自己打开了床头灯，然后在床上看了屠格涅夫的一本书。很可能我只是在反复阅读其中的两页。那是《猎人笔记》里的一个故事。我之前就读过，但是再读起来还是跟读新的故事一样。俄罗斯的乡村慢慢变得清晰，我的大脑渐渐放松了下来。虽然我已经醉得很厉害，但是我不想闭上眼，因为一闭眼就会觉得天旋地转。我如果一直坚持阅读的话，这种感觉会慢慢消失。

我听到了布蕾特和罗伯特上楼的声音。科恩在门外说了句晚安，然后就上楼去他自己的房间了。我听到布蕾特进了隔壁屋子里。迈克尔一小时以前跟我一起回来，现在已经睡了。布蕾特进去的时候，他醒了，然后他俩开始说话。我听到他们大笑。我关了灯，试图睡着。我已经不用再看书了，也不会在闭眼后觉得房间在转，但是我还是不能入睡。我们在没光的时候和有光的时候看到的东西是不一样的，这根本没有道理，一点儿道理都没有！

我曾经思考过这件事情。曾经有六个月，只要一关灯我就睡不着。这又是另一个精彩的闪念，女人都见鬼去吧，布蕾特也见鬼去吧！

女人可以成为知心朋友，超级好的朋友。首先，你必须钟情于她，建立坚固友谊的基础。我曾经受到过布蕾特的青睐，但是我从来没有站在她的立场上考虑过；我曾经只知道索取而不付出，但那只是一笔迟来的债罢了，账单早晚会来。这也是你能有所指望的一件好事。

我以为我已经还清了所有债务，不像女人那样，一直在还债，但始终都还不完。我根本没想到过还会有报应和惩罚，以为不过是等价交换罢了。你有所获得就得有所舍弃。或者你为了得到什么而努力工作，为了得到对你有点好处的东西你都得以某种方式付出点代价。我以我的方式付出了代价，得到了不少我喜欢的东西，所以我很喜欢现在的日子。你付出的方式要么是好好学习，要么是积累经验，要么就是靠运气，再或者就是有钱。享受生活就是要学会如何把钱花得值，享受消费的过程。人类的消费是可以物有所值的。这个世界是个不错的市场，有很多东西都可以供你挑选购买。这看似是一种不错的人生哲学。可是我想，再过五年，它也就跟我曾经秉持过的其他高明的人生哲学一样，显得过时了吧。

不过，或许情况也不至于这么糟糕。也许你一路走来，的确学习到了一些东西。我不在乎学到的到底是什么，也不在乎世界是怎么一回事儿，我只想知道我怎么才能在世界之中生活。也许在你懂得时，也就搞懂了这个世界。

但是，我不希望迈克尔对科恩的态度这么恶劣。迈克尔喝醉酒之后就会惹麻烦，布蕾特喝醉了倒是挺安分的，比尔也是，而科恩从来不会喝醉。迈克尔喝过了一定量以后就让人讨厌了。他打击科恩时，我感觉幸灾乐祸。但我又希望他不要这么做，因为过后这会使我觉得自己很恶心。这就是道德吧——有些事发生之后会让你自己受到内心的谴责。不，这种行为是不道德的。这可真是个笼统的概念。我在夜里可真会胡思乱想。胡说八道，我耳边响起了布蕾特的这句口头禅。真是胡说八道！你跟英国人混在一起，你就会慢慢习惯了他们的说话方式和思维习惯。英国人口语——至少上流社会的英国人——词汇量肯定没有爱斯基摩人的口语大。当然了，我对爱斯基摩语一无所知。爱斯基摩语说不定还是一门优雅的语言。就拿我同样一无所知的彻罗基语来说吧。在英国人嘴里，同一个成语，换个语调也就换了种意思。一个成语能表达很多种意思。不过我喜欢他们，也喜欢他们讲话的方式。尽管哈里森并不属于上层人物。

我重新把灯打开，继续看书，还是看屠格涅夫。我现在知道了，喝太多白兰地以后，意识会变得敏感，这种情况下看书，我就会过目不忘，而且过后我会觉得我似乎亲身经历过书中的描写，我会铭记于心。这又是一件你付出代价就能获得的好事。天快亮时，我才渐渐睡着。

接下来那两天，我们在潘普洛纳过得很平静，他们没有再吵架。整个城市都在为狂欢节做准备。工人们在十字路口竖起门柱把路挡住，为的是早晨把牛从牛栏里放出来时，它们通过街道向斗牛场跑去时不会走丢。工人们挖好坑，把木桩埋在里面，每个桩上都标着号码，以便将其插入规定的地点。斗牛场的雇工们在城外的高岗上训练斗牛士所骑的马，他们骑着四条腿僵直的马匹在斗牛场后面被太阳晒得铁硬的土地上飞奔。斗牛场的大门也打开了，有人在里面打扫看台。斗牛场地重新碾压平整，洒了水，木匠在更换斗牛场周围的栅栏上不结实甚至开裂了的木板。站在碾压平整的沙地边上，向空无一人的看台望去，那里还有几个老妇在打扫包厢。

斗牛场外，从城区最外围的那条街道直通至斗牛场入口的栅栏已经安装好了，形成一条长长的通道。斗牛赛开始的第一天早上，人群将在牛群的追赶下从这道围栏里奔过来。城区将要开设牛马集市的平地，吉卜赛人已经在树下扎下帐篷。卖葡萄酒和土酿白兰地的小贩也正在搭他们的货摊。其中一个货摊摊位上打着 ANIS DEL TORO① 的大字广告，布制的横幅挂在烈日照射的板壁

① 西班牙语，意为“公牛茴香酒”。

上。不过城市中心的大广场上面还没什么变化。我们坐在咖啡馆露台上的白色柳条椅上，望着一辆辆公共汽车先后到站，车里走下一批批从乡下来城里赶集的农民，又望着一辆辆公共汽车开出站去，将一车车的农民运回乡下，他们满载而归，身边的马褡裢里塞满了在城里买到的物品。除了鸽子和一个拿水管喷洒广场、冲洗街道的工人之外，在这沙砾铺成的广场上唯一能够见到的就是那一辆辆高高的灰色公共汽车了。

晚间的活动是散步。吃完晚饭不到一小时，长相甜美的姑娘们、驻防军官，还有城里衣着时髦的男女都走到广场一边的街上散步，街上的咖啡厅里坐满了用过晚饭的常客。

早上，我一般都会坐在咖啡厅里读马德里出版的各种报纸，之后到城里或者到城郊走走。有时比尔会跟我一起，有时他会待在自己的房间里写东西。罗伯特·科恩利用早上的时间学习西班牙语，或者去理发店修脸。布蕾特和迈克尔不睡到中午是不会起床的。我们都会在咖啡厅里点一杯味美思酒，整个过程都很安静，不会有人喝得大醉。我去过几次教堂，有一次是和布蕾特一起去的。她想要听我忏悔，但是我告诉她这种事根本不可能，因为忏悔不像听起来那么好笑，而且，我忏悔的时候用的语言她也不懂。从教堂出来时我们遇到了科恩，尽管很明显他一直在跟着我们，不过他的表现，使人感觉他很友好而且心情愉悦。我们三个人一起去散了会儿步，一直走到吉卜赛人的帐篷那里，布蕾特还叫人算了下命。

这是一个美好的早晨，群山上空高高地飘着几朵雪白的云彩。晚上下了一点儿小雨，高岗上的空气清新且凉爽，站在那里可以欣赏到美丽的景色。我们感觉心情舒畅，精神饱满。我感觉自己对科恩也非常友好。在这样的一天里，没有任何事情可以让你烦心。这是节日前的最后一天。

第十五章

七月六日，星期日中午，狂欢节庆祝活动迅速展开了，那种场面根本没有其他的词可以形容。一整天，人们络绎不绝地从乡下赶来，之后他们就完全融入了城里的人群中，你根本没有办法区分出他们。跟平常的日子一样，因为太热，广场上一个人都没有，非常安静。农民们都在周边的酒馆里喝酒，为即将到来的狂欢做准备。他们刚从平原和山区赶过来，需要逐渐调整一下有关钱的观念。他们现在还受不了咖啡店里的价格，他们觉得把钱花在酒馆里才物有所值。对于他们来说，钱是用劳动的时间和卖粮食的数量来衡量的。等到狂欢真正开始时，他们就不在乎自己到底花了多少钱，都花在哪里了。

圣费尔明节开始的第一天，他们一大早就来到小巷子里的酒馆。早上，去教堂做弥撒的路上，我听到商店门里传出歌声。他们在预热了！有很多人参加十一点的弥撒，因为圣费尔明节同时也是一个宗教节日。

我从大教堂返回，顺着大街走回到广场上的咖啡馆。不一会儿就到中午了。罗伯特·科恩和比尔正坐在一张桌子边上。大理石面的咖啡桌和白色的柳条椅都不见了，取而代之的是铸铁桌子和简陋的折叠椅。现在的咖啡馆像一艘轻装简行即将上阵的战舰。今天的侍者也不会再任你看一上午的报纸而不来问你要消费点儿什么了。我一坐下来，就有一个侍者走上前来。

“你们需要什么吗?”我问比尔和罗伯特。

“雪利酒。”科恩说。

“Jerez[①].”我跟侍者说。

侍者还没有端来雪利酒，广场上便放起烟花，意味着节日庆祝活动正式开始了。烟弹炸开来，一团灰色烟雾在广场对面的贾亚瑞剧院上空升起，这团悬在空中的烟雾就像是一枚开花的榴霰弹一样。这时，又有一枚烟花升空，在明亮的阳光下爆出一团烟雾。我看到了另一团亮光，紧接着又是一团烟雾。第二枚烟花爆炸的时候，走廊里已经人群拥挤，而一分钟之前那里还没什么人。侍者只好把酒瓶高高举过头顶，艰难地穿过人群，朝我们的座位走来。人们从四面八方聚集到广场上，还有吹着管弦打着鼓的人从街上走来。他们在演奏 riau - riau 的舞曲，笛声细长，鼓声低沉，大人小孩跟在后面边走边舞。当吹横笛的人停下时，他们就都蹲在了街上；当簧管和横笛再次响起，平淡、单调、低沉的鼓声又响起来，他们又都站起来开始跳舞。你就只能看到他们的头部和肩膀在人群里上下起伏。

广场上有一个人弯着腰吹奏簧管，有一帮孩子吵吵闹闹地跟在他后面，拉扯他的衣角。他走出广场，孩子们仍然紧追不舍，他就一路给他们吹着经过咖啡馆，走进了一条边街。他边吹边走，路过我们身边，孩子们撵着他嚷嚷，拉扯他的衣服，我们看到了他那张毫无表情、长满痘疤的脸。

“他大概是村里的傻子，”比尔说，“我的天哪！你们往那边看看！”

沿街过来了一大帮舞者，整条大街都被这些男性舞者占得满满当当的。他们跟在自己的笛手和鼓手后头，和着音乐的节拍舞动。他们是某个俱乐部的会员，身穿工人的蓝色罩衣，脖子上系着红色手帕，而且用两根旗杆挑着一面大旗。在人群的簇拥下，

① 西班牙语，意为“雪利酒”。

他们一路舞过来，那面大旗也跟随着他们的舞步上下舞动。

大旗上写着几个大字："葡萄酒万岁！外宾万岁！"

"外宾在哪儿呢?"罗伯特·科恩问。

"我们就是外宾啊。"比尔说。

焰火弹一直不停地发射着。咖啡座上已经坐满了人。广场上的人逐渐稀少起来，人们都跑到各家咖啡馆里。

"布蕾特和迈克尔去什么地方了?"比尔问。

"我去找找他们。"科恩说。

"叫他们一起过来。"

狂欢节真正开始了。它将整整持续七天，昼夜不息地热舞、狂饮、喧嚷，将没有一刻安静闲暇。这一切也只能因为狂欢节才可以这么尽兴。最后，一切都会变得像梦境一样不真实，好像不管你做什么事都不必承担后果。在狂欢节期间还去计较什么后果是很不搭调的一种行为。在狂欢节的全过程中，你都有这种感觉，即便是在安静的间歇，你必须大声叫喊着说话，别人才可以听清你说的是什么。而你的一举一动都会有同样的感觉。这就是传说中的狂欢节，它要持续整整七天。

下午是盛大的宗教游行。圣费尔明的塑像从一个教堂被运送到另一个教堂。市政和宗教界的权贵名流全都参加了。我们看不到他们，因为人实在太多了。正式的游行队伍前后是唱对台戏、大跳 riau - riau 舞的年轻人。有一群穿黄衬衫的人在人群中前前后后地穿梭舞动。所有的街道和两边人行道上人山人海。大街上被挤得水泄不通，透过人群，我们唯一能看到的就是游行队伍里那些高大的巨人模拟像：几个雪茄店前的木雕印第安人模拟像，有三十英尺高，还有几个摩尔人，一位国王和王后。这些模拟像和着 riau - riau 的音乐旋转，好像在跳华尔兹。

权贵们陪侍圣费尔明塑像进入礼拜堂后，人群都站在门外等着，同样站在门外的还有一队门卫和那些巨人模拟像。原来在它们肚子里跳舞的人就站在地上的架子旁边，有几个侏儒，手里拿着特大气球，在人群里来回穿梭。我们走进礼拜堂，里面弥漫着香火的味道，人们一窝蜂地走进去，布蕾特因为没戴帽子，刚进了门又被拦住了。于是我们只得从里面再出来，顺着从礼拜堂返城的大街往回走。街道两边的人行道上还像之前一样人山人海，大家分别守住自己的老地方，等着看游行队伍返回。有几位舞者将布蕾特围在中间，开始跳起舞来。他们脖子上都套着“花环”，那是用白色大蒜头编成的。他们拉起比尔和我的手，把我们也拉进跳舞的圆圈。比尔也跟着他们跳起来。他们还一起高唱。布蕾特也想加入，可他们不让她跳。他们想围着她跳，就像围着一尊雕像一样。歌曲以刺耳的 riau - riau 声结束。然后我们被簇拥着走进一家酒店。

我们停在了柜台前，他们让布蕾特坐在一个酒桶上。酒店里光线很暗，坐满了直着嗓门唱歌的男人。有人跑到柜台后面从酒桶里汲酒。我把酒钱放下，但是有个人又把钱拿起来，重新放进了我的口袋。

“我想要个皮酒袋。”比尔说。

“这条街上就有地方卖，”我说，“我去买两个。”

舞者们不想让我出去，他们当中有三个人靠着布蕾特，坐在高高的葡萄酒桶上，正教她怎么从皮酒袋里喝酒，他们已经在她脖子上也挂了一串所谓的“花环”。有个人坚持要让她喝一杯酒。有人在冲着比尔的耳朵教他唱一首歌，还在他的背上打拍子。

我跟他们解释说我一会儿就回来。到了外边，我沿街寻找那家做皮酒袋的店。人行道上挤满了人，许多店铺的百叶窗都放了下来，我找不到那家店了。我一直走到教堂，街道两边都找遍了。无奈之下我问了个人，他拽着我的胳膊，一直把我领到那家店门前。百叶窗已经放下来了，不过店门还开着。

店里面有一股新鞣制的皮子和热煤焦油的气味，有一个人正在往做好的皮酒袋上印花。皮酒袋成捆悬挂在房梁上。他取下一个，把皮酒袋吹得鼓鼓的，把喷嘴拧紧，然后手扶椅背，站在酒袋上。

“看！完全不会漏气。”

“我要两个，其中一个要大的。”

他从房梁取下一个足可以装一加仑的大个儿酒袋，或者还不止一加仑。他往里吹气，鼓着两个腮帮子，往里面吹足气后，他扶着把椅子，再一次站在了上面。

“你打算做什么，拿到巴荣纳卖掉?”

“不，就拿来盛酒喝。”

他拍了拍我的后背。

“是个汉子！一共八比塞塔。这是最优惠的价钱了。”

那个一边往新酒袋上印花一边把酒袋子摞成一堆的人停下手里的活。

“这话不假，”他说，“八比塞塔是最便宜的了。”

我付了钱走出来，沿之前的那条街回到那家酒店。里面比之前更黑了，挤得要命。我没有看到布蕾特和比尔，有人说他们在里屋。柜台上的姑娘帮我灌了两袋酒。小的装了两升，大的装了五升。酒钱总共是三比塞塔六十生丁。柜台前有一个我之前从未见过的人，他一心想替我付酒钱，不过最终我还是自己付了。想替我付酒钱的这位朋友又买了一杯酒请我。他坚决不愿意让我回请，不过他说愿意喝一口我的新酒袋里的酒，漱漱口。他把那个五升的大个儿酒袋倒过来，用手一挤，一条酒线就直喷进他的喉咙。

“很好。”他说，把酒袋递还我。

在里屋，布蕾特和比尔坐在酒桶上面，被一群跳舞的人团团围住。大家的手臂都相互搭在彼此的肩头，齐声高歌。迈克尔则跟几个只穿着衬衣的人围坐在一张桌子旁边，从一个碗里吃洋葱醋腌金枪鱼。他们一边喝酒，一边拿面包片蘸着碗里的油和醋汁。

“喂，杰克，这边！”迈克尔叫道，“过来，认识一下我这几位朋友。我们正在吃一些小吃，想在饭前开开胃。”

迈克尔把我介绍给同桌的几个人，他们也都自我介绍了一下，并叫人去给我拿把叉子。

“别只顾着让人家请你吃东西了，迈克尔。”布蕾特坐在酒桶上朝这边喊道。

“我可不想把你们的东西都给吃完了。”有个人递给我叉子的时候，我说。

“没关系的，”他说，“东西摆在这儿，不吃干什么？”

我把大酒袋的喷嘴拧开，依次请大家喝一轮。每人都把胳膊伸直，把酒袋倒过来，喝了一口。

在唱歌声中，我们听到从外面传来游行队伍经过的奏乐声。

“游行队伍过来了吗？”迈克尔问。

“怎么可能啊，”有人说，“什么都没有。来，把酒瓶子举起来，我们干。”

“你在哪儿碰见他们的？”我问迈克尔。

“有人把我带这儿来的，”迈克尔说，“他们说你们在这儿。”

“科恩呢？”

“他晕过去了，”布蕾特喊道，“他们把他安顿到什么地方了？”

“他现在在哪儿？”

“这我不清楚。”

“我们怎么会知道这些？”比尔说，“我想他大概已经死了。”

“他没死，”迈克尔说，“我知道他没有死。他只是喝了茴香酒，喝醉了。”

他说到茴香酒时，在座的一个哥们儿抬头看了看，然后从他的罩衣里面掏出一瓶酒递给我。

“不，”我说，“我不喝了，谢谢啦！”

“喝吧，喝！举起来，把酒瓶子举起来！”

我喝了一口，这酒有种甘草的味道，从嗓子眼顺着食道一直暖烘烘地往下走。我可以感觉到它在我胃里暖烘烘地烧着。

“他们到底把科恩带到哪儿去了？”

“这我真的不知道，”迈克尔说，“我来问问。那个喝醉了的伙计哪儿去了？”他用西班牙语问道。

“你想去看看他？”

“没错。”我说。

“不是我，”迈克尔说，“是这位先生。”

请我喝茴香酒的哥们儿擦了下嘴巴，站了起来。

“跟我来。”

在一间里屋内，罗伯特·科恩安稳地躺在几个酒桶上呼呼大睡。屋里太暗，他的脸也被埋在阴暗中，看不清楚。他们还用一件外套盖在他身上，把另一件外套团起来给他枕在脑袋底下。他脖子上也套了串大蒜头拧成的大花环，垂在胸前。

“让他睡吧，”那人低声说，“他没事儿。”

两小时后，科恩回来了。他走进前屋，脖子上还挂着那“花环”。那帮西班牙人看到他进屋都欢呼起来。科恩揉了揉眼睛，咧嘴笑笑。

“我睡了一觉吧？”他说。

“哦，根本就没有！”布蕾特说。

“你只是死过去了。”比尔说。

“我们不去吃点儿晚饭吗?”科恩问。

“你想吃东西?”

“是呀，为什么不吃呢？我饿了。”

“你把那些大蒜吃了，罗伯特。”迈克尔说，“我说，一定得把那些大蒜头给吃了。”

科恩站在那儿没动。他这一觉睡得酒意全消了。

“我们还是去吃饭吧，”布蕾特说，“我得去洗个澡。”

“走吧，”比尔说，“我们把布蕾特送回旅馆。”

我们跟这伙人一一握手告别，然后走出酒店。天已经黑了。

“你们估计现在几点了?”科恩问。

“已经是第二天凌晨了，”迈克尔说，“你一觉睡了两天。”

“不可能，”科恩说，“到底几点了?”

“十点钟。”

“我们喝得可真不少。”

“你是说我们喝得真不少吧，你早就睡觉去了。”

沿黑暗的街道走回旅馆的路上，看到广场上不断升起的烟火。从通往广场的巷子一眼望去，广场上挤得满满的都是人，位于中央的人都在跳舞。

宾馆的晚餐非常丰富，这是狂欢节里第一顿晚餐，价钱翻倍，还有几道新菜。晚餐过后，我们出门去了城里。我还记着我曾经决心一宿不睡觉，到早上六点看公牛穿过街道呢。但是我实在太困了，所以四点时我就去睡了，其他人一夜没睡。

我的房间上着锁，找不到钥匙，所以我上楼进了科恩的房间，在他的一张床上睡下了。狂欢夜一直在继续，可我困得睡着了，后来我被烟花的爆炸声惊醒，这说明公牛被放进城了。我睡得实在太沉了，醒过来时，我想应该已经晚了。我穿上一件科恩的外套，走到阳台上。下面的窄巷子里空荡荡的，人们都挤到了阳台上。突然从街头拥过来一群人，他们都在跑，慢慢都挤到了一起，他们从旅馆门前经过，一直沿街跑过去，身后留出了一点儿空隙，再往后就是公牛群了。公牛的头不停地上下摇摆着，它们统统跑过转角，然后消失不见。有一个男人跌倒了，滚到了水沟里，躺在那里，纹丝不动。但是公牛群就直接从他身边跑过去，根本没有注意到他。之后这些牛都跑到了一起。

它们跑出我们的视线以后，斗牛场就传来阵阵惊天动地的吼叫，这声音持续了很长一段时间。最后有一颗焰火弹升空炸开，说明牛群已经在斗牛场冲过人群，进入牛栏。我回到房间里，再次在床上躺下。刚才我一直赤脚站在阳台上。我知道他们几个肯定都跑到斗牛场去了。我上了床，又睡着了。

科恩进门把我叫醒了。他开始脱衣服，走过去关窗户，因为街道对面的阳台上有人正在朝我们屋里看。

“你们看到表演了？”我问。

“是呀，我们都在。”

“有人受伤吗？”

“有一头公牛冲进人群，挑翻了七八个人。”

“布蕾特感觉如何？”

“事情发生得太过突然，大家还没有骚动起来，一切就过去了。”

“我早点儿起来就好了。”

“我们都不知道你去哪儿了。我们去过你的房间，可是房门锁着。”

“你们整晚上都待在哪儿？”

“在一个俱乐部里跳舞。”

“我真的是困得不行了。”我说。

“我的天哪！我现在才叫困呢，”科恩说，“这个节日庆祝何时结束?”

“一星期以内是完不了了。”

比尔推开门，伸进头来。

“你去哪儿了，杰克?”

“我在阳台上看公牛奔过去。你觉得表演怎么样?”

“太棒了。”

“你要去哪儿?”

“去睡觉!”

中午前谁都没起床。后来饭是摆在拱廊底下的餐桌上吃的。城里人山人海，我们得等座位。午饭后我们去了伊鲁涅咖啡馆，也是人满为患，而且越接近斗牛开场的时间，人就越多，桌子之间的间距也被挤得越来越近。每天在斗牛赛开场之前都会出现这么一种低沉的嘈杂声。无论怎么挤，咖啡馆在平时可从来没有过同样的噪声。这种特别的嘈杂声持续不断，我们身处其中，也是其中的一分子。

每场斗牛我都订到了六张票，其中三张是第一排座位，紧靠着斗牛场的围栏；另外三张是入口上方的座位，那里的椅子有木质的靠背，位于看台的中间位置。布蕾特第一次看斗牛，迈克尔觉得她还是坐在高处的位置比较好，科恩也想和他们一起坐。比尔和我就坐在第一排，我们把剩下的一张票给侍者，让他帮我们卖掉。比尔告诉了科恩一些看斗牛赛的注意事项，如何看才不至于将注意力集中在马身上。比尔曾看过一整季的系列斗牛赛。

“我并不担心接受不了斗牛的场面，我只是担心会觉得无聊。”科恩说。

“你这么认为?”

“马被公牛抵伤后，不要去看马，”我对布蕾特说，“注意看公牛如何发动攻击，看执矛手怎么避开攻击，如果马匹被抵中就别再看了，只要它还活着，就别看它。”

“我有点儿紧张，”布蕾特说，“我担心能不能好好地把它看完。”

“你可以的。除了马进入斗牛场的那一段之外，不会有什么东西会让你感到不舒服。每头牛和马的交锋时间只有几分钟而已。如果觉得看了不舒服，不要看就行了。”

“她不会有事的，”迈克尔说，“我会照看她的。”

“我不认为你会觉得无聊。”比尔说。

“我回趟旅馆把望远镜和皮酒袋拿来，”我说，“回头还在这儿碰头，不要喝醉了。”

“我跟你一起去。”比尔说。布蕾特冲我们微微一笑。

为了避免被太阳晒到，我们从拱廊底下绕道过去。

“我真受不了那个科恩，”比尔说，“他那种犹太人的自以为是简直太过分了，他竟然以为他从斗牛赛中唯一能感受到的就是无聊！”

“到时候我们拿望远镜观察观察他。”我说。

“哦，让他去死吧！”

“他赖在那儿不走了。”

“那他就待在那儿好了。”

回到旅馆，我们在楼梯上遇到了蒙托亚。

“跟我来，”蒙托亚说，“你们想见见佩德罗·罗梅罗吗？”

“好呀，”比尔说，“我们去见见他。”

我们跟着蒙托亚上了楼，沿着走廊往前走。

“他在八号房，”蒙托亚解释道，“他们正在上妆，准备上场呢。”

蒙托亚敲了下门，把门推开。房间里很暗，只有朝小巷的窗子透进一丝亮光。有两张床，用修道院里用的那种隔板隔开。电灯亮着，那男孩穿着斗牛服，站得笔挺，表情严肃。他的上衣搭在椅背上，腰带就快要束好了。在电灯光的照射下，他黑色的头发闪闪发亮。他穿了件白色亚麻布衬衣，他的侍从为他扎好腰带，然后起身退在一旁。佩德罗·罗梅罗朝我们点点头，握手时显得拒人千里，非常高贵。蒙托亚说了几句，表示我们是铁杆斗牛迷，我们祝他好运。罗梅罗非常认真地听着，之后他转向我。他真是我平生所见过的最帅的男孩。

“你去看斗牛。”他用英语说。

“你懂英语啊？”我说，自觉像个白痴。

“不懂！”他回说，微微一笑。

床上坐着三个人，这时其中一个走上前来问我们会不会讲法语。

“需要我来为你们翻译吗，你们有什么想问佩德罗·罗梅罗的吗？”

我们向他表达了谢意。能有什么问题呢？这男孩才十九岁，除了他的持剑侍从和那三个食客以外，没有别人了，而且斗牛将要在二十分钟之后正式开始。我们说“Mucha suerte[①]”，对他表示祝愿，然后跟他握了握手就出来了。我们把门带上时，他仍站在那儿，身板挺直，英俊潇洒，茕茕孑立，独自跟那几个食客待在一起。

“他真是个好小伙，你们说是不是？”蒙托亚问。

“确实太帅了。”我说。

“他一看就像个斗牛士，”蒙托亚道，“他有斗牛士的那种气派。”

“是个好小伙！”

“我们很快就会看到他在斗牛场上大放异彩了。”蒙托亚说。

---

① 西班牙语，意为“祝你好运”。

我们发现那个大个儿的皮酒袋在我房间里放着，挂在墙上，就拿上它和望远镜，把门锁上，下了楼。

那是一场很精彩的斗牛，比尔和我都震惊于佩德罗·罗梅罗的表现。蒙托亚坐在与我们相隔大概十个座位的位置。罗梅罗杀死第一头公牛后，蒙托亚跟我互相看了一眼，颔首赞许。罗梅罗是个真正的斗牛士，已经有很长时间没有见识过货真价实的斗牛士了。至于另外两名斗牛士，一个相当不错，另一个差强人意。但他们真的不能跟罗梅罗相提并论，尽管他对付的那两头牛都不怎么厉害。

斗牛进行期间，我有几次用望远镜看上面的迈克尔、布蕾特和科恩。他们看起来都不错，布蕾特并没有不安的表现，他们三个人都专注地趴在水泥栏杆上。

“把望远镜给我，我也看看。”比尔说。

“科恩看起来觉得无聊吗?”我问。

“这个犹太佬!”

斗牛结束之后，你根本不能在人群中移动。我们没办法挤出去，只好跟着大部队，像冰川移动一样缓慢地走回城里。我们的心情跟每次看完斗牛一样，无比忐忑，但与此同时我们又觉得兴高采烈，这是只有在看完一场精彩的斗牛后才会有的感受。狂欢节的活动仍在进行着。鼓点低沉，笛声尖锐，人流随处都会被一队队舞者所阻断。舞者们也都挤作一堆，所以你根本看不到他们那让人眼花缭乱的复杂舞步，你只能看到他们的头和肩膀不断地一上一下。我们终于从人流中突围出来，到达了咖啡馆。侍者给另外几位预留了座位，我们每人点了一杯苦艾酒，看着广场上拥挤的人流和跃动的舞者。

“你觉得那是什么舞?”比尔问我。

“是一种霍塔舞[1]。”

“这种舞蹈有多种跳法，”比尔说，“曲调不同，跳法就会有区别。”

“这舞不错！”

就在我们面前，有帮男孩在街上的一块空地上跳着错综复杂的舞，脸上的神情全都严肃认真。他们跳舞时全都朝下望着自己的舞步，绳底鞋在路面上踢踏作响，他们脚尖相碰，脚跟相碰，再到脚趾肚儿相碰。之后音乐突然结束，舞步也戛然而止，之后再次沿着街道继续跳下去。

“我们的那帮朋友们回来了。”比尔说。

他们几个正穿过马路走过来。

“你们好啊，伙计们！”我说。

“嘿，绅士们！”布蕾特说，“还给我们留了座儿，你们可真贴心。”

“我说，”迈克尔道，“那个叫罗梅罗的小伙子真是不同寻常。我说得没错吧？”

“哦，他实在太可爱了，”布蕾特说，“还有他那条绿裤子。”

“布蕾特一直在看他的那条裤子。”

“我说，明天我一定得借一下你们的望远镜。”

“感觉如何？”

“棒极了！堪称完美。我说，真是大开眼界！”

“马呢，感觉怎么样？”

“还是忍不住要看它们。”

“她看得目不转睛，”迈克尔说，“这个女人可真是不同凡响！”

“这些马的遭遇的确很悲惨，”布蕾特说，“但我就是忍不住

① 霍塔舞，西班牙北部的一种传统的求爱舞蹈。

要看。”

“你感觉还好吗？”

“我一点儿都没觉得不舒服！”

“罗伯特·科恩倒不太舒服，”迈克尔插嘴道，“你当时脸都绿了，罗伯特。”

“第一匹马确实让我挺难受的。”科恩说。

“你没觉得无聊吧，对不对？”比尔问道。

科恩笑了起来。

“没，我没觉得无聊。希望你能原谅我之前乱讲。”

“没关系啦，”比尔说，“只要你不觉得无聊就好。”

“他看上去倒没觉得无聊，”迈克尔说，“不过我当时觉得他都快吐了。”

“没那么严重，只有一小会儿。”

“我是觉得他快要吐了。你不会无聊的，我说得没错吧，罗伯特？”

“我们结束这个话题吧，迈克尔。我已经道过歉了。”

“这话不假，你们知道，他小脸儿都绿了。”

“哦，闭嘴吧，迈克尔！”

“第一次看斗牛你一定不会觉得无聊的，罗伯特，”迈克尔说，“要不然可就糟糕透了。”

“哦，你闭嘴吧，迈克尔。”布蕾特说。

“布蕾特是个虐待狂，之前他说过的，”迈克尔说，“不过，布蕾特不是个虐待狂。她只是个可爱、健康的女人。”

“你是个虐待狂吗，布蕾特？”我问。

“但愿我不是。”

“他说布蕾特是个虐待狂，不过是因为她有个旺盛的胃口。”

“胃口也不可能一直这么好。”

比尔跟迈克尔谈起了科恩之外的其他话题。侍者上了苦艾酒。

“你果真喜欢吗?”比尔问科恩。

“不，还不能说是喜欢。但我认为那是场精彩的表演。”

“天哪，那还用说！真是开了眼了!”布蕾特说。

“我希望没有骑马上场那一部分。”科恩说。

“马不重要，”比尔说，“过去那段之后，你就再也见不到任何让你觉得不舒服的地方了。”

“一开始是有点儿太刺激了，”布蕾特说，“当公牛冲向马儿的时候，我觉得特别可怕。”

“那些牛都不错。”科恩说。

“它们都棒极了。”迈克尔说。

“下次我想坐到第一排。”布蕾特端起苦艾酒，喝了一点儿。

“她想近距离地看那几位斗牛士。”迈克尔说。

“他们确实了不起，”布蕾特说，“而且，那个罗梅罗还是个孩子呢!”

“是个很帅的男孩，”我说，“我到他房间里去过，我从未见过比他长相还要帅的男生。”

“你觉得他有多大年龄?”

“十九岁或是二十岁吧。”

“真不可思议!”

第二天的斗牛比第一天还要精彩。布蕾特坐到了第一排，坐在我跟迈克尔中间，比尔和科恩坐在上头。罗梅罗是整场表演的灵魂，我觉得布蕾特的眼睛一直都在盯着他看。其他人也是如此，除了那些顽固不化的技术专家。大家眼里全都是罗梅罗，另外还有两个斗牛士，但他们根本就不能引起大家的注意。我坐在布蕾特身旁，为她解说斗牛。我跟她说，在公牛向执矛手发起冲击时，要注意看牛，而不要去管执矛手胯下的马，提醒她注意看执矛手如何调整他长矛的刺入点，这么一来她就能看明白了。斗牛也就更像是一种有始有终、有一定目的性的运动，而不仅仅是充满了无法解释的恐怖的奇观了。我让她注意看罗梅罗如何用他的斗篷将牛从已经倒地的马身边引开，他又是怎样用斗篷把牛吸引住，然后平稳而又温文尔雅地引牛转身，不让牛白白消耗体力。她能看出罗梅罗如何避免任何唐突的举动，将牛的体力保存到他认为的最佳时机时，给它最后一击，这样能够使它们不至于气喘吁吁，惶恐不安，而是慢慢将它们的体力耗尽。她看出罗梅罗做动作时跟牛的身体总是靠得很近，我跟她讲了更多关于别的斗牛士经常耍的花招，这些花招的作用是让观众觉得他们离公牛很近。于是，她也看明白了她为什么会喜欢罗梅罗耍斗篷的功夫，而不喜欢别的斗牛士的。

罗梅罗从来不故意做出扭摆的动作，他的动作总是那么直接、纯粹、自然。另两个斗牛士却像个螺丝钻一样扭个不停，把胳膊抬起来，等牛角冲过去以后故意把胳膊肘往牛的侧腹上靠，给人一种虚假的惊险印象。到后来，这种虚假动作就会越来越糟，观众感到很不愉快。罗梅罗斗牛时却能够让观众体验到真正的激情，因为他从不拖泥带水，而是一直保持绝对的洗练，每次总是从容而又镇定地让牛角紧贴着他的身体擦过去。他根本就没必要故意渲染他跟牛之间的贴近程度。布雷特看得出来，有些动作在紧贴着牛表演出来是何等优美，只要稍微分开一点儿，马上就会显得很可笑。我告诉她，斗牛士如何在何塞利托去世后，发展出一套技巧，使得斗牛的动作表面上看似很危险，其实纯粹是为了让人产生惊心动魄的效果，一切都是虚假的，但这些动作同时也能够保证自身的安全。罗梅罗却秉持旧有的传统，通过最大限度地暴露在牛面前来保持他动作的洗练，同时又让牛意识到他是不可战胜的，以这种办法完全将牛控制住，随时准备给它致命一击。

“他从来没有一点儿生疏笨拙的动作！”布蕾特说。

“他不会有的，除非他害怕了。”我说。

“他才不会害怕，”迈克尔说，“他非常擅长斗牛，他了解这个！”

“当他开始时，他已经了解一切了！其他人或许一辈子都不能领会他的天赋！”

“还有，我的天哪，他长得可真是太帅了！”布蕾特说道。

“我相信，你要明白，她爱上了一个斗牛小伙子。”迈克尔说。

“我不会感到吃惊的。”

“求求你了，不要让她再深入了解他了！给她讲讲那些斗牛的人是怎么虐待自己母亲的！”

“告诉我他们也喜欢喝酒！”

“天哪，太可怕了！”迈克尔说，“他们喝一整天酒，然后回家，揍自己可怜的老母亲！”

“他看起来就是那样的人。”布蕾特说。

“谁说不是？”我说。

场内已经有人牵上骡子，把死牛套上，然后人们把鞭子甩得啪啪响，赶得骡子跑起来，那几头骡子先是向前鼓劲，四蹄蹬地，突然飞跑起来。那头死牛有一只牛角朝上，脑袋贴地，被拖着在沙地上留下了一道光滑的痕迹，最后被拖出了红色大门。

“下面出场的就是最后一头了！”

“不是吧？”布蕾特说，她向前探身靠在栏杆上。罗梅罗挥手让他的几个执矛手回到自己的位置上，然后站直身体，将斗篷贴胸搭好，注意着对面公牛将要上场的方向。

表演结束以后我们走出斗牛场，又紧紧地嵌在人群里动弹不得。

“观看这些斗牛表演可真够累人的，”布蕾特说，“我浑身软得就像团棉花。”

“哦，你需要喝一杯了。”迈克尔说。

第二天，佩德罗·罗梅罗没有出现。斗牛表演中都是米乌拉公牛，而且表演得毫无趣味。第三天没有斗牛表演。不过整日整夜的狂欢活动都在继续。

第十六章

上午一直在下雨，海面升起一团雾气，笼罩了群山，山顶都看不见了。高岗显得沉闷阴郁，树林和房舍的轮廓也都和以前不一样了。我走出城外，想出去看看天色。乌云是由海上越过群山飘到这里的。

广场上的旗帜湿漉漉地垂挂在白色的旗杆顶上，各种横幅也都湿淋淋地紧贴在房屋的正面墙上。大部分时间雨很小，也并不急促，不过突然有一阵骤雨兜头浇下来，迫使人们都躲到拱廊下避雨。广场上也积起一个个小水洼。街道上到处湿淋淋、暗沉沉的，没有人迹。不过狂欢活动依然进行着，只不过换到室内进行罢了。

斗牛场里有顶棚的座位坐满了人，巴斯克人和纳瓦拉的舞蹈家和歌手们正在表演，人们一面避雨，一面观看。迈克尔暗嘲布蕾特几乎可以当罗梅罗的妈妈了，布蕾特反唇相讥，暗骂迈克尔的表现是酒鬼纳瓦拉舞者和歌手的大汇演。后来，来自卡洛斯谷的舞者穿着他们的传统服饰，冒着雨从街上舞了过来，因为下雨的原因鼓被打湿了，鼓声听来空洞沉闷，歌舞队的领班们骑在步履沉重的高头大马上走在前头，他们全身上下的衣服还有马身上披挂的马衣都被淋湿了。大家都挤在咖啡馆里，那些舞者挤了进来，他们把裹得紧紧的白色大腿伸在桌子底下，忙着把系着铃铛的帽子上的雨水甩干，把他们姹紫嫣红的上衣搭在椅背上晾着。屋外的雨下得更大了。

我离开咖啡馆，回到旅馆刮了胡子，准备吃晚饭。我正刮脸时，有人敲门。

“请进！”我叫道。

蒙托亚走了进来。

“你怎么样？”他说。

“很好！”我说。

“斗牛结束了。”

“没错，”我说，“除了下雨之外什么都没有了。”

“你的朋友哪儿去了？”

“在伊鲁涅咖啡馆。”

蒙托亚又挂上了他招牌式的忸怩微笑。

“我说，”他说，“你认识美国大使吗？”

“认识，”我说，“谁都认识美国大使。”

“他现在就在城里。”

“是呀，”我说，“我们都看见他们了。”

“我也看见了。”蒙托亚说。他别的没说什么，我继续刮胡子。

“坐下吧，”我说，“我叫人给我们送瓶酒。”

“不用了，我得回去了。”

我刮完脸，把脸埋进脸盆里用冷水冲洗。蒙托亚站在原地，看起来好像更加局促不安了。

“你瞧，”他说，“我刚刚收到他们从‘大饭店’捎来的消息，他们想请佩德罗·罗梅罗和马西亚尔·拉朗达吃完晚饭后过去喝咖啡。”

“好啊，”我说，“这对马西亚尔没有一点儿坏处。”

“马西亚尔一整天都在圣塞瓦斯蒂安，今天一早他跟马尔克斯一起开车去的，我想他们今晚应该回不来了。”

蒙托亚有点儿尴尬地站着，他想等我说点儿什么。

"那就别告诉罗梅罗这件事。"我说。

"你这么认为?"

"显然应该这样!"

蒙托亚听到这话很高兴。

"我就是想征求一下你的意见,因为你也是美国人。"他说。

"如果是我的话,我会这么做。"

"你看,"蒙托亚说,"大家就这样对待一个男孩子,他们根本就不知道他的价值。他们不知道他对我们这些真正的斗牛迷意味着什么,任意一个外国人都可以称赞他。从他到'大饭店'喝咖啡开始,不出一年他们就把他给毁了。"

"像阿尔加贝诺一样!"我说。

"是呀,就跟阿尔加贝诺一样。"

"这种人可有不少呢,"我说,"有个美国女人曾经到这儿来,专门为了搜罗斗牛士,就现在。"

"我知道,她们只要年轻的。"

"是呀,"我说,"老的都变胖了。"

"或者像加罗一样疯疯癫癫的。"

"唉,"我说,"这好办,你不要告诉他这件事就好了。"

"他真是个好孩子,"蒙托亚说,"他应该跟他自己的人民在一起,而不是掺和到这些杂事里去。"

"你不再喝点儿?"我问。

"不了,"蒙托亚说,"我得离开了。"他出去了。

我下楼,出了门,在拱廊底下绕着广场走了一圈,雨依旧在下。我向伊鲁涅咖啡馆里面看了看,没见到他们几个,于是我又绕了一圈回到旅馆。他们都在楼下的餐厅里吃饭。

他们都比我吃得快,我想赶也赶不上,于是我也就慢慢地吃我自己的。比尔正在出钱找人给迈克尔擦鞋。只要有擦鞋的小童打开大门招揽生意，比尔就把他们叫过来给迈克尔擦鞋。

“我的靴子已经被擦了十遍了，这是第十一遍，”迈克尔说，“我说，比尔可真是个笨蛋。”

擦鞋的小童已经把消息给传开了，这时又进来一个。“Limpia bolas[1]?”他对比尔说。

“我不要，”比尔说，“给这位先生服务吧！”

擦鞋童没再说话，直接在正在擦着一只靴子的同行旁边跪下来，开始擦迈克尔另外一只没被擦的靴子，在电灯的照射下它早已经闪闪发亮了。

“比尔实在是太逗了。”迈克尔说。

我正喝着红葡萄酒，被他们远远地落在后头了，这套擦鞋的把戏让我感觉有些不太舒服。我朝四周看了看，佩德罗·罗梅罗坐在邻桌旁。我向他点点头，他马上站起来，请我过去结识一下他的朋友。他的桌子就在我们旁边，挨得很近。他的那位朋友是个马德里的斗牛评论家，小个子，绷着一张脸。我告诉罗梅罗我非常喜欢他的表现，他听了十分高兴。我们讲的是西班牙语，那位评论家听得懂一点儿法语。我伸手到我们的桌子上拿酒瓶，但那位评论家却扯住了我的胳膊，罗梅罗呵呵一笑。

“和我们一起喝吧！”他用英语说。

他说起英语来非常害羞，不过他好像真心地喜欢用这门语言交谈，我们寒暄了几句后，他就提出几个他不太理解的词儿向我请教。他很想知道在英语里 Corrida de toros（斗牛）如何表达，怎么翻译才是准确的。他对 bull – fight（斗牛）的译法有点儿质疑。我解释说，bull – fight 在西班牙语里的意思是一头 toro 的 lidia。而西班牙语的 Corrida 在英语里的意思是 running of bulls

① 西班牙语，意为“要擦鞋吗”。

（奔牛，牛群奔跑）——评论家插了一句话，说法语的说法是 Course de taureaux，西班牙语中没有能跟 bull - fight 对应的词汇。

佩德罗·罗梅罗说他在直布罗陀学习过一点儿英文。他在龙达出生，龙达离直布罗陀北边不远。在马拉加的斗牛学校开始学习斗牛，到现在为止，才干了三年。那位斗牛评论家取笑他话语间时不时蹦出来的马拉加方言。他说他十九岁，他哥哥也和他一起工作，做一名投镖手，不过他跟其他几个为罗梅罗打下手的人住另一家小客栈。他问我看过他几场斗牛表演。我告诉他，我只看过三次。事实上，我只是看过两次，不过话已出口，我也不想再多费唇舌解释了。

“另外那次你是在什么地方看的，在马德里？”

“没错。”我撒谎道，我曾经在斗牛报上看到过他两次在马德里上场的报道，所以还不至于被拆穿谎言。

“是第一次出场还是第二次？”

“第一次。”

“那次我很糟，”他说，“第二次的表演更好些。你还记得吧？”他转而求证于斗牛评论家。

他讲起话来很大方，毫不拘束。他谈起他的表演，就好像是与自己毫无关系一样，没有一点儿自以为是或自我吹嘘的意思。

“我非常高兴你能喜欢我的斗牛表演，”他说，“但是你还没有见识过我的真功夫呢。明天，要是能碰上一头好牛，我就尽力给你露一手。”

他说这番话时保持着微笑，希望斗牛评论家和我都不会认为他在说大话。

“我迫不及待地想要看呢，”评论家说，“希望我会被明天的事实所说服。”

“他不太喜欢我的斗牛。”罗梅罗转而对我说，他一本正经。

评论家解释道，他非常喜欢罗梅罗的表演，只是他的斗牛技巧到目前为止还没有完全展示出来。

“等着看明天的表演吧，如果碰上一头好牛。”

“你见过明天要上场的牛了吗？”评论家问我。

“是的，我看到它们进栏了。”

佩德罗·罗梅罗往前探了探身子。

“你觉得它们怎么样？”

“非常棒，”我说，“大约有二十六阿罗瓦①，犄角很短。你没看见过吗？”

“哦，见着了。”罗梅罗说。

“它们到不了二十六阿罗瓦。”评论家说。

“没错。”罗梅罗说。

“他们头上长的不是犄角，是香蕉。”评论家道。

“你称那个为香蕉？”罗梅罗问。他转向我，微微一笑，“你不会叫它们香蕉吧？”

“不会，”我说，“不管怎么说，它们仍然是犄角。”

“但它们很短，”佩德罗·罗梅罗说，“确实是太短了，不过再怎么说它们也不是香蕉。”

“我说，杰克，”布蕾特从邻桌叫我，“你不管我们啦！”

“等一会儿啊，”我说，“我们在讨论公牛。”

“你可真够神气的！”

“告诉他，公牛都没有角。”迈克尔大喊，他又喝多了。

罗梅罗看着我，充满了疑问。“他喝多了，”我说，“Borracho Muy borracho！②”

“也让我们认识一下你的朋友嘛。”布蕾特说。她一直目不转

① 西班牙重量单位，约等于十一公斤半。

② 西班牙语，意为“醉了！酩酊大醉了！”

睛地盯着佩德罗·罗梅罗看。我问他们俩愿不愿意跟我们一起喝杯咖啡，他们都站了起来。罗梅罗的脸被晒得黝黑，他的行为都是很有礼貌的。

我把他们一一给大家做了介绍，他们本想坐下，但是座位不够了，于是我们就都转移到靠墙的大桌子上，继续喝咖啡。迈克尔叫了一瓶芬达多酒，给每个人要了个酒杯，然后就开始说醉话了。

“跟他说，我觉得写东西最没用了，”比尔说，“快点儿告诉他。跟他说我认为当一个作家是一件可耻的事情。”

佩德罗·罗梅罗坐在布蕾特身边，正听她说话呢。

“快点儿说呀，告诉他！”比尔说。

罗梅罗微笑着抬头看了看。

“这位绅士是位作家。”我说。

罗梅罗对他肃然起敬。

“另外那位也是。”我指着科恩说。

“他长得像比利亚尔塔，”罗梅罗看着比尔说，“拉斐尔，他是不是很像比利亚尔塔？”

“我不觉得！”评论家道。

“真的，”罗梅罗用西班牙语说，“他真的很像比利亚尔塔。那位喝醉了的先生是干什么的？”

“他不用工作。”

“这就是他喝酒的原因吗？”

“不是，他正等着娶这位女士呢！”

“告诉他牛都没有角！”迈克尔从桌子那头大叫，醉得真够可以的了。

“他说什么？”

“他喝醉了。”

“杰克，”迈克尔叫道，“快点儿跟他说，牛都没有角！”

“你听明白了吗？”我说。

“明白了。”

我明知他没明白，所以随便他怎么说都没关系。

“告诉他布蕾特想亲眼看他穿上那条绿裤子。”

“闭嘴，迈克尔！”

“告诉他布蕾特一心就想知道那么紧的裤子到底是怎么穿上去的。”

“别说了！”

在这段时间罗梅罗一直握着手里的酒杯，跟布蕾特讲话。布蕾特说法语，他说西班牙语，还夹带点儿英语，笑得很开心。

比尔在往每个人的酒杯里倒酒。

“告诉他布蕾特一心想钻到他——”

“嘿，你给我闭嘴，迈克尔，看在耶稣的分儿上！”

罗梅罗笑吟吟地抬头看了看。“别再说下去了！这个我懂。”他说。

正在这时，蒙托亚走进来，正想冲我笑笑，可是看到了佩德罗·罗梅罗手里拿着一大杯白兰地，笑呵呵地坐在我和一个肩膀袒露的女人中间，和他坐在一起的都是酩酊大醉的人，他连头都没点一下。

蒙托亚离开了，迈克尔站起来祝酒。“让我们干杯吧，为……”他开始说道。“为佩德罗·罗梅罗干杯。”我接口说，大家都站了起来。罗梅罗很认真地领受了这杯酒。我们一一碰杯，喝完了这杯。我有意中间插话，是因为担心迈克尔就要明说他根本就不是为罗梅罗祝酒的。不过结果还算顺当，佩德罗·罗梅罗跟大家一一握手告别，然后就跟评论家一起走了。

“我的天哪！多么可爱的男孩，”布蕾特说，“我好想看看他是怎么穿上那身衣服的，他一定是用了鞋拔子吧！”

“我正要跟他说呢，”迈克尔又开始了，“可杰克总是中间插话。你为什么总不让我把话说完，你以为你说西班牙语比我流利？”

“哦，够了，迈克尔，没人打断你的话。”

“不行，今天我要把这件事情解决了，”他又背过身去，“你以为你算老几啊，科恩，你以为你跟我们算是一伙的？你也算是跑出来花天酒地的那种人吗？看在上帝的分儿上，别在这儿乱说话了，科恩！”

“哦，少来了，迈克尔。”科恩说。

“你认为布蕾特希望你在这儿吗，你觉得你跟我们是一起的吗，你怎么不说话了呢？”

“我该说的话在那天晚上就已经都说过了，迈克尔。”

“我不是你们这群文人中的一份子。”迈克尔踉踉跄跄地站起来，靠着桌子说，“我虽然不算聪明，不过人家不待见我时我还是知道的。你怎么就一点儿眼力都没有呢，科恩？大家都不欢迎你。走吧，你走吧，看在上帝的分儿上，赶快带着你那张悲惨的犹太脸离开我们。你们不觉得我说的是对的吗？”

他看着我们。

“好呀，”我说，“我们现在换到‘伊鲁涅’去吧！”

“不，难道我说得不对？我爱那个女人。”

“哦，别再讲这件事情了吧。你消停会儿吧，迈克尔！”布蕾特说。

“你不觉得我说到点子上了吗，杰克？”

科恩仍然坐在桌边。每当他受到辱骂时脸色就会变得很难看。可他又好像挺享受这个过程的。这些酒后幼稚傻气、大呼小叫的醉话说的可是他跟一位有封号的夫人之间的风流韵事呢。

“杰克,”迈克尔说，他几乎开始喊叫了，“你知道我说到点子上了。听着，你!”他转向科恩，“走！你给我马上滚开!”

“但是我是不会走的，迈克尔。”科恩说。

“那我就让你走!”迈克尔绕着桌子朝他走过去。科恩站起来，把眼镜摘下。他站在原地等着，脸色还是很难看。他双手低垂，骄傲而又坚决地等着即将到来的攻击，准备为了他心爱的女人和迈克尔决斗。

我拽住了迈克尔。“走吧，去咖啡馆,”我说，“你总不能在旅馆和他打架。”

“你说得对!”迈克尔说,“好主意!”

我们起身离开。迈克尔跌跌撞撞地往楼上走，这时我回头看见科恩，他又把眼镜戴回去。比尔坐在桌边，又倒了一杯芬达多。布蕾特还坐在原地，双眼直直地看着前面，但是她前面什么都没有。

外面广场上，雨已经停了，月亮挣扎着想从云团里探出头来，有风吹过。有支军乐队正在演奏，人群集中在广场的另一头，焰火专家和他的儿子正在那儿试放焰火热气球。但是气球总是迅猛地向上升去，线路也倾斜得厉害，不是被风扯破，就是被吹到了广场周边的房子上，有些还落在了人群里。随着镁光一闪，焰火炸开了，在人群中乱窜。砾石地面太湿了，没有人在广场上跳舞。

布蕾特和比尔一起出来了，我们几个人集合到一起。我们站在人群当中，只见焰火大王堂·曼纽埃尔·奥吉托站在一个小平台上，十分小心地用小棍儿将气球放出去，他站得高出大家的头顶，刚好能趁着风向让气球起飞。但是风把气球都刮了下来，他那些制作繁杂的焰火掉到人群里，在大家的大腿间窜来窜去，噼里啪啦地炸开。在焰火的亮光中堂·曼纽埃尔·奥吉托的脸上热汗淋漓。当又一个发光的纸球倾斜了，着了火，往下掉时，大家都尖叫起来。

“他们在取笑堂·曼纽埃尔呢。”比尔说。

“你怎么知道那个人是堂·曼纽埃尔？”布蕾特说。

“他的名字印在节目单上呢。堂·曼纽埃尔·奥吉托，他是这个城市的烟火制作师。”

“照明的气球，”迈克尔说，“盛大的照明气球表演。节目单上就是这么说的。”

军队的乐声随着风飘向远方。

“我说，真希望他能放飞一个，”布蕾特说，“这位堂·曼纽埃尔都快急死了。”

“我猜想要让他把这些气球放飞，还得让它们在空中拼出‘圣费尔明万岁’，至少要忙活好几礼拜。”比尔说。

“照明气球，”迈克尔说，“全是没用的照明气球！”

“我们走吧，”布蕾特说，“我们别在这儿站着。”

“尊贵的夫人想喝一杯了。”迈克尔说。

“你真是了解我啊！”布蕾特说。

咖啡馆里拥挤不堪，人声鼎沸。没有人注意到我们的到来，我们找不到一张空桌子，只听见一片闹嚷嚷的声音吵闹。

“走吧，我们还是出去吧！”比尔说。

外面，人们都在拱廊下散步。几张桌子旁边散坐着几个从比亚里茨来的英国人和美国人，他们都穿着运动衣。有几个女人正拿着长柄眼镜打量路过的人们。比尔有个朋友，来自比亚里茨，她已经和我们这几个人熟悉了。她跟另一位姑娘住“大饭店”，另外那位姑娘不太舒服，有些头疼，已经回去睡觉了。

“酒馆到了。”迈克尔说。

那是米兰酒吧，很小也很简陋，酒馆提供简单的吃食，客人可以在里屋跳舞。我们坐在一张桌子边，让侍者给我们送了一瓶芬达多酒。这个酒吧里没什么人，什么节目都没有。

“这个地方可真是糟糕啊！”比尔说。

“现在时间太早了。”

“我们把酒带走，停一会儿再过来吧。”比尔说，“我不想在这种地方坐一晚上。”

“我们去看那些英国人吧，”迈克尔说，“我喜欢看英国人。”

“他们糟糕透顶，”比尔说，“他们都来自什么地方？”

“比亚里茨，”迈克尔说，“他们是来感受古怪有趣的小西班牙狂欢节最后一天的活动和氛围的。”

“我来狂欢给他们看看。”比尔说。

“你可真是个美丽超群的姑娘，”迈克尔转向比尔的朋友，“你是什么时候到这儿的？”

“正经点儿，迈克尔。”

“我说，她的确是个很可爱的姑娘。我这都是在瞎忙活什么呢，我这都是在瞎看什么呢？你真是个可爱的小东西。我们之前见过吗？跟比尔和我一起走吧。我们带那帮英国人看热闹去。”

“我来带路，”比尔说，“他们大老远来到这个狂欢节上，到底想干吗？”

“我们走，”迈克尔说，“就我们仨。我们带着他们几个看热闹去，这些该死的英国人。我猜你不是英国人吧？我是苏格兰人。我简直对英国人深恶痛绝，我给他们点儿热闹看看。快点儿走，比尔！”

透过窗户，我们看见他们仨手挽着手朝咖啡馆走去。广场上又放起了焰火弹。

“我就在这儿待着吧。”布蕾特说。

“那我陪着你。”科恩说。

“哦，不要!”布蕾特说，“看在上帝的分儿上，你去别的地方转转吧。你看不出我想跟杰克聊会儿天?”

“我没看出来，”科恩说，“我想在这儿坐着，因为我觉得有点儿喝多了。”

“你这是什么理由? 你为什么非得跟人家坐一块儿啊，这算什么理由呀。你要是醉了，睡觉去吧，回去睡觉去吧!”

“我对他太粗暴了吧?”布蕾特说，科恩已经离开了。“我的天哪! 我真的是很讨厌他!”

“他的确让人不怎么高兴。”

“他让我如此压抑!”

“他的行为太不像话了!”

“恶劣透顶，他本来可以表现得更好的。”

“说不定他现在就在门外头等着呢。”

“是，他真能做出这种事儿来。你知道，我很清楚他是怎么想的，他就是对当初那点事儿信以为真。”

“这我明白。”

“换了谁都不会表现得这么差劲。哦，我对这一套真是烦透了。还有迈克尔，也让人受不了。”

“要迈克尔承受这件事情的确是有点儿困难!”

“没错，可他也没必要跟头猪似的。”

“每个人都有可能表现恶劣，”我说，“只要遇见这样的机会!”

“你就不会。”布蕾特望着我。

“我也会跟科恩一样干出蠢事来的。”我说。

“亲爱的，我们少扯这些没有意义的东西了。”

“好呀，我们聊点儿你喜欢的东西。”

“别这么为难，你是我唯一的知音，而且我今天晚上心情糟糕透了。”

“你还有迈克尔呢。”

“是呀，还有迈克尔。他以前是挺可爱的！”

“好吧，”我说，“看到科恩一天到晚这样跟在你们后头转悠，迈克尔觉得难受也是可以理解的。”

“我当然知道，亲爱的。求你别再让我觉得比现在还要烦恼了。”

布蕾特烦躁不安，我之前还从来没有见过她这个样子。她并不直接看我，只是朝前看着墙壁。

“你想出去散散步吗？”

“好，走吧。”

我把芬达多的酒瓶塞好，递给了酒保。

“我们每人再喝一杯吧，”布蕾特说，“我的神经快要崩溃了。”

我们每人又喝了一杯这种柔和的西班牙产的白兰地。

“走吧。”布蕾特说。

我们一出门，就看见科恩从拱廊下走了出来。

“他竟然真的没有离开！”布蕾特说。

“他是真离不开你。”

“真是可悲啊！”

“我不可怜他，我恨他！”

“我也恨他，”她打了个寒战，“我恨他这种该死的忍受。”

我们手挽着手，沿着一条小巷走下去，离开热闹的人群和灯火通明的广场。街上又暗又湿，我们一路朝城边的城垒走去，经过几家小酒店。灯光从店门里照出来，照在黑暗、被雨淋湿的街上，突然间还有音乐声响起。

“你想进去坐坐吗？”

“不！”

我们穿过湿漉漉的草地，攀上城垒的石墙。我在石头上铺了张报纸让布蕾特坐下。目光穿过面前的平原，我们看到远处的群山。风在高处吹着，驱赶着白云掠过月亮。我们脚下是城垒漆黑的坑道。在我们身后，树木和大教堂的阴影洒在地面上，月光清晰地映衬出城市的剪影。

“不要难过！”我说。

“我感觉就像生活在地狱里一样，”布蕾特说，“我们不要说话。”

我们望向平原。长长的树行道在月光下显得黑黢黢的，盘山公路上有辆车闪烁着车灯，山顶上的古堡里射出灯光，远远地，但我们还能够看得见。左下方的河流因为下雨的原因水面涨得很高。河面平静，昏暗无光，两岸的树林也黑漆漆一片。我们就这么坐着，静静地观望。布蕾特直视前方，突然她打了个寒战。

“天儿真冷！”

“想回去了吗？”

“我们走公园里那条路吧。”

我们从城垒上爬下来。天气又变阴了，公园里的树林很暗。

“你还爱我吗，杰克？”

“当然。”我说。

“因为我无可救药。”布蕾特说。

“这话怎么理解？”

“我已经无可救药了，我疯狂地迷上了罗梅罗那个男孩，我想我是爱上他了。”

“如果换作是我，我绝不会。”

“我控制不了，我无可救药，这种感觉快要把我撕裂了。”

“不要这么做。”

“我控制不了。不管是什么事，我从来就控制不了自己。”

“你应该到此为止。”

“我怎么能到此为止，我怎么能止得住，你能感觉出来吗？”

她的双手在哆嗦。

“我浑身上下都在哆嗦。”

“你不应该这么做。”

“我控制不了，现在我反正是无可救药了。你看不出有什么不同吗?”

“看不出!”

“我一定得行动了，我一定得去做我真正想做的事了。我早就丧失了尊严。”

“你其实没有任何理由这么做。”

“哦，亲爱的，别说得这么难听。那个该死的犹太人整天缠着我，迈克尔又是那副德行，我怎么受得了?”

“你说的的确是事实。”

“我也不能总是喝得醉醺醺的啊!”

“是的!”

“哦，亲爱的，求你留在我身边。求你留在我身边，帮我熬过这一关。”

“我一定会的。”

“我也知道这么做不对，但是我只能这么做。上帝知道，我从没觉得自己这么贱过。”

“你想让我做些什么?”

“来吧，”布蕾特说，“我们找罗梅罗去。”

在公园里，我们一起在夜影中走过树下的砾石路，走出树木的荫蔽，穿过大门，来到进城的街道上。

佩德罗·罗梅罗在咖啡馆里，他跟其他几个斗牛士和斗牛评论家坐在同一桌，他们都在抽雪茄。我们进来的时候，他们抬头看了看。罗梅罗面带微笑，向我们鞠躬致意。我们坐在屋子中间的一张桌子边上。

“我们邀请他和我们一起喝一杯吧。”

“别忙，他自己会过来的。”

“我总是不敢盯着他看。”

“他看起来可真帅。”我说。

“我一直都任性得很，想干什么就干什么。”

“我知道。”

“我真的觉得自己很贱。”

“得了吧。”我说。

“我的天哪！”布蕾特说，“女人得经受多少考验哪。”

“你说什么？”

“哦，我觉得自己真是贱哪。”

我看着他们那张桌子，佩德罗·罗梅罗面带微笑，他跟同桌的几个人说了句什么，然后站起来朝我们这边走来。我站起来同他握了握手。

“你不喝一杯？”

“你们一定得陪我喝一杯。”他说。他用眼神征得布蕾特的允许后方才落座，他真是彬彬有礼。他还在继续抽他的雪茄，这跟他的脸庞很相称。

“你喜欢抽雪茄？”我问。

“哦，是的。我一直都抽雪茄。”

抽烟的样子让他显得更成熟些。我留神看他的皮肤，干净、平滑，并且还是健康的黝黑色。他颧骨上有个三角形的疤痕。我发现他在看布蕾特。他觉得他跟布蕾特之间有着某种默契。布蕾特同他握手的时候，他想必就已经感觉到了这种气场。他非常细心，我想他其实已经胸有成竹，可他不想出任何差错。

“你明天会上场表演吧？”我说。

“没错，”他说，“阿尔加贝诺今天在马德里受伤了，你们听说了吗?”

“没有,”我说,“情况很糟糕吗?”

他摇摇头。

“没什么,伤在这儿了。”他伸出手来。布蕾特伸手将他的手指一一掰开。

“哦!”他用英语说,“你懂得算命吗?”

“有时候吧,你介意吗?”

“不,我喜欢,”他把手摊开放在桌上,“告诉我,我会永生,还能成为百万富翁!”

他仍旧很有礼貌,可他变得更加自信。“说说看,”他说,“你在我手上看出我命中与牛纠缠吗?”

他开心地大笑。他的手非常细巧,手腕很细。

“成千上万头牛啊!”布蕾特说。她现在一点儿都不紧张了,她看起来非常可爱。

“好,”罗梅罗呵呵一笑,“一头值一千杜罗①,”他跟我用西班牙语说,“再跟我讲点儿别的。”

“这只手好漂亮,”布蕾特说,“我想他会健康长寿的。”

“跟我讲,不是跟你的朋友。”

“我说你会健康长寿的。”

“我就知道,”罗梅罗说,“我会长生的。”

我用指尖轻扣了下桌面,罗梅罗看见了,他摇了摇头。

“不,没必要那么做,牛是我最好的朋友。”

我把这话翻译给布蕾特听。

“你杀自己的朋友?”她问。

“一贯如此,”他用英语笑着说,“这样它们就不能杀死我

① 西班牙银币,等于五比塞塔。

了。”他望着对面的布蕾特。

“你英语挺不错的嘛。”

“是的，”他说，“有时候说得还行。不过我不能让任何人知道。一个斗牛士会讲英语可不是一件好事。”

“为什么不能让别人知道？”布蕾特问。

“会很不像话，大家不喜欢，现在还没到时机。”

“为什么？”

“他们不喜欢，说英语的话就不像斗牛士了。”

“那斗牛士应该是个什么样子？”

他哈哈一笑，把帽子往下一拉，盖住了眼睛。他把嘴里叼着的雪茄和脸上的表情都调整了一下。

“就像坐着的那个人。”他说，我朝他说的那边瞥了一下。他模仿纳西翁那尔的表情简直太像了。他微微一笑，又恢复了之前的表情。“不行，我必须得把英语忘掉。”

“现在先别忘。”布蕾特说。

“不能忘？”

“不能忘。”

“那就听你的吧！”

他又大笑起来。

“我想要一顶那样的帽子。”布蕾特说。

“好，我给你弄一顶去。”

“好，你可别食言。”

“一定，我今天晚上就给你弄一顶。”

我站了起来，罗梅罗也站了起来。

“你坐着吧，”我说，“我得去把我那几个朋友带过来。”

他朝我使了个眼色，这是最后的一眼，这是在试探我是否明白这其中的含义，我完全明白。

“你坐着，”布蕾特对他说，“你得教教我说西班牙语。”

他坐下，望着桌子对面的她。我出去了，斗牛士那桌上的几个人冷冷地目送我出门，这让我感到很不舒服。二十分钟后，当我再次回来，四处看看时，布蕾特和佩德罗·罗梅罗已经不在了，咖啡杯和我们喝白兰地用过的三个空杯子还放在桌上。一个侍者拿着块抹布走过来，收拾起杯子，把桌子擦干净。

第十七章

我在米兰酒吧外头找到了比尔、迈克尔和埃德娜。埃德娜是那位姑娘的名字。

“我们被轰出来了。”埃德娜说。

“是被警察轰出来的，”迈克尔说，“里面有些人不喜欢我。”

“如果不是我拦着，他们已经跟人家打了四架了。”埃德娜说，“你可一定要帮帮我了。”

比尔的脸色通红。

“你进去，埃德娜，”他说，“到酒吧里去，跟迈克尔跳舞。”

“别傻了，”埃德娜说，“那只会再闹出事故来。”

“那帮该死的比亚里茨猪猡。”比尔说。

“走吧，”迈克尔说，“再说了，这只是众多酒馆中的一家。他们也不能把所有酒馆都给霸占了吧！”

“好样的老迈克尔，”比尔说，“那帮该死的英国猪猡跑到这儿来侮辱迈克尔，还想把狂欢节都给毁了。”

“他们真是无赖，”迈克尔说，“我向来都很厌恶英国人。”

“他们可不能侮辱迈克尔，”比尔说，“迈克尔是个好人。他们就是不能侮辱迈克尔，我受不了这个，谁在乎他是不是破产了？”他的声音有些哽咽。

“谁在乎？”迈克尔说，“我不在乎，杰克不在乎，你在乎吗？”

“不，”埃德娜说，“你破产了？”

“当然，这对你来说没什么，是吧，比尔？”

比尔伸出胳膊搂住迈克尔的肩膀。

“如果我也破产了就好了，好好给这帮杂种点儿颜色看看。”

“他们不过是些英国人，”迈克尔说，“没有人会傻得在乎英国人胡说八道。”

“这些肮脏的猪猡，”比尔说，“我这就去把他们都清理出去。”

“比尔，”埃德娜的眼睛看着比尔，“拜托你别再进去了，比尔。他们实在是蠢不可及。”

“就是，”迈克尔说，“他们蠢透了，我知道他们是些什么货色。”

“他们怎么能说那样的话来侮辱迈克尔呢？”比尔说。

“你认识他们吗？”我问迈克尔。

“不，我们从来就没见过面，但他们居然说认识我。”

“我可受不了了！”比尔说。

“算了，我们还是去瑞士咖啡馆吧！”我说。

“他们是埃德娜的一帮朋友，来自比亚里茨。”比尔说。

“他们就是一群笨蛋！”埃德娜说。

“其中一个是查利·布莱克曼，来自芝加哥。”比尔说。

“我从没去过芝加哥。”迈克尔说。

埃德娜忍不住笑意，乐得笑个不停。

“把我从这儿带走，”她说，“你们这帮破落户。”

“到底是怎么吵起来的？”我问埃德娜。我们穿过广场朝瑞士咖啡馆走去，但是比尔消失了。

“我也不知道怎么吵起来的，只是有个人把警察叫了来，然后把迈克尔从里屋给轰出来了。有几个人好像在戛纳就认识迈克尔吧，迈克尔到底怎么了？”

“他或许欠了他们钱吧，”我说，“只要一与钱有关，就容易结梁子。”

广场上的售票亭前面排着两队人等着买票。有坐在椅子上的，也有蜷缩在地上的，身上裹着毛毯和报纸。他们连夜在售票窗口等着，好在早上售票口开始营业时能够买到斗牛的票子。夜色晴朗起来，月亮露出了她的面容。等票的人有的已经睡着了。

我们来到瑞士咖啡馆，刚坐下，叫了芬达多，罗伯特·科恩就出现了。

“布蕾特呢？”他问。

“我不知道啊！”

“她不是和你在一起吗？”

“她一定是回去睡觉了。”

“她没有。”

“我不知道她在哪儿。”

他的脸色在灯光下又成了蜡黄色，他站起身来。

“告诉我她在什么地方？”

“给我坐下，”我说，“我不知道她在哪儿！”

“你不知道才怪！”

“你给我闭嘴！”

“告诉我布蕾特在哪儿？”

“无可奉告！”

“她现在在什么地方你一定知道的！”

“就算知道我也不会告诉你。”

“哦，去死吧，科恩，”迈克尔从桌子那头叫道，“布蕾特跟那个斗牛的小子正在度蜜月呢！”

“你闭嘴！”

“哦，你去死吧！”迈克尔说，看上去没什么精神。

“她真跟那个小子跑了？”科恩转而问我。

“去你娘的！”

“她刚刚是跟你在一起的，她真跟那个小子跑了？”

“你走开！”

“我会让你乖乖告诉我，”他向前一步，“你个该死的龟奴。”

我一拳向他打去，他躲开了，我眼看着他的脸在灯光下闪到一边。他给了我一拳，我一下子倒坐在了人行道上。我正要站起来，他又给了我两拳，我仰面倒在一张桌子底下。我努力想站起来，可是我的腿好像已经丧失知觉了。我觉得我必须站起来还他一拳。迈克尔想扶我起来，这时有人往我头上浇了一瓶水。迈克尔用一只胳膊搂住我，然后我发现自己坐在了一把椅子上，迈克尔正在拽我的耳朵。

“我说，你刚才昏过去了。”迈克尔说。

“你他妈的刚才在干什么呢？”

“哦，我就在边上呀！”

“你就不想掺和？”

“他把迈克尔也给揍倒了。”埃德娜说。

“他没把我揍晕，”迈克尔说，“我不过在地上躺着，一时无法动弹罢了。”

“你们在狂欢节期间每天晚上都会发生这种事情吗？”埃德娜问，“刚才那个不是科恩先生吗？”

“我不要紧了，”我说，“只是脑袋还有点儿晕。”

几个侍者和一帮闲人围着我们看热闹。

“Vaya①！”迈克尔说，“走开，离这儿远点儿！”

侍者把围观的人给驱散了。

“这还真是一件值得观看的事儿，”埃德娜说，“他肯定是个拳击手吧？”

“是的！”

“要是比尔也在场就好了，”埃德娜说，“我真想看看他把比

① 西班牙语，意为“走，走开”。

尔打倒在地上的样子呢。我一直都想看看比尔被打倒的样子，他那么大块头。”

“我还希望他能把侍者也打翻在地，”迈克尔说，“然后被捕。我真想看着罗伯特·科恩先生被关进监狱里。”

“别这么说。”我说。

“哦，不会吧，”埃德娜说，“你开玩笑的吧？”

“我真的是这么想的，”迈克尔说，“我可不是那种心甘情愿挨揍的家伙，我甚至从不跟人这样玩。”

迈克尔喝了一口酒。

“你知道我从来就对打猎没有兴趣，但凡打猎就有被压在马肚子底下的危险。你觉得怎么样了，杰克？”

“没事了。”

“你人可真好。”埃德娜对迈克尔说，“你真的破产了？”

“我是个不折不扣的破落户，”迈克尔说，“我都不知道欠了多少人的债。你没欠债吗？”

“多了去了。”

“我欠了很多人的债，”迈克尔说，“今晚我还借了蒙托亚一百比塞塔。”

“真糟糕！”我说。

“我会还的，”迈克尔说，“我不是欠债不还的人。”

“这就是你破产的原因，不是吗？”埃德娜说。

我站起身。他们俩的交谈像是从老远的地方传来，我像在观赏一出糟糕的戏剧表演。

“我要回旅馆去了。”我说。然后我就听见他们谈论起了我。

“他没事吧？”埃德娜问。

“我们最好和他一起走吧！”

“我没事，”我说，“不用跟来，我们回见！”

我从咖啡馆走了出去，他俩还在桌边坐着。我回头看了看他们和其余的空桌子，有个侍者正双手托着脑袋坐在一张桌子边上。

穿过广场往宾馆走去的路上，一切看起来都是新的，好像变了样。我以前从没见过这些树，也从没见过这些旗杆，还有剧院的门脸。这地方看起来跟之前完全不一样。有一次从城外打橄榄球回家时就有过这种感觉。我拎着一个提箱，里面装着我的橄榄球装备，我从城里的火车站回家的路上，觉得这座我一出生就生活的城市，一切都是陌生的。有人拿耙子在耙草坪上的落叶，在道上烧落叶，我停下来看了好一阵。一切都很新奇。然后我继续向前走，双脚好像不听使唤了，周遭的一切都仿佛是从大老远慢慢过来的，我能听到从大老远传来我的脚步声。比赛一开始，我的脑袋就给人踢了一脚。穿过广场的这段路的感觉就跟当年一样，走上旅馆的楼梯时还有那样的感觉。我费了很大劲才爬上那段楼梯，而且我觉得手里好像还拎着那个手提箱。房间里有灯光，比尔从房里出来，在过道上迎住我。

“嘿，”他说，“上去看看科恩吧，他状态不太好，一直在找你呢！”

“去他娘的！”

“去吧，上去看看他。”

我不想再爬一段楼梯了。

“你怎么这么看着我？”

“我没看你，你上去看看科恩去吧。他情况糟透了。”

“你刚刚喝醉了。”我说。

“我现在还没清醒呢，”比尔说，“不过你还是上去看看科恩吧，他想见你呢！”

“那好吧。”我说。不过就是多爬几级楼梯罢了，我拎着子虚乌有的手提箱上楼来，沿着走道来到科恩的房间。房门是关着的，我敲了敲门。

“谁?”

“巴恩斯!”

“请进，杰克!”

我开门进了屋，把我的手提箱搁下。房间里一片漆黑，科恩趴在床上。

“你好啊，杰克!”

“别叫我杰克!”

我站在门边，我那次回家也是今天这样的情况。眼下我最需要的就是洗个热水澡，满满一缸的热水，仰面躺进去。

“浴室在哪里?”我问。

科恩在哭。他就这德行，脸朝下趴在床上哭。

他穿了一件之前在普林斯顿穿过的那种白色马球衫。

“我很抱歉，杰克。求你原谅我!”

“原谅你? 真见鬼!”

“求你原谅我，杰克!”

我保持沉默，就靠门站着。

“我疯了，你应该明白当时的状况。”

“哦，没关系了!”

“布蕾特的事我实在是受不了。”

“你骂我是龟奴!”

其实我并不在乎，我当时只是想洗个热水澡而已，只想在满满一缸水里洗个热水澡。

“我知道，请你不要放在心上。当时我真的是疯了!”

“没什么了!”

他还在哭，哭声很有意思。他就这么在黑暗中，穿着他的白短衫，在床上趴着。那是他的马球衫。

“我决定了，明天一早就走。”

他还在静静地掉眼泪。

“布蕾特的事我实在受不了，我像在地狱里，杰克，简直活受罪。在这儿跟她见面以后，布蕾特对待我就像对待一个陌生人，我实在没有办法忍受。在圣塞瓦斯蒂安的时候，我们同居过呀。我想这事儿你也知道，我再也无法忍受了。”

他就这样，在床上趴着。

“好了，”我说，“我要去洗澡了。”

“你本来是我唯一的朋友，我原本是那么爱布蕾特。”

“好了，”我说，“到此为止吧！”

“我看一切都结束了，”他说，“我什么都没有了！”

“你说什么？”

“所有的一切，请你说一声你原谅我了，杰克。”

“当然，”我说，“没关系了。”

“我感觉很可怕，我最近就像在地狱里一样饱受折磨，杰克。现在一切都完了，所有的一切。”

“好了，”我说，“再见。我得走了。”

他翻了个身，在床沿上坐起来，然后站起身。

“晚安，杰克，”他说，“你愿意跟我握握手吗？”

“当然，为什么不呢？”

我们握了握手。屋子里很黑，我看不清楚他的脸。

“就这样吧，”我说，“明儿见。”

“我明天早上就离开了。”

“哦，我忘了。”我说。

我从他房间里出来。比尔站在门口。

“你没事吧，杰克？”他问。

“哦，没事，”我说，“我挺好的。”

我找不到浴室。过了一会儿才找到了，里面有个很深的石头浴缸。我打开水龙头，可是没有水。我在浴缸沿上坐下，等我站起来准备走时，发现我已经脱了鞋子。我又开始到处找我的鞋子，找到后拎着它们下了楼。我摸索着找到自己的房间，开门进去，脱了衣服倒头就睡。

我醒来之后头很痛，街上正有乐队经过。我记起曾答应带埃德娜去看奔牛过街和进场的。我穿上衣服走下楼，清晨的街头很冷冽。大家正穿过广场，急匆匆地奔向斗牛场。广场对面，售票亭前面那两队人还在等着七点钟开窗售票。我匆匆来到街对面的咖啡馆。侍者告诉我，我的几个朋友来过这儿，不过这会儿他们已经离开了。

“他们几个人?”

“两位先生和一位小姐。”

这就没问题了，比尔和迈克尔跟埃德娜在一块儿呢。昨晚是担心他们俩会醉得不省人事，早上不会起床，所以我才保证要带她去的。我把咖啡喝掉，然后就跟其他人一起匆忙朝斗牛场奔去。我现在头已经不晕了，只是痛得厉害。周围的一切看起来既鲜明又清晰，清晨的气息充满整个城市。

从城边到斗牛场的那段路因为下雨而变得很泥泞。通往斗牛场的栅栏外边一路都是人，斗牛场外部的看台和屋顶也都是人。我听到了信号弹发射升空，然后爆炸了，我知道已经赶不上奔牛入场的场景了。于是就挤过人群来到栅栏边，被紧紧地挤压在栅栏的板条上。警察在清理两道栅栏拦起来的跑道上的人群，警察想要他们离远一点儿。人们进入斗牛场时，有的人慢走，有的人小跑，有的人奔跑。一个醉汉摔倒在地上，两个警察赶紧抱住他，把他拖出跑道，一直拖到栅栏边上。这时人群很快地跑着。

人群突然发出震耳的呼喊声，我把脑袋从板条的间隙伸进去，看到牛群刚刚跑出街道进入这条长长的跑道。它们跑得飞快，眼看就要赶上人群了。正在这时，又有一个醉汉从栅栏边跑进跑道，手里抓了件衬衫，他想跟公牛玩玩红斗篷的把戏呢。那两个警察冲上前去，扭住他的脖领子，其中一位还打了他一棍子，然后拽到栅栏边紧贴着栅栏站好，一直到最后几个人奔过去，后面紧跟着的奔牛也过去才算完。奔牛前面的人实在是太多，在通过入口进入斗牛场的当口人群都拥在了一起，速度也慢了下来，可后面的奔牛已经赶到，笨重的公牛腰际溅满泥点儿，摇晃着犄角轰隆隆地一起向前奔，一头公牛往前一顶，犄角挑中了人群中一个人的背部，把他整个人挑到了空中。牛角扎入时，那个人的两条胳膊耷拉着，头向后仰去，那头牛把他给挑起来，然后又摔到地上。那头牛正要去挑跑在前面的另外一个人时，那人躲入了人群，人群在牛群的追赶之下穿过大门，拥进了斗牛场。红色的大门应声关闭，斗牛场外部看台上的人都朝里挤去，呼喊声此起彼伏。

被牛抵伤的那个人趴在踩得稀烂的泥泞中，脸朝下。大家从栅栏顶上翻过去，都围在他周围，太多人围着，我都看不见他了。斗牛场内又传来阵阵喊叫声，每一声喊叫都意味着又有牛冲入了人群。从喊叫声的高低强弱，你可以判断情况糟糕到了什么程度。又一个焰火弹升空，这说明犍牛已经将公牛引出斗牛场，进入了牛栏。我离开栅栏，准备回去了。

回到城里之后，我去了咖啡馆又喝了第二杯咖啡，吃了点儿抹了黄油的烤面包片。侍者正在扫地和擦桌子。一个侍者走过来，问我还要点什么。

“圈牛的时候有没有发生什么意外？”他问我。

“我没有看完，有个人被抵伤了，好像伤得挺严重。”

“伤到哪儿了?”

“这儿。”我把一只手放在后腰，另一只手摆在前胸，表示牛角应该是整个穿透了。侍者点了点头，拿抹布把桌上的面包屑擦干净。

“这么严重的伤啊，”他说，“全都是为了消遣，全都是为了取乐!”

他给我送来长柄的咖啡壶和牛奶壶，然后开始给我倒牛奶和咖啡。他拿了两个长嘴壶，分别装着牛奶和咖啡，然后两种饮品从壶中流出，分成两股，倒在了大咖啡杯里。侍者点了点头。

“把后背都扎透了，伤得这么重!”他说。他把两个壶都放在桌子上，坐在桌边的椅子上。“这么重的抵伤，全都是为了好玩，只不过为了好玩。您怎么看待这件事情?”

“我不知道。”

“就这么回事，全都是为了娱乐。好玩，您知道。”

“听你这么说，你不是什么斗牛迷吧?”

“您说我吗?牛是什么?是畜生，而且是残暴的畜生。”他站起来，把一只手按在后腰上。“整个扎透了，被牛犄角扎透脊背。只是为了好玩——您明白。”

他摇着头，拿着咖啡壶走开了。有两个人正走过咖啡店门口，那位侍者喊他们。那两个人面色阴沉，其中一个摇了摇头。“死了!”他叫道。

侍者点了点头。那两个人继续朝前走了，他们还有别的事情要做。侍者又回到我的桌子旁边。

“您听见了吗?死了，被牛角扎穿而死，都是为了开心一个上午。太荒谬了!”

“很糟糕!”

“我真的看不出来，”侍者说，“我不明白这有什么好玩的!”

那一天晚些时候，我们知道那个被牛抵死的人的名字叫作维森特·吉罗内斯，来自塔法利亚①。我们又从第二天的报纸上知道，他今年才二十八岁，有一个农场，并且有了自己的家庭。自打结婚以后，他每年都来参加狂欢节。第二天他妻子从塔法利亚赶来守灵，第三天在圣费尔明礼拜堂举行了超度仪式，棺材就由塔法利亚舞蹈和饮酒协会的会员抬往火车站。鼓手在前面开路，横笛吹奏着哀乐，孤儿寡母就跟在棺材的后面……再后面，潘普洛纳、埃斯特里亚、塔法利亚和桑圭萨哆所有能赶来过夜、参加葬礼的舞蹈和饮酒协会会员，都自觉地排着队跟在后边。棺材被装到了列车的行李车厢，而寡妇和两个孩子三个人则坐在一节敞篷的三等车厢里面。列车猛一哆嗦，平稳地出发了，绕着高岗边缘逐级下坡，驶入风吹麦浪的平原地带，朝塔法利亚驶去。

那只抵死维森特·吉罗内斯的罪魁祸首名叫“黑嘴”，是桑切斯·塔韦尔诺养牛场的一头公牛，编号为118，当天下午被佩德罗·罗梅罗杀死，这是他杀死的第三头公牛。在观众的欢呼声中，牛耳被割下来献给佩德罗·罗梅罗，他又转而献给了布蕾特，布蕾特用我的一条手帕把牛耳包起来，与几截穆拉蒂牌的香烟蒂一起，塞进了潘普洛纳蒙托亚宾馆她床头柜抽屉的最里边。

回到旅馆，我看见守夜人坐在大门里面的凳子上。他整夜都守在门口，已经困得睁不开眼了。我进门之后他站了起来。和我一起进去的还有三个女侍者。她们一大早跑到斗牛场去看了早场的，现在一边大笑一边走上楼去。我跟在她们后边上了楼，来到自己的房间，脱掉鞋子躺在床上。窗户是开向阳台的，白天的阳光已经把房间照得很亮了。我并无睡意，我上床时应该有三点半了，六点，我被乐队的声音吵醒了。我下巴两边都很疼，我用手

① 在潘普洛纳南边。

指摸了摸。那个科恩，真是该死啊！他第一次遭人侮辱就该奋起把侮辱他的人揍一顿，然后离开。他竟然那么坚定地认为自己是布蕾特的真爱，他就打算一直待下去，认为真爱会战胜一切。这时有人敲门。

“请进！”

敲门的是比尔和迈克尔，他们两人在床上坐下。

“圈牛啊，”比尔说，“真是够棒的！”

“我说，你当时没在现场？”迈克尔问，“打铃叫点儿啤酒上来，比尔。”

“这个早上真刺激！”比尔抹了抹脸说，“我的天哪！真是一个刺激的早上啊！而杰克却在这儿躺着，杰克，成了人体沙袋。”

“内场发生了什么事？”

“老天爷！”比尔说，“你说发生了什么，迈克尔？”

“牛群奔进来，”迈克尔说，“大家就在牛群前面跑，有位老兄绊了一跤，带倒了一大片。”

“牛群就径直踩了过去。”比尔说。

“我听到他们的叫喊声了。”

“那是埃德娜。”比尔说。

“不断有人从人群里跑出来，挥舞着衬衫当斗篷耍。”

“有头公牛沿着栅栏一路跑过去，一见到人就用牛角攻击！”

“差不多二十几个人都被送医院了。”迈克尔说。

“多带劲儿的早上！”比尔说，“多管闲事的警察一直在逮捕那帮想投身牛犄角底下自杀的哥们儿。”

“犍牛最终还是把公牛引进了牛栏里。”迈克尔说。

“用了差不多一小时。”比尔说。

“其实只用了大约一刻钟。”迈克尔纠正比尔的说法。

“哦，去你娘的，”比尔说，“你是上过战场的，我倒觉得足有两个半钟头呢。”

“怎么啤酒还没有送上来?”迈克尔问。

“那位可爱的埃德娜呢，你们把她怎么样了?”

“我们刚把她送回家，她睡觉了。”

“她有兴趣吗?”

“那是一定的。我们告诉她，每天早上都这样。”

“她惊叹不已。”迈克尔说。

“她想把我们也拉到场子底下去呢，”比尔说，“她可喜欢刺激了。”

“我说，这对我的债主们可不公道。”迈克尔说。

“多带劲儿的早上，”比尔说，“晚上也会是这样!”

“你的下巴怎么样了，杰克?”迈克尔问。

“还在疼呢。”我说。

比尔哈哈大笑。

“你为什么不把椅子搬起来砸他?”

“你说得倒轻巧，”迈克尔说，“你当时如果在场，他也早把你给打晕过去了。我都没搞明白当时什么情况，不知道他是怎么打我的。我只觉得他刚刚还在我眼前呢，一转眼工夫，我已经一屁股坐在大街上了，杰克也躺桌子底下去了。”

“但是后来他去哪儿了?”我问。

“她终于来了，”迈克尔说，“这位美丽的女士终于把啤酒拿来了。”

女侍者把放啤酒瓶和玻璃杯的托盘放在桌子上。

“我们再加三瓶。”迈克尔说。

“科恩打了我以后去哪了?”我问比尔。

“你竟然不知道?”迈克尔忙着开啤酒瓶。他拿起一个玻璃杯，凑近瓶口把酒倒出来。

“你真不知道?”比尔问。

“唉，他回到旅馆，在斗牛小子的房间把他跟布蕾特抓了个正着，差点儿把那个可怜又该死的斗牛士给宰了。”

“不会吧?”

“千真万确。”

“多带劲儿的晚上!”比尔说。

“他差一点儿就杀了他。然后科恩就想带布蕾特走，我猜他想跟她确定关系吧。多感人的场景啊!”迈克尔这是在自嘲，“他一死，就不用还钱了。”

他咕嘟一声灌了一大口啤酒。

“他就是个十足的大笨蛋。”

“然后呢?”

“布蕾特教训了他，把他大骂了一通。我认为她做得对。”

“那当然。”比尔说。

“然后科恩就崩溃了，开始大哭，一心想跟斗牛的小子握手言和。他还想跟布蕾特也握手。”

“我知道，他跟我已经握过手了。”

“真的?但是他们俩才不吃他这套呢。斗牛的小子真是有种。他没有多说话，但是每一次被打倒后他都站起来，接着再被打倒。科恩没能把他打晕过去，那场景肯定特别有趣。”

“你从哪儿知道这些的?”

“布蕾特告诉我的，我今天早上见到她了。”

“最后怎么收场的?”

“好像是斗牛的小子坐在床上。他已经被打倒了大约十五回了，但是他依然不肯认输。布蕾特按着他，不让他起来。他已经没什么力气了，但是布蕾特按不住他，他又爬了起来。科恩说他不愿再打他了，说他下不了手，说再这么打下去未免太不近人情了。于是斗牛的那小子挣扎着摇摇晃晃地朝他走过去，将科恩一直逼到背靠墙面。”

“‘这么说你不想打我了？’”

“‘对，’科恩说，‘我耻于再这么干了。’”

“于是斗牛的小子攒足全身的力气朝他脸上狠狠地揍了一拳，然后跌坐在地板上，再也爬不起来了。科恩想扶他到床上去。他却说，如果科恩扶他，他就把他给杀了，而且如果科恩今天上午不离开这儿，他无论如何也还是要杀了他。科恩一直在哭，布蕾特早就骂过他一顿了，他还想跟他们握手言和呢。这个我之前提到过。”

“告诉我剩下的事情。”比尔说。

“斗牛的小子像是一直坐在地板上积攒力气，想站起来再打科恩一次。布蕾特根本不想和他握手，科恩哭天抹泪地告诉她，他多么爱她，但她让他住嘴。科恩弯下腰想跟斗牛的小子握手，绝无冒犯之意，你知道。他全部都是为了求他原谅。但是斗牛的小子又一拳打在他脸上。”

“这小子真是好样的。”比尔说。

“这次科恩可真的被打垮了，”迈克尔说，“你知道，在我看来，科恩以后可能再也不想揍人了。”

“你什么时候看见布蕾特的？”

“今天早上，她来拿点儿东西，她正在照顾罗梅罗这小子呢。”

他又倒了一杯啤酒。

“布蕾特很难过，不过她喜欢照顾人，当初我们也是这么结识的。她当时就是在照顾我。”

“这个我知道。”我说。

“我真是有点儿醉过头了，”迈克尔说，“我想我会一直这么醉着。这事真是滑稽啊，但是对我来说这不是一件愉快的事情。”

他把啤酒喝光了。

“我跟布蕾特说了什么，你大概也知道。我说，她如果总是喜欢跟犹太人和斗牛士这类人厮混，她肯定会倒霉的，”他弯下腰，“我说，杰克，你那瓶也归我了，行不行？她会再给你拿一瓶的。”

“你自己拿吧，”我说，“反正我也不太想喝。”

迈克尔正要起开酒瓶。“你帮我开一下行不行？”我压一下铁丝钩扣，把瓶盖打开，给他倒了一杯。

“你知道，”迈克尔继续说，“布蕾特原来是好样的，她以前一直是这样。我因为她跟犹太人和斗牛士及诸如此类的下三烂乱搞关系，痛骂了她一顿。你知道她怎么回答的吗？她说：‘是的，我跟那位英国贵族的日子过得可真叫幸福啊！’”

他又喝了一口。

“她说得真有道理。阿什利，就是给了她一个贵族头衔的那个家伙，是个航海家，第九代从男爵①。他出海回到家不肯睡在床上，总是叫布蕾特睡在地板上。最后他变得实在是坏透了，经常说要宰了她。他睡觉时总是带一把子弹上膛的左轮手枪，等他睡着了以后布蕾特才敢偷偷把子弹给取出来。布蕾特从来就没过过幸福的生活。她是多么喜欢享受生活啊！”

他站起身，手一直在颤抖。

“我要回房间去了，争取能睡一会儿。”

他冲我们笑了笑。

“因为这场狂欢节，我们都一直没有好好睡觉了。我打算从现在开始，好好睡个够。不能睡好觉真是一件糟糕透顶的事，它

① 低于男爵的爵位，通常授予平民。这是英国世袭爵位的最低级。

让人神经紧张。”

迈克尔显然醉得太厉害，他连酒瓶都打不开了。

“我们中午在伊鲁涅咖啡馆见。”比尔说。

迈克尔出了门。我们听得到他在隔壁的动静。

他打了铃，女侍者上来，敲了敲门。

“给我拿半打啤酒和一瓶芬达多来。”迈克尔对她说。

“好的，少爷。”

“我得回去睡觉了，”比尔说，“迈克尔真是可怜啊，昨晚我还为了他跟别人大闹了一场呢。”

“在哪儿，米兰酒吧吗?”

“是呀，有个家伙好像是在戛纳时曾经帮布蕾特和迈克尔还债，那家伙可真是太卑鄙了。”

“这事我知道。”

“我过去并不知道，谁都没有侮辱迈克尔的权利。”

“事情坏就坏在这上头。”

“他们不应该有这种权利，我毫不希望他们有这种权利。我回去睡觉了。”

“斗牛场里有人被牛角抵死吗?”

“应该没有吧，只是受了重伤。”

“外头的跑道上有个人被抵死了。”

“是吗?”比尔说。

第十八章

我们中午在咖啡馆里见了面。咖啡馆里人头攒动，我们吃着小虾，喝着啤酒。城里也人山人海，每条街道都挤满了人。不断有大汽车开来，停在广场周围，他们都是从比亚里茨和圣塞瓦斯蒂安来的。汽车送来前来观看斗牛的观众。旅游车也到了，有一辆车里坐着二十五名英籍妇女。她们坐在这辆白色的大汽车里，用望远镜观赏这里的节日风光。跳舞的人多数都喝得酩酊大醉。这是这次狂欢节的最后一天了。

参加节日活动的人们把整个小城挤得水泄不通，但汽车和旅游车边却围着一圈圈观光者。等汽车上的人下来，他们便被人群所吞没了。你要想再次见到他们，便只能在咖啡馆的桌子边，或者是在拥挤不堪的穿着黑色外衣的农民中间，只有在那种情况下他们的运动服才显得特别与众不同。节日洪流甚至淹没了从比亚里茨来的英国人，以至于你如果不紧靠一张桌子边走过，就根本不可能看到他们。街上不停地有乐声响起，鼓声和笛声，这两种不同音色的乐器声交织在空气中。在咖啡馆里，人们双手紧抓住桌子，或者互相紧挨着，扯着嗓子唱歌。

“布蕾特来了。”比尔说。

我一看，只见她正高高地昂着头，穿过广场上的人群走来，似乎这次节日狂欢是为了对她表示敬意才举行的，她怡然自得，却又显得好笑。

“喂，朋友们！”她说，“嘿，我口渴得厉害。”

“再来一大杯啤酒。”比尔对侍者说。

“要吃点儿小虾吗?”

“科恩离开了!”布蕾特问。

“是的,”比尔说,“他雇了一辆汽车。”

啤酒送来了,布蕾特伸手去端玻璃杯,她的手在发抖。她自己也对此有所察觉,微微一笑,便俯身喝了一大口。

“这啤酒不错。”

“这酒非常好。”我说。我正为迈克尔而感到惴惴不安,我想他根本没有休息。他大概一直在喝酒,但是似乎并没有喝醉。

“我听说科恩把你打伤了,是这样吗,杰克?”布蕾特说。

“没有,只是把我打昏过去了。别的没啥。”

“我说,他把佩德罗·罗梅罗打伤了,”布蕾特说,“伤得很重。”

“他现在怎么样?”

“他会好的,但是他不愿意离开房间。”

“他伤得很严重吗?”

“非常糟糕,他实在伤得不轻。我跟他说,我想出来溜达一下,看看你们。”

“他还要继续表演吗?”

“当然。如果你愿意的话,我想和你一起去!”

“你男朋友怎么样啦?”迈克尔问。布蕾特刚才说的话他什么都没听见。

“布蕾特与一个斗牛士勾搭上了,”他说,“她还有个姓科恩的犹太人,可他结果表现得糟透了!”

布蕾特站起身来。

“我不想再听你这样胡言乱语了,迈克尔。”

“你男朋友怎么样啦?”

“好得很哩,”布蕾特说,“等着看他下午精彩的表演吧!”

“布蕾特和一个斗牛士在一起了，”迈克尔说，“一个长得还挺帅气的该死的斗牛士。”

“你能陪我回去吗？我想和你谈谈，杰克。”

“把你那斗牛士的事儿都对他说吧，”迈克尔说，“哼，让你那斗牛士见鬼去吧！”他把桌子一掀，于是桌上所有的啤酒杯和虾碟都被掀翻在地上，摔了个粉碎。

“走吧，”布蕾特说，“我们离开这里。”

我们挤在人群中间穿过广场时，我说：“这是怎么一回事儿？”

“午饭之后，一直到他上场之前，我都不准备见他，他的随从们要来给他上装。他说，他们非常生我的气。”

布蕾特满面春风，她很开心。在阳光的照耀下，世界都很明亮。

“我认为自己已经完全不是原来的自己了，”布蕾特说，“这你肯定无法想象，杰克。”

“你需要我干什么？”

“没什么要紧事，我只是希望你陪我看斗牛去。”

“来这儿吃午饭吗？”

“不，我跟他一块儿吃。”

我们在旅馆门口的拱廊下停下来，他们正在往拱廊下面摆桌子。

“去公园逛逛怎么样？”布蕾特问，“我还不想回房间，我觉得他可能在睡觉。”

我们路过剧院，出了广场，一直穿过市集上临时搭的棚子，随着人流在两行售货亭中间走着。我们走上一条通向萨拉萨特步行街的横街，我们能看见一群人在步行街漫步，全是些穿着时髦的人，他们绕着公园那一头散步。

“我们别去那边，”布蕾特说，“现在我不愿意别人盯着我。”

我们在阳光下站着。海上刮来乌云，刚刚下过雨，天气很热，可是很舒服。

“我希望风停下来，”布蕾特说，“刮风对他很不利。”

“我也希望这样。”

“他说牛都不错。”

“是都很棒。”

“那是圣福明礼拜堂吧？”

布蕾特望着礼拜堂的黄墙。

“是的，周末的游行就是从这里出发的。”

“我们进去看看吧。你介意吗？我想为他祈祷。”

我们走进一扇包着皮革的门，那扇门虽然很厚实，却也很容易被推开。礼拜堂里很暗，许多人在做祷告。等眼睛适应了幽暗的光线，你就能够看清他们。我们跪在一条木制长凳前。过了一会儿，我发觉布蕾特在我旁边挺直了腰板，她的眼睛眨也不眨地望着前面。

“走吧，”她悄悄地说，声音有些嘶哑，“我们离开这里吧。这里让我觉得神经紧张。”

到了外面灼热的阳光照耀下的大街上，布蕾特抬头凝视随风摇曳的树梢。祈祷似乎没什么用。

“我不明白，教堂里的气氛为什么总这么紧张，”布蕾特说，“祈祷对我来说毫无意义。”

我们一路往前走。

“我和宗教气氛格格不入，”布蕾特说，“我的脸型似乎不太对劲。”

“你知道，”布蕾特又说，“我根本不替他担心，我只是为他感到幸福。”

“这挺好！”

“但是我期望别再刮风了。”

“五点左右风势往往会减弱。”

“但愿如此。”

“你可以祈祷嘛。”我笑着说。

“这对我没有意义，祈祷从未给我带来好处。你从中受益过吗?”

“哦，有过。”

“瞎说，”布蕾特说，“不过对某些人来说可能还是有作用的，尽管你看起来不像虔诚的教徒，杰克。”

“我很虔诚。”

“胡说，”布蕾特说，“你现在不要来鼓动别人信教了。今天好像是一个倒霉的日子。”

自从她和科恩出走之日起，我还是头一次看到她恢复到之前那么自由自在、无忧无虑的样子。我们回到旅馆门前。这时，桌子都摆好了，已经有人坐在几张桌子旁开始吃饭了。

“你留意一下迈克尔，”布蕾特说，“别让他变得太糟糕。”

“你的朋友们已经在楼上了。”德国籍的侍者总管用英语说。他总是喜欢偷听别人说话。布蕾特朝他说：“太谢谢了，还有什么要说的吗?”

“没有了，夫人。”

“好的。”布蕾特说。

“给我们留一张三个人坐的桌子。”我对那个德国人说。他长得贼眉鼠眼的，内里透红的脸上出现了笑容：“夫人在这儿用餐?”

“不!”布蕾特说。

“那样的话双人桌就行了。”

“别跟他闲扯了，”布蕾特上楼时说，“迈克尔的情绪似乎很不好。”在楼梯上，我们遇见了蒙托亚。他鞠躬致意，但脸上一点儿笑意也没有。

“我们在咖啡馆里再见吧，”布蕾特说，“特别感谢你，杰克。”

我们走上房间所在的那一层楼。她顺着走廊，直接去了罗梅罗的房间。她没有敲门，直接推开门进去，随手把门关上了。

我站在迈克尔的房门前，敲了敲门，没人应答。我拧拧门把手，门开了。房间里乱七八糟的，所有的提包都被打开，衣服也被扔得到处都是。床边有几个空酒瓶，迈克尔躺在床上，脸庞就像是他死后翻制的石膏面型，他睁开眼睛看着我。

“你好，杰克，”他慢条斯理地说，“我想小睡一会儿，好长时间了，我总想……想……睡一小……会儿觉。”

“我帮你盖上被子吧。”

“不用，我不冷。”

“你别走，我还没……没……睡……着过呢。”他又说。

“你会睡着的，迈克尔。别担忧了，老弟。”

“布蕾特与一个斗牛士勾搭上了，”迈克尔说，“可是她那个犹太人倒是不缠她了。”

他转过头来看着我。

“天大的好事，对吧？”

“你说得没错。现在你快睡吧，迈克尔。你该休息了。”

“我这……就睡。我要……睡一小……会儿觉。”

他闭上眼睛，我出去了，把门轻轻地带上。比尔在我房间里看报。

“去看迈克尔啦？”

“嗯。”

“那我们去吃饭吧！”

“这里有个德国侍者总管，我不愿意在楼下吃。我领迈克尔上楼时，他的表现让我很反感。”

“他也让我们觉得反感。”

“我们出去到大街上吃去。”

我们下楼，在楼梯上与一名上楼的女侍者擦肩而过，她端了一个蒙着餐巾的托盘。

“那是给布蕾特吃的饭。”比尔说。

“还有那位斗牛士小伙的。”我说。

门外拱廊下的露台上，德国侍者总管走过来。他那红扑扑的两颊闪着亮光，这次他很礼貌。

“我给你们两位先生留了一张双人桌。”他说。

“不用了！”比尔说。我们一直走出去，穿过马路。

我们走进广场边一条小巷里的一家餐厅吃饭。在这家餐厅吃饭的都是男人，屋里烟雾弥漫，人们都在喝酒唱歌。这里的饭菜很好，酒也不错。我们基本没说话，后来我们到咖啡馆去观看狂欢活动的高潮。布蕾特吃完饭马上就来了，她说她曾到迈克尔的房间里看了一下，他已经睡着了。

当狂欢活动达到高潮并转移到斗牛场时，我们和大伙一起到了那里。布蕾特坐在第一排，还是在我和比尔中间。看台和场子四周那道红色栅栏之间，有一条狭窄的通道，就在我们的下面。我们背后的混凝土看台已经坐满了观众。前边，红色栅栏外面铺着黄澄澄的沙子，场地被碾得平平的。雨后的场地看起来有点儿泥泞，但是太阳一出来就将它晒干了，变得又坚实、又平整。随从和斗牛场的工役扛着装有斗牛用的斗篷和红巾的柳条篮走下通道。沾有血迹的斗篷和红巾被叠得整整齐齐地安放在柳条篮里。随从们打开笨重的皮剑鞘，把剑鞘靠在栅栏上，露出一束裹着红布的剑柄。他们抖开一块块有紫黑血迹的红色法兰绒，套上短棍，把它张开，以方便斗牛士握住挥舞。布蕾特仔细看着这一切，这一行玩意儿的细枝末节吸引了她的注意力。

“他的每件斗篷和每块红巾上都印着他的名字，”她说，“为什么称这些红色法兰绒为 muleta① 呢？”

“这我不知道。”

“不知道这些东西是否有被清洗过。”

“我觉得是没洗过的，因为一洗可能要掉色。”

“染上血迹后，法兰绒会发硬。”比尔说。

“真奇怪，”布蕾特说，“人们竟毫不在意上面的血迹。”

随从们正在下面狭窄的通道上做着上场前的一切准备工作。看台上座无虚席，看台上方，所有的包厢也满了，除了主席的包厢。等主席一入场，斗牛表演便会开始。在场子里平整的沙地对面，斗牛士们站在通向牛栏的高大的门洞子里说着话，他们把胳膊裹在斗篷里，等待着信号，信号一发，他们就列队入场。布蕾特拿着望远镜观看他们。

“给你，你想看看吗？”

我从望远镜里看出去，看到那三位斗牛士，罗梅罗站在中间，左右两边分别是贝尔蒙蒂和马西亚尔。背后是他们的助手，在短枪手的后面，我看到长矛手站在通道和牛栏空地上。罗梅罗身穿一套黑色斗牛服，他的三角帽往下拉得很低，扣在眼睛上。我看不清他帽子下面的脸，但是看来有很多伤痕。他的两眼直愣愣地望着前方。马西亚尔小心翼翼地抽着手里的香烟。贝尔蒙蒂朝前望着，面色蜡黄，没有一丝血色，长长的狼下巴向外撅着。他目光茫然，仿佛什么都没看见。他们看起来和别人完全不同。他们孑然伫立。主席入场了，我们上面的大看台上传来鼓掌声，我把望远镜递给布蕾特。一阵鼓掌，乐队奏起音乐。布蕾特拿着望远镜看。

---

① 西班牙语，意为“拐杖”。

“给，你拿去看吧！”她说。

通过望远镜，我看见贝尔蒙蒂在跟罗梅罗说话。马西亚尔挺了挺腰杆，扔掉香烟，于是这三位斗牛士双目直视着前方，雄赳赳气昂昂，摆着一只空手入场了。队列跟在他们后面，进场后向两边展开，全体正步走，每个人都一只手拿着卷起的斗篷，另一只空手也同样摆动着。接着出场的是举着长矛，像带枪骑兵般的长矛手。最后，两行骡子和斗牛场的工役压轴出场。斗牛士一手按住头上的帽子，在主席的包厢前弯腰鞠躬，然后向我们下面的栅栏走来。佩德罗·罗梅罗脱下他那件沉甸甸的金线织锦斗篷，递给他的随从。他对随从说了几句话。这时罗梅罗就在离我们不远的地方。我们看见他嘴唇肿起，两眼充血，脸庞青肿。随从接过斗篷，抬头看看布蕾特，便走到我们跟前，递上斗篷。

“把它摊开，放在你的前面！”我说。

布蕾特向前倾了倾身子。斗篷用金线绣制，沉重而挺括。随从回头看看，摇摇头，好像有话要说。坐在我旁边的一个男人向布蕾特侧过身子。

“他让你别摊开斗篷，”他说，“你把它折好，放在膝上。”

布蕾特又把沉重的斗篷折了起来。

罗梅罗朝我们这边看，他正和贝尔蒙蒂说话。贝尔蒙蒂已经把他的礼服斗篷给他的朋友们送去了。他朝他们望去，笑笑。他的笑容很像狼，只是张张嘴，但是脸上毫无笑意。罗梅罗趴在栅栏上要水罐。随从拿来水罐，罗梅罗往斗牛用的斗篷的细布里子上倒水，然后用穿平跟鞋的脚在沙地上蹭斗篷的下摆。

“为什么要这么做？”布蕾特问。

“这样能让斗篷重一点儿，不让风吹得飘起来。”

“他脸色很不好。”比尔说。

“他自己也感觉不太舒服，”布蕾特说，“他应该在床上休息的。”

第一头牛由贝尔蒙蒂来对付。贝尔蒙蒂技艺高超，但是因为他一场有三万比塞塔收入，加上人们排了整整一夜队买票才能看到他的表演，所以观众对他的期望特别高。贝尔蒙蒂的表演的魅力在于他和牛的近距离。在斗牛中，有所谓“公牛地带”和“斗牛士地带”之说。斗牛士只要处在“斗牛士地带”，就比较安全。每当他进入“公牛地带”就面临着极大的危险。在贝尔蒙蒂的黄金时期，他总是在“公牛地带”表演。这样，他就给人一种感觉，似乎即将发生悲剧。人们去看斗牛是为了去看贝尔蒙蒂，为了去感受悲剧性的激情，或者是为了去看贝尔蒙蒂之死。十五年前有一个说法，如果你想看贝尔蒙蒂，那你得趁他还活着的时候去。自那个时候算起，他已经杀死了一千多头牛。他退隐之后，传奇性的流言开始扩散，说他的斗牛如何奇妙。他后来重返斗牛场，公众大失所望，因为没有一个凡人能像传说中的贝尔蒙蒂那样靠近公牛，当然了，即便贝尔蒙蒂本人也做不到。

此外，贝尔蒙蒂提出了各种条件，他坚决要求牛的个头不能太大，牛角不能太尖太危险，正因为这样，即将发生悲剧的感觉所必需的因素消失了。而观众呢，却要求长了瘘管的贝尔蒙蒂去完成比他过去难三倍的任务，因此现在难免觉得失望。于是贝尔蒙蒂的下巴由于屈辱而撅得更出，脸色变得更黄。由于越来越严重的疼痛，他的行动越发的艰难，最后观众干脆以行动来反对他。他对此完全置之不理。他原来以为今天是他的好日子，但迎接他的，却是整个下午的嘲笑和高声的辱骂。最后，坐垫、面包片和瓜菜一齐飞向当年他曾取得莫大胜利的场地，落在他的身上。他只是将下巴抬得更高。有时候，观众的叫骂不堪入耳，他会拉长下巴，龇牙咧嘴地一笑，而每个动作都会带给他越发剧烈的痛苦，到最后，他那发黄的脸变成了羊皮纸的颜色。等他杀死了第二头牛，面包和坐垫也扔完了，他撅出狼一样的下巴，用他那一贯的笑容和鄙视的目光向主席致礼，把他的剑递到栅栏后面，让人擦干净后放回剑鞘。他这才走进通道，倚在我们座位下面的栅栏上，把脑袋俯在胳膊上，对一切视而不见，充耳不闻，只顾忍受痛苦的折磨。最后，他抬头要了点水，咽了几口，漱漱嘴，吐掉，拿起斗篷，又走回斗牛场。

观众因为都反对贝尔蒙蒂，所以就偏向罗梅罗，他一离开看台前的栅栏向牛走去，观众就为他鼓掌欢呼起来。贝尔蒙蒂也在看他，虽然他表面上一直装作不看。他没有把马西亚尔放在心上，他对马西亚尔的底细了如指掌。他是为了和马西亚尔一决高下，才重返斗牛场的，并对这场比赛早已胸有成竹。他想要同马西亚尔以及其他衰落时期的斗牛明星比一比，他知道只要他一出现在斗牛场上，衰落时期的斗牛士那套虚张声势的技艺，就会在他扎实的斗牛功底面前黯然失色。但他这次退隐后重返斗牛场的美好计划被罗梅罗破坏了。罗梅罗的动作总是那么自如、稳健而且优美，而贝尔蒙蒂，如今只在少数时候才能使自己做到这一点。观众感觉到了，甚至从比亚里茨来的人也感觉到了，最后连美国大使都看出来了。贝尔蒙蒂真的不愿参加这场竞赛，因为他的结果只能是让牛抵成重伤或者死去。贝尔蒙蒂没有体力支撑他坚持下去，他在斗牛场的黄金时期已经过去，他知道这种高潮大概不会再有了。时过境迁，现在生命只能闪现星星点点的火花了。尽管他还有几分年轻时斗牛的风采，但是那又有什么用呢，因为当他走下汽车，倚在他一位养牛朋友的牧场的围栏上审视牛群，挑选几头温顺的公牛时，就已经提前使他的风采打了折扣。他挑的两头牛个头和牛角都很小，容易驯服，但当他感到风采重现的时候——在经常缠身的病痛中闪现出一丁点儿，而就这么一丁点儿，也是事先打了折扣而提供的——他并不感到痛快。的确，这是当年的那种风采，但是再也不能使他在斗牛中得到乐趣了。

佩德罗·罗梅罗具有这种了不起的风采。他热爱斗牛，在我看来，他真的很喜欢牛；在我看来，他也真爱布蕾特。那天整个下午，他把他表演斗牛一招一式的地点，全都控制在布蕾特座位的前面。他在整个表演过程中没有抬头看过她。这样一来他的表演就更出色了，这场表演不仅仅是为了她，也是为了他自己。因为他没有抬头用目光探询对方是否满意，他全神贯注地为自己表演，这让他充满了力量，然而他这样做也是为了她。但是并没有为了她而让自己的风采有所减退。那天整个下午，他因此而显得超凡脱俗。

他第一次出场把公牛引开的表演就在我们座位的下面。公牛每向骑马长矛手发动一次冲击，三位斗牛士就轮番上去对付公牛。贝尔蒙蒂是第一个，马西亚尔排在第二位，罗梅罗最后。他们三个人全都站在马的左边。长矛手把帽子压在眼眉上，把长矛直指着公牛，用靴刺夹住了马腹，左手握着缰绳，骑着马向公牛赶去。公牛朝他那边看去，表面上它在看那匹白马，但实际上它看的是长矛的三角形钢尖。罗梅罗注视着，发现公牛想要调头。它看起来似乎并不想冲击。罗梅罗就轻轻抖抖斗篷，斗篷的红色吸引了牛的视线。公牛出于条件反射，就冲过来，结果发现它面前并不是红色的斗篷在抖动，而只是一匹白马，还有一个人从马背上向前弯着腰，把山胡桃木长矛的钢尖扎进公牛肩部的肉峰，然后以长矛为枢轴，把马朝一旁赶，在牛身上划出一处伤口，把钢尖深深扎入牛的肩部，使它流血，为贝尔蒙蒂再上场做准备。

受伤的公牛没有继续，它并没有攻击那匹马的欲望。它转过身去，和骑马的长矛手分开了，罗梅罗就用斗篷把它引开，轻柔而稳健，然后站住了，和牛面对面站着，向牛伸出斗篷。公牛竖着尾巴直接朝向他，罗梅罗在牛面前摆动双臂，原地不动地旋转斗篷。湿润的、因蘸着泥沙而加重了分量的斗篷张开，犹如鼓满了风的风帆，罗梅罗就在牛面前张着斗篷就地转动身子。一个回合结束，他们又面对面看着对方。罗梅罗面带笑容，公牛又要来较量一番。于是罗梅罗的斗篷重又朝不同的方向迎风张开。每次他和牛都极近距离地擦身而过，以至于人、牛和在牛面前鼓着风旋转着的斗篷，共同组成一组轮廓鲜明的群像。罗梅罗的动作是那么缓慢，那么有节制，似乎他只是轻轻摇动公牛，慢慢哄它入睡。他把这套动作做了四遍半，他便转身向鼓掌的方向走去，一只手按在臀部，胳膊上挎着斗篷，公牛眼睁睁地看着他的背影，渐行渐远。

他和自己的那两头牛较量时，表演得非常完美。他的第一头牛视力不佳，用斗篷玩弄它两个回合之后，罗梅罗就清楚地知道它的视力受损到什么程度，他就据此行动起来。这场斗牛不够精彩，只不过是完美的表演罢了。观众要求更换一头牛，他们吵闹起来。和一头看不清作诱导的斗篷的牛是斗不出什么名堂来的，但是主席不同意。

“为什么不换呢?”布蕾特问。

“他们已经为这头牛付了钱，他们不愿意接受这白白的损失。”

“这样对罗梅罗未免不公平吧!”

“你仔细看看他怎样对付一头看不清颜色的牛。”

“这样的事儿我没兴趣。”

如果一直担心斗牛士的话，看斗牛就不再那么有意思了。碰上这头既看不清斗篷的颜色，又看不清猩红法兰绒巾的公牛，罗梅罗只好以自己的身体同它保持协调。他不得不靠得很近，为了让牛能够看清他，向他冲过来，然后他把牛的攻击目标引向那块法兰绒巾，以传统的方式结束这一回合。从比亚里茨来的观众并不喜欢这种形式的表演。他们以为罗梅罗胆怯了，所以每当他把牛的攻击从他的身躯引向法兰绒巾的时候，他朝旁边跨一小步。

他们宁可看贝尔蒙蒂模仿他自己从前的架势，或者马西亚尔模仿贝尔蒙蒂的架势。在我们后面就坐着这么三个从比亚里茨来的人。

“他为什么害怕这头牛呢？这头笨牛几乎快要乖乖地跟在红巾后面走。”

“他只不过是个毛头小子，本领还不够纯熟。”

“过去他要斗篷倒是很不错的。”

“也许是因为他现在感到紧张了。”

在斗牛场正中间，只有罗梅罗一个人，他还在继续着他的表演。他靠得那么近，让牛可以看得很清楚，他把身子凑上去，再凑近一点儿，牛还是没有反应。等到近得让牛觉得能攻击到他了，再把身子迎上去，最后引得牛扑过来，接着，等牛角快触及他的时候，他轻轻地，几乎没被人发现地一抖红巾，牛就随着过去了，这动作激起了比亚里茨斗牛行家们的一阵刻薄的责备。

“他就要下手了，”我对布蕾特说，“牛的力气还没耗尽，它不想把力气全都用完。”

在斗牛场中央，罗梅罗半面朝着我们，面对着公牛，从红巾褶缝里抽出短剑，踮起脚，目光顺着剑刃朝下瞄准。在罗梅罗准备前刺的时候，牛也同时扑了过来。罗梅罗左手的红巾蒙住公牛的双眼，接着短剑刺进牛身，他的左肩插进两只牛角之间。那一刻，人和牛的形象成为一体了，罗梅罗耸立在公牛的上方，右臂高高伸起，伸到插在牛两肩之间的剑的柄上。接着人和牛分开了。罗梅罗身子微微一晃，闪了开去，他随即在牛的对面稳住身体，举起一只手。他的衬衣袖子从腋下撕裂了，白布片随风摇摆，红色剑柄死死地捅在公牛的双肩之间，牛的头部往下沉，四腿瘫软。

“它马上就不行了。”比尔说。

罗梅罗离牛很近，牛可以看得见他。他仍然高举着一只手，对牛说着话。那头牛挣扎了一下，然后头朝前一冲，身子慢慢地倒下去，突然四脚朝天，倒在了地上。

有人把那把剑递给罗梅罗，他把剑刃朝下拿着，另一只手拿着法兰绒红巾，走到主席包厢的前面，鞠了一躬，然后直起身子，走到栅栏边，把剑和红巾递给别人。

“这头牛真差劲。”随从说。

“它让我出了一身汗。”罗梅罗说，他擦掉脸上的汗水。随从递给他一个水罐，罗梅罗抹了下嘴唇，用水罐喝水使他感到嘴唇疼痛。他还是没有抬头看我们。

马西亚尔这天的表演很成功。一直到罗梅罗的最后一头牛上场，观众还在为他鼓掌。这头就是在早晨跑牛的时候冲出来抵死了一个人的那一头。

罗梅罗和第一头牛较量的时候，他那受伤的脸庞十分扎眼。他每个动作都让脸上的伤痕显露出来。同这头视力不佳的公牛费力而又细心地周旋时，精神的高度集中使他的伤痕完全暴露在观众面前。和科恩这一仗并没有挫伤他的锐气，但是让他的面容有些损伤，伤了他的身体，现在他正在祛除这一切影响。和这第二头牛交锋的每一个动作都能消除一些影响。这是一头好牛，身躯庞大，犄角锐利，无论转身还是袭击都很灵活精准。它正是罗梅罗想要较量的那种牛。

当他做完了要红巾的动作，准备杀死这头牛的时候，观众要他继续表演下去，他们不愿意这头牛就这样被杀死，他们并不希望这场斗牛就此结束。罗梅罗于是就接着表演，好像做了一场斗牛的示范教程。他展示了全部的动作，一气呵成，完整，缓慢，精练，不要花招，不故弄玄虚，不拖泥带水。每一回合的高潮到来的时候，你的心会忽然紧张得难以呼吸，观众希望这场斗牛永远不要结束。

公牛叉开四条腿等待着被杀死，罗梅罗就在我们座位下面的场地内把牛杀死。他用自己喜欢的方式杀死这头牛，而不像杀死上一头牛时那样，当时实在是没有别的办法。他侧着脸，面对这公牛，从红巾的褶缝里抽出宝剑，目光顺着剑锋瞄准。公牛紧盯着他。罗梅罗对牛说着话，把一只脚在地上轻轻一叩。牛扑上来了，罗梅罗等它扑来，放低红巾，双脚站定，目光继续瞄准着。紧接着他一动不动，他就和牛成为一个整体了，宝剑刺进牛耸起的两肩之间，公牛刚才紧跟着在下面舞动的法兰绒红巾，随着罗梅罗朝左边一让，收起红巾，这就结束了。公牛还想往前迈步，但它已经开始站不稳了，身子左右摇晃，停了一下，然后双膝跪倒在地上，于是罗梅罗的哥哥从牛身后俯身向前，朝牛角根的脖颈处插入一把短刀。第一次他没有刺准。他再次把刀插进去，牛接着就倒下了，抽搐了一下，随后就僵住不动了。罗梅罗的哥哥一只手握住牛角，另一只手拿着刀，抬头望着主席的包厢。全场的观众挥动手帕，主席从包厢往下看着，也挥舞他的手帕。那哥哥从死牛身上割下带豁口的黑色耳朵，快步走到罗梅罗身边。笨重的黑公牛躺在沙地上，伸出舌头。孩子们一窝蜂地从场子的四面八方向牛跑去，在牛的身边围成一个小圈子，他们开始围着公牛跳起舞来。

罗梅罗从他哥哥手里接过牛耳朵，高高举起，向主席示意。主席弯腰致意，罗梅罗赶在人群的前头向我们跑来。他靠在围栏上，探身向上把牛耳朵递给布蕾特，他笑着点点头。大伙儿把他团团围住。布蕾特把斗篷向下递给他。

“你喜欢吗?”罗梅罗喊道。

布蕾特没有回答，他们相视而笑，布蕾特手里拿着牛耳朵。

“别沾上血!”罗梅罗咧嘴笑着说。观众在呼唤他，有几个孩子向布蕾特欢呼。人群中有孩子、舞者，还有醉汉。罗梅罗转身使劲挤过人群。他们把他团团围住，想把他举起来，扛在他们的肩上。他抵挡着挣出身来，穿过人群，向出口处跑去。他不愿意让人扛在肩上。但是他们抓住了他，把他举起来。可以看出来他确实难受，他两腿叉开，身上的伤也在疼。大家扛着他，向大门跑去。他一只手搭在一个人的肩上。他回头看了我们一眼，表示歉意。人群扛着他走出大门。

我们三人一起走回旅馆。布蕾特上楼去了，比尔和我坐在楼下餐厅里，吃了几个煮鸡蛋，喝了几瓶啤酒。贝尔蒙蒂已经换上平时的装束，从楼上下来，他的经理和两个男人也和他在一起，他们在旁边的位置坐下吃饭。贝尔蒙蒂吃得很少，他们要乘七点钟的火车到巴塞罗那去。贝尔蒙蒂身穿蓝条衬衫和深色套装，吃着溏心鸡蛋。其他人吃了好几道菜。贝尔蒙蒂并不主动插话，只回答别人的问题。

看完斗牛后，比尔和我都感觉累了。我们俩一直都在全神贯注地看斗牛。我们坐着吃鸡蛋，我注视着贝尔蒙蒂和跟他同桌的人。那几个人长得很粗犷，但是一本正经的。

“到咖啡馆去吧，”比尔说，“我想喝杯苦艾酒。”

这是狂欢节的最后一天。外面又开始阴沉下来了，广场上全是拥挤的人群，焰火技师正在安装夜里用的焰火装置，他用山毛榉树枝把它们全部盖上，孩子们在看热闹。我们路过带有长竹竿的焰火的发射架。咖啡馆外面聚集着一大群人，乐队吹吹打打，乐声美妙，人们还是在跳舞。巨人模型和侏儒从门前经过。

“埃德娜去什么地方了？”我问比尔。

“不清楚。”

我们注视着节日狂欢的最后一晚的夜幕。喝了点苦艾酒之后一切都显得更加美好了。我没有加糖，而是直接用滴杯喝酒，味道有点儿苦但是很可口。

“我为科恩感到难受，”比尔说，“他过的日子可真糟糕。”

“哼，让科恩见鬼去吧！”我说。

“你觉得他去什么地方了？”

“应该回巴黎了吧！”

“你觉得他干什么去了？”

“哼，让他去死吧！”

“你认为他干什么去了？”

“很可能又去找过去的情人了吧。”

“那是谁？”

“一个叫弗朗西斯的女人。”

我们又要了一杯苦艾酒。

“你打算什么时候回去？”我问。

“明天。”

过了一会儿，比尔说：“呃，这次节日很不错。”

“说得没错，”我说，“一直都有一些活动。”

“你不会相信，我感觉真像做了一场妙不可言的噩梦。”

“真的，”我说，“我毫不怀疑，连噩梦我都相信。”

“怎么啦，不高兴？”

“我有点儿心情不好。”

“再喝一杯苦艾酒吧。侍者！再给这位先生一杯苦艾酒。”

“我很难受！”我说。

“喝点儿酒，”比尔说，“慢慢喝！”

天色逐渐暗了下来，节日活动还在继续。我觉得自己有点儿醉了，但是我的情绪并没有任何好转。

“你觉得怎么样？”

“很糟糕！”

“再来一杯?”

“没用的!”

“试试看吧，你也许想不到，或许这一杯就起作用了呢。喂，侍者！给这位先生再来一杯!”

我并不把酒滴进水里，而是直接在酒里掺进了水，然后搅拌起来。比尔在里面放进一块冰，我用小勺在这浅褐色浑浊的混合物里搅动冰块。

“味道怎么样?”

“很好。”

“慢点儿喝，否则你会呕吐的。”

我放下酒杯，本来就没打算很快喝完。

“我喝多了。”

“也许该醉了。”

“你就是希望我醉吧，是不是?”

“当然，喝醉吧，这样就不闷了。”

“得了，我已经喝醉了。你的目的不是已经达到了吗?”

“坐下!”

“我不想坐了，”我说，“我要到旅馆去了。”

我醉得很厉害，我以前从没这样醉过。我回到旅馆走上楼去。布蕾特房间的门开着，我往里面探了探头。迈克尔坐在床上，他摇晃着一个酒瓶子。

“杰克，”他说，“进来，杰克。”

我进屋坐下。我如果不盯着一个固定的地方，就感到房间在旋转。

“布蕾特，你知道的。她和那个斗牛的小子一起走了。”

“不可能吧!”

“他们离开了，她之前在找你，看起来是想和你告别来着。

他们乘七点的火车走的。”

“他们真的离开了？”

“这么做很不好，”迈克尔说，“她不该这么做。”

“你说得没错！”

“喝一杯吗？我打铃找人拿些啤酒来。”

“我已经醉了，”我说，“我要进屋去睡觉了。”

“你醉得不行了？我也不行了。”

“是的，”我说，“我醉得不行了。”

“那么回见吧，”迈克尔说，“去休息一会儿，好杰克。”

我出了迈克尔的房门，走进自己的房间，躺在床上。我感觉床在往前飘，我在床上坐起来，盯住墙壁，这样会让自己感觉舒服点儿。外面广场上狂欢活动还在继续，我觉得没有什么意思了。后来比尔和迈克尔进来叫我下楼和他们一起吃饭，我假装睡着了。

“他睡着了，最好还是让他睡吧！”

“他已经醉得不省人事了。”迈克尔说。他们走了出去。

我起床，走到阳台上，望着远处在广场上跳舞的人们。这会儿我已经不觉得世界在打转了，一切都非常清晰和明亮，只是边缘有点儿模糊不清。我洗了脸，梳了头发，我都不认识镜子里的自己了。然后我下楼到餐厅去。

“他来了！”比尔说，“杰克，好小子！我知道你还不至于醉得起不来。”

“嘿，你这个老酒鬼。”迈克尔说。

“我饿了，所以就醒过来了。”

“喝点儿汤吧，”比尔说，“我们三个人坐在桌子边，但感觉好像少了五六个人似的。”

第十九章

第二天早晨，一切都过去了。狂欢已经结束。大约九点，我醒了。我洗了个澡，穿上衣服，下楼。广场上重新变得空荡荡的，街道上也没有什么人。几个小孩在拾烟花爆炸后落在广场上的火杆。咖啡厅刚刚开始营业，侍者正把舒适的柳编椅子搬出来，放在大理石面的桌子旁边。他们正在用水龙头洗刷街道。

我舒舒服服地坐在一张柳条椅里，向后靠着。侍者悠闲地走过来。牛群放出笼的告示和大张的加班火车时刻表还贴在拱廊的柱子上。一名扎蓝色围裙的侍者拎着一桶水，拿着一块抹布走出来，开始动手撕告示，把纸一条条地扯下来，把粘在石柱上的残纸擦掉。这一年的狂欢节结束了。

我坐在那里喝了一杯咖啡，过了没多久比尔来了，我看着他一路穿过广场走到这里，他在桌子边坐下，也点了一杯咖啡。

“现在好了，”他说，“一切都结束啦！”

“没错，”我说，“你什么时候离开？”

“不知道，我们要是能弄到一辆车就再好不过了。你打算回巴黎吗？”

“不回，我再待一周，我想去圣塞瓦斯蒂安。”

“我想回去了。”

“迈克尔打算去什么地方呢？”

“他打算去圣让德吕兹。”

“我们雇辆车，一起开到巴荣纳，再各走各的路吧！你可以今天晚上从那儿上火车。”

“好的，我们吃完午饭就走。”

“就这么定了，我这就去雇车。”

吃完午饭，付了钱。蒙托亚没有到我们这里来，账单是一个女侍者拿过来的。车子已经在外面等我们了。司机把旅行包放在车顶上，用皮带拴好，其余的行李被他放在座位前面，就在他的脚下，然后我们都坐进了车里。汽车开出了广场，走出小巷，穿过小树林，驶下小山坡，然后从潘普洛纳离开。看起来行程并不是很长。迈克尔带了一瓶芬达多酒，我只喝了一点儿。汽车从几道山梁上过去，驶出了西班牙，在白色的大道上行进着，穿过巴斯克地区，那里浓荫如盖，然后到了巴荣纳。我们把比尔的行李寄存在车站，他已经买好了去巴黎的车票，是晚上七点十分的火车。我们走出车站，车子停在车站正门外。

“这车怎么处理?”比尔问。

“哦，这车子真是包袱啊，”迈克尔说，“就让它跟着我们吧!”

“这样也好，”比尔说，“那我们去什么地方呢?”

“到比亚里茨去喝一杯吧。”

“迈克尔真是奢侈啊。”比尔说。

我们开进比亚里茨，在一家非常豪华的饭店门口下车。走进酒吧间，坐在高凳上喝着威士忌苏打。

“这次我请大家喝酒。”迈克尔说。

“还是掷色子来决定吧。”于是我们用一个很高的皮制色子筒来掷色子，第一轮比尔赢了，迈克尔输给了我，于是就付了一张一百法郎的钞票。威士忌每杯十二法郎。我们又各要了一杯酒，还是迈克尔付钱。每次给侍者的小费都很优厚。隔壁的房间里有一支爵士乐队在演奏，演奏得还不错。这个酒吧间让人感到愉快。我们每个人又再要了一杯酒。第一局我以四个老 K 取胜，剩下比尔和迈克尔继续比赛，迈克尔以四个 J 终于赢了一局。但是比尔赢了第二局。最后一局定胜负时，迈克尔掷出三个老 K 就算输了。他把色子筒递给比尔。比尔摇着，掷出三个老 K，一个 A 和一个 Q。

“又是你付钱，迈克尔，”比尔说，“迈克尔，你这个赌徒。”

“真抱歉，”迈克尔说，“我不行了。”

“怎么了？”

“我没钱了，”迈克尔说，“我现在身无分文了，只有二十法郎。给你，把这最后的二十法郎拿去吧！”

比尔的脸色有点儿变了。

“我的钱刚好够付给蒙托亚当作小费。还算运气好，当时身上有这笔钱。”

“你给我写张支票，我兑给你现钱。”比尔说。

“你能这样说真是太善良了，但是你看，我不能开支票了。”

“那你上哪儿去弄钱啊？”

“呃，有一小笔款就要到了。这笔钱够我两星期的生活花销。我要去的那家圣让德吕兹的旅店，可以赊账。”

“你说，我们雇的这辆车怎么办呢？”比尔问我，“还继续用吗？”

“无所谓，看起来不好用了。”

“来吧，我们再来喝一杯！”迈克尔说。

“好，这次算我的，”比尔说，“布蕾特手上有钱吗？”他对迈克尔说。

“不一定有，我之前付给蒙托亚的小费几乎都是她给的。”

“她手上没有一点儿钱？”我问。

“应该是这样吧，她向来都没有钱的。她每年有五百镑的收入，还要支付给犹太人三百五十镑的利息。”

“我猜他们是直接扣除的吧。”比尔说。

“不错，实际上他们不是犹太人。我们只是这么叫他们而已，我知道他们是苏格兰人。”

“她真的一点儿钱都没有了?”我问。

“可以说没有，她走的时候把所有的钱都给我了。”

“得了,”比尔说，“我们还是再喝一杯吧!”

“真是个好主意,”迈克尔说,“空谈钱财解决不了任何问题。”

“这话说得在理。”比尔说。我们接着要了两次酒，比尔和我掷色子看谁请客。比尔输了，付了钱。我们出来走向车子。

“你去什么地方啊，迈克尔?”比尔问。

“我们去兜兜风吧，也许这能让我的名声好点儿，在这一带兜一下吧!”

“好的，我想到海边去看看。我们一直朝着昂代的方向开吧。”

“在海岸一带我没什么赊账的信誉可言。”

“那可不一定!”比尔说。

我们沿着滨海公路继续向前开，绿地，红屋，一片片的树林，还有湛蓝的海水托着的白色海浪冲刷着沙滩，这些景色接连在我们眼前闪过。我们驶过圣让德吕兹，一直朝南穿过一座座海边的村庄。走过起伏不平的乡村小路后，回头看，潘普洛纳的群山就在我们的身后，路依然向前延伸。比尔看了看手表，到了我们应该回去的时间了。他敲了敲车窗，告诉司机往回走。司机在草地上将车掉了头。我们身后是一个小树林，接着是一片草地，最后面是大海。

在圣让德吕兹，我们在迈克尔留宿的宾馆停了车，然后他下去了。司机把他的手提包拿下来，迈克尔站在车子旁边。

“再见啦，朋友们,”迈克尔说，“这次节日活动真是一次难忘的回忆。”

“再见，迈克尔。”比尔说。

“我们很快会再相见的!”我说。

“别惦着钱,”迈克尔说,“你把车钱付了,杰克,我那份以后会寄给你的。”

“再见,迈克尔。”

“再见,朋友们。你们都是我的好朋友。”

我们俩都同他握手告别。我们在车子里向迈克尔挥手,他站在大道上目送我们离开。我们赶到巴荣纳,火车马上就要出发了。一名脚夫把比尔的旅行包从存包处拿来。我把他送到通铁轨的矮门前。

“再见啦,朋友!”比尔说。

“再见,老弟!”

“真痛快,我玩得真尽兴啊。”

“你会继续待在巴黎吗?”

“不,17 号我就得上船。再见,我的朋友!”

“再见,老朋友!”

他进门朝火车走去,脚夫手里拿着旅行包走在他前面。我看着火车开出站去。比尔的位置在窗户边。窗子闪过去了,整列火车开走了,只留下空荡荡的铁轨。我出来向汽车走去。

“我们总共该付你多少钱?”我问司机,车钱当初说好从西班牙到巴荣纳是一百五十比塞塔。

“二百比塞塔。”

“如果你再捎我回到圣塞瓦斯蒂安要加多少钱?”

“五十比塞塔。”

“别开玩笑了。”

“三十五比塞塔。”

“太贵了,”我说,“送我到帕尼厄·弗洛里旅馆吧。”

到了旅馆之后,我将车钱和小费付给司机。车身上积了一层灰，我擦掉了钓竿袋上的尘土。这或者是联结我和西班牙及其节日活动的最后一样东西了。司机启动车子沿大街开去。我目送车子拐弯，驶上通向西班牙的大道。我走进旅馆，开了一个房间。我和比尔、科恩在巴荣纳的时候，我就是睡在这个房间里的，这好像是很久之前的事情了。我梳洗一番，换了一件衬衣，就出去逛街了。

我在书报亭买了一份纽约的《先驱报》，在一家咖啡馆里坐下来阅读。重新回到法国对于身边的事物总是感到有点儿陌生。在这里有一种身处郊区的安全感。真希望我能和比尔一起回巴黎，可惜巴黎有更多寻欢作乐的地方。眼下，我已经一点儿找乐子的心情都没有了。圣塞瓦斯蒂安很清静，旅游旺季要到八月份才开始。我可以在旅馆租一个好房间，看看书，游游泳。那边有一处海滩胜地，沿着海滨大道长着许多出色的树木。在旅游季节到来之前，有很多孩子在保姆的陪同下到这里消暑。晚上，马里纳斯咖啡馆对面的树林里经常有乐队举行音乐会，我可以坐在咖啡馆里听音乐。

“这里的饭菜怎么样？”我问侍者。餐厅就在咖啡馆后面。

“很好，非常好，每位顾客都说很好吃。”

“好吧。”

我走进餐厅。如果依照法国的标准来看，这顿饭菜是很丰盛的，但是吃过西班牙的饭菜以后，就会认为这里菜肴的搭配非常精致。我喝了一瓶葡萄酒，纯粹是为了消除无聊之感。那是瓶马尔戈庄园牌的好酒。慢慢喝、仔细品味这瓶好酒是件愉快的事情，一瓶好酒是一个好的陪伴。喝完酒之后我叫了一杯咖啡。侍者给我推荐一种巴斯克利久酒，名叫“伊扎拉”。他拿来一瓶，给我倒了一满杯。他说伊扎拉酒是由比利牛斯山上的鲜花酿成的，是真正的比利牛斯山上的鲜花。这种酒看起来好像是生发油，闻起来更像是意大利的斯特雷加甜酒。我让他把这杯酒拿走，给我换一杯陈年白兰地。这酒很好，喝完咖啡我又喝了一杯。

比利牛斯山的鲜花这回事，看来是有点儿把这位侍者惹恼了，我因此多给了他一点小费，这使他又变得很高兴。在这个国度里，这种简单的办法可以让人开心，这倒是挺好。在西班牙，你事先无法知晓一个侍者是否会感谢你。在法国，一切都以这种赤裸裸的金钱为基础。在这样的国家里生活，真的是一件并不复杂的事情。谁也不会为了某种暧昧的原因而跟你交朋友，以至于最后形成了一种复杂的关系。你想让别人喜欢你，只要稍微花点儿钱就可以。我只是花了一点点钱，这侍者的态度就变好了。他感激我这种可贵的品德，他欢迎我下次再来。以后如果我再到那里吃饭，他会欢迎我，要我坐到归他侍候的桌子边去。这种喜欢是真诚的，因为有坚实的物质基础。我已经回到法国了。

第二天清晨，为了能够让更多人喜欢我，我多给了旅馆每个侍者一点儿小费，然后乘坐上午的火车前往圣塞瓦斯蒂安。在车站，我并没有多给脚夫小费，因为我并不想再见到他。我只希望在巴荣纳有几个法国好朋友，等我下一次来的时候有人欢迎我就够了。我知道，只要他们记得我，他们的友谊会是忠诚的。

我在伊伦换乘另一辆火车，我拿出自己的护照。我并不愿意离开法国，在法国的生活非常简单。要回西班牙了，我觉得自己像个傻子似的。在西班牙你什么都不能说，我觉得再回那儿，实在谈不上是一个明智的选择，但是我带着自己的护照排着队，向海关人员打开我的包，买了一张票，直接进了门，上了一辆火车，经过四十分钟，穿过 8 条隧道后，我到了圣塞瓦斯蒂安。

即使是在炎热的天气里，圣塞瓦斯蒂安也始终有一种清晨的味道。树木的绿叶似乎永远有一种朝露未晞的感觉。街道就像刚洒过水一样。在最热的日子里，有几条街道总是很阴凉。我找到城里一家曾经住过的旅馆，他们给我安排了一间带阳台的房间，阳台高过城里的屋顶。眺望远方，可以看到绿油油的山坡。

我打开手提包，把我的书堆在靠床头的桌子上，然后拿出我的剃须用具。我把几件衣服挂在大衣柜里，把要洗的衣服拿出来，然后在浴室里洗了个澡，就下楼吃饭了。西班牙还没有改用夏令时间，因此这个时间吃饭的话还是有点儿早。我把表拨回了一小时，来到圣塞瓦斯蒂安，我似乎又多了一小时。

走进餐厅的时候，门卫拿来一张警察局发的表格要我填。我签了名，跟他要了两张电报表，然后给蒙托亚旅馆拍了一封电报，把我现在所在的地址告诉他们，然后让他们把我所有的信件和电报都发到这儿来。我算了一下自己可以在圣塞瓦斯蒂安待多长时间，然后给编辑部发了份电报，叫他们替我保存好邮件，但是把六天之内的电报转到圣塞瓦斯蒂安来，然后我走进餐厅开始吃饭。

吃完饭之后，我回到自己的房间里，看了一会儿书，然后就睡觉了。我四点半左右才醒过来。我找出我的游泳衣，把它和一把梳子裹在一条毛巾里，然后下楼上街走到康查湾。潮水几乎退掉了一半。海滩平坦而坚实，沙粒黄澄澄的。我走进更衣室，换上了游泳衣，走过平坦的沙滩来到海边。光着脚踩在沙滩上，可以感受到从脚底传来的热气。这里的人还是挺多的。康查湾两边的海岬几乎相连，形成一个港湾，海岬外是一排白花花的浪头和开阔的海面。虽然现在是退潮的时刻，但依旧会不时地出现一些巨浪。它们起初好像只是海面上的滚滚细浪，然后势头越来越大，掀起浪头，最后平稳地冲刷在温暖的沙滩上。我蹚着水走进海里，海水很凉。当浪头朝我打过来的时候，我潜入水中，之后再上来，浮在海面上，这时我已经感受不到什么寒气了。我向木排游去，撑起身子爬上去，躺在上面。木板被阳光晒得滚烫。另一头有一对男女青年。姑娘解开了游泳衣的背带，想要晒晒她的背。小伙子趴在木排上和她说话。她听着，咯咯地笑了，她转过身去，这样一来她的背就暴露在阳光下了。我在阳光下躺在木排上，直到身上的水都蒸发掉。然后又在海水里游了几次。有一次我深深地潜入水中，向海底游去。我游泳的时候睁着眼睛，周围是绿莹莹、黑黝黝的一片。我能从水中看到木排投下的阴影。我在木排旁边钻出水面，上了木排，然后憋气又跳入水中，潜泳了一段，然后向岸边游去。我躺在海滩上，直到全身干了，才起来走进浴场更衣室，脱下泳衣，用淡水冲洗之后擦干。

我沿着树荫绕着港湾一直走到了俱乐部，又拐弯走到一条阴凉的街道上，然后朝马里纳斯咖啡馆走去。那里有一个乐队在演奏，我坐在外面的露台上，享受着炎热夏天里难得的新鲜凉爽的空气，我喝了一杯加刨冰的柠檬汁和一大杯威士忌苏打。我在"马里纳斯"门前坐了很久，一边看报纸，看着过往的行人，一边听音乐。

后来天渐渐黑了下来，我在港湾边漫步，顺着海滨大道，最后走回旅馆吃晚饭。那里正好有一个"环绕巴斯克地区"自行车比赛，参赛者这晚正在圣塞瓦斯蒂安过夜。餐厅里面，骑车人一起坐在一个很长的桌子周围，他们正在和自己的教练以及经纪人一起吃晚餐。这些人除了法国人，就是比利时人，他们吃饭的时候都非常专注，但是他们过得很愉快。长桌上端坐着两位年轻的法国女孩，她们长得很美丽，很有巴黎蒙马特郊区街特有的特点。我不知道她们究竟是跟谁一起来的。他们都在说俚语，许多笑话只有他们自己才能理解。长桌另一头的人说了些笑话，两个女孩问他们在说什么，他们却闭口不言。车赛将在第二天早上五点继续，从圣塞瓦斯蒂安到毕尔巴鄂跑最后一段路程。这些骑自行车的人喝了很多葡萄酒，皮肤因为太阳的暴晒变得黑黝黝的。他们只有在所有人都在时，才认真对待这场比赛。他们之间经常举行比赛，所以也不是很在乎谁赢得这场比赛。特别是在外国，钱是他们整个团队的，可以商量着分。

领先两分钟的那个人生了热疖，很痛苦。他踮着屁股坐在椅子上，他的脖子通红，金黄色的头发晒枯了。其他骑车人拿他长的热疖开玩笑，他用叉子敲了敲桌子。

“听着，”他说，“明天我要把鼻子紧贴在车把上，这样的话，就只有怡人的轻风能碰到我的热疖了。”

一个女孩从桌子对面看着他，他咧嘴一笑，脸涨得通红。他们说西班牙人压根不会蹬自行车。

我在露台上和一家大型自行车工厂的赛车经纪人一起喝咖啡。他说这次比赛还是很好的，如果不是博泰奇阿一到潘普洛纳就弃权的话，这场比赛还会更加精彩。路上的灰尘让人觉得厌烦，不过西班牙的公路比法国的要好一些。“自行车比赛才算得上是一项体育运动，”他说，“我曾经追过‘周游法国’自行车比赛，在报纸上看到的。这是世界上最盛大的一项体育赛事。组织并跟随长途车赛，使比赛选手了解法国，很少有人了解法国。要同长途赛车的骑手们在途中度过春、夏、秋三季。你看，现在有多少小汽车在长途比赛中跟着车队走过了一个又一个城市。法国是个富裕的国家，体育运动一年比一年兴旺，它会成为世界上最厉害的体育强国。这就要靠长途自行车赛和足球。”他对法国了解很透彻——体育之国法兰西，他也很了解长途车赛。我们喝了一杯白兰地。不过有一点需要强调，回到巴黎也不是一个很糟糕的决定。只有一个巴拿姆。这是说，全世界就只有一个。巴黎是全世界体育运动最兴旺的城市。你问我是否知道黑人酒家在哪儿，我当然知道。有朝一日我会在那里见到他，一定会的。我们会再次聚在一起，喝白兰地。他们在清早五点四十五动身。我要不要早起为他们送行？我一定努力做到。要他来叫醒我吗？这倒是个有意思的想法。他却并不在乎这个，很愿意来叫我。我哪能麻烦他自己来叫呢？我会吩咐茶房来叫我的。我们说了声“明天早晨见”。

第二天早上我醒过来的时候，自行车队和他们一起的那些汽车已经离开了三小时。我在床上喝了杯咖啡，看了几张报，然后穿好衣服，拿着游泳衣到海滨去。一大早，一切都很凉爽，空气很清新，也很湿润。保姆们要么穿着统一式样的服装，要么打扮成农妇，带着孩子们在树下散步。西班牙的小孩子都长得很漂亮。有几个擦皮鞋的一起坐在树下，和一名士兵聊着天。士兵只有一条胳膊。涨潮了，吹来了阵阵凉风，海滩上出现一道道浪花。

我在一间海滨更衣室里换上了游泳衣，跨过狭长的海滩，进入了海水中。我游了出去，想要穿过浪头，但是有几次不得不潜进水里。后来海水逐渐平静下来，我翻过身来，浮在水面上。在漂浮时，我能够看到的只有天空。我能够感到滔滔波浪的起伏。我脸朝下转身游向浪头，任凭一个巨浪把我带向岸边，然后又转身向外游，尽量保持在两浪之间的波谷中，免得浪头打在我的身上。在波谷中我游累了，转身向木排游去。海水的浮力很大，而且也很冰冷。你好像感觉你永远也不会往下沉。我慢慢地游着，似乎是伴随着涨潮做了一次长游，撑起身子爬上木排，湿漉漉地坐在正被阳光烤热的木板上。我往周围看了看，周围是海湾、古城、俱乐部、海滨大道边的树行以及那些有白色门廊和金字招牌的大旅馆。右边远处有一座青山，山几乎封住了港口。木排跟随着海水的起伏摇晃。外通大海的狭窄港口的另一边是另一个高岬，我想过要横渡海湾，但是担心腿会抽筋。

我晒着太阳，注视着海滩上洗海水浴的人们，他们显得很小。过了一会儿，我站起来，用脚趾夹住木排的边缘，用我自身的重量压住木排，让它向一边倾斜，干净利落地跳进海水深处，在越来越亮的海水中向上浮，钻出海面，抖掉头上咸咸的海水，向岸边游去，缓慢而冷静。

我穿好衣服，付了更衣室的保管费，就往旅馆走。赛车运动员们扔下了几期《汽车》杂志，我在阅览室里把它们放在一起，拿出来坐在阳光下的安乐椅里阅读起来，我想快点儿知道些有关法国体育生活的情况。我坐在那里时，门卫走出来，手里拿着一个蓝色的信封。

"这里有你的一封电报，先生。"

我把手指插进信封上稍微粘住的封口，拆开看电文。这封电报是从巴黎转来的。

"你能不能来马德里蒙大拿旅馆？我处境不佳。布蕾特。"

我给了看门人一笔小费，然后又读了一遍电文。有个邮差沿着人行道走过来，拐进了旅馆。他留着大胡子，有一股军人的气质。他走出旅馆，看门人跟在他后面也出来了。

"这一封电报也是你的，先生。"

"非常感谢！"我说。

我拆开电报。这封是从潘普洛纳转来的。

"能否来马德里蒙大拿旅馆？我处境不佳。布蕾特。"

看门人站在一旁不走，我想他是在等第二笔小费。

"到马德里去的火车几点出发？"

"有一班今儿早上九点钟已经走了。十一点还有班慢车，再就是今晚十点有班'南方快车'。"

"给我买一张'南方快车'的卧铺票，需要现在就付你钱吗？"

"看您的意思，"他说，"我记在账上吧！"

“就这么办吧。”

哦，看来我不能继续待在圣塞瓦斯蒂安了，我隐隐约约地预感到会有某种事发生。我看见看门人在门口站着。

“请给我一张电报纸。”

他拿来了，我拿出钢笔，用印刷体写着：

“马德里蒙大拿旅馆阿什利夫人，乘南方快车明抵，爱你的杰克。”

这么做应该是对的。就是这么回事，帮助一个女人和一个男人私奔。把她介绍给另一个男人，让她陪他出去旅行。现在又要去把她接回来，而且在电报上写上“爱你的”，事情就是这样。我走进屋里，准备吃午饭。

那天晚上在“南方快车”上我没怎么睡觉。次日清晨，我在餐车里吃早饭，从那里可以看到阿维拉和埃斯科里亚尔之间那一带多山和松林的地带。窗外埃斯科里亚尔古建筑群在阳光照耀下仍然显得灰暗、狭长、萧瑟，但我并不怎么注意它。我看见马德里城就在大平原上方，我们没多久就到了，只见隔着原野，在远方一个不高的峭壁的上方，地平线上有一道白色密集的房屋。

这条铁路线的终点是马德里的北站。很多火车都最终停在这儿，不再继续开到别的地方去了。站外停靠着出租的马车和汽车，还站着一排旅馆接待人。这里真像一座郊外的小城。我雇了一辆出租汽车一路上坡，驶过几座花园和冷落的王宫，以及位于峭壁边缘的教堂，那座教堂依然在施工。汽车往上一直开到耸立在高岗上的现代化城区，那里就有些炎热了。汽车顺着一条平坦的街道下坡，一直开到太阳门广场，然后穿过行人车辆，来到了圣那罗尼莫大街。每一家商店都拉下了布篷，避免热气进入房间里。街道上向阳的百叶窗都关着。汽车靠人行道边停下。我看见“蒙大拿旅馆”的招牌在二楼挂着。汽车司机把旅行包搬进去，放在电梯前。我摆弄了一会儿电梯开关，还是无法使用，就只好走上楼去。二楼挂着一块雕花铜招牌："蒙大拿旅馆"。我按了一下门铃，没人应声。我又按了一下，一名女侍者紧绷着脸把门开了。

"阿什利夫人在吗?"我问。

她望着我，目光呆滞。

"这里是不是住着一位英国妇女?"

她转身朝里面喊了几声，然后一个非常胖的女人走到门口来。她头发花白，抹着发蜡，头发梳成一个个小波浪，垂挂在脸庞两旁。她虽然很矮，但是很有威慑力。

"您好，"我说，"请问这里有一位英国妇女吗?我见见她!"

"您好，这里的确有一个英国女人。如果她愿意接见您，您便可以去看她。"

"她愿意见我。"

"我叫这丫头去问问她。"

"天气真热啊。"

"马德里的夏天一向如此。"

"可在冬天却那么冷。"

"说得对，这里冬天非常冷。"

我自己是不是也想在蒙大拿旅馆住下呢?

这事儿我还没决定，但是如果有人把我的旅行包从底层拎到楼上来，我会很开心的，这样可以避免被人偷走。蒙大拿旅馆还从没发生过偷盗事件。在其他客栈里，倒发生过这种事。这家旅馆的工作人员都是经过严格选拔的，我听了很满意。不过，我还是很希望有人把我的旅行包拿上来。

女侍者进来说："英国女人想见见美国男人，马上就见。"

"好，"我说，"您瞧，我说得没错吧。"

“这很显然。”

女侍者带着我走过幽暗的长廊。走到尽头，她在一扇门上敲敲。

“你好，”布蕾特说，“是你吗，杰克?”

“就是我。”

“快点儿进来吧。”

我打开门，女侍者在我身后把门关上。布蕾特在床上躺着。她刚才正在梳头，手里还拿着一把梳子呢。房间里乱七八糟，只有那些习惯别人侍候的人才会弄成这样。

“亲爱的!”布蕾特说。

我走到床边，用双臂搂住她。她亲吻了我，在她吻我的时候，我能感觉到她心不在焉。她在我的怀里颤抖着，能感觉出她瘦了很多。

“亲爱的！我最近的日子太艰难了。”

“告诉我怎么回事。”

“没什么可说的。他昨天刚刚离开，我把他赶走的。”

“你为什么不留住他呢?”

“我不知道，我不应该这么干。我想我总算还没有对不起他。”

“你大概对他来说是再好不过的了。”

“他没有办法和别人一起生活，我突然想通了这一点。”

“不会是这样的。”

“唉，真见鬼!”她说，“我们不说这个了，再也别提他了。”

“好吧!”

“他竟然认为我让他丢脸，这让我感到震惊。你知道，他有一阵子曾因我感到丢脸。”

“不可能。”

“哦，但是事实就是这样。我猜想，他在咖啡馆里因为我而受到别人的耻笑了。他让我把头发留长，我，留个长发。那会是什么怪模样啊!”

“真可笑!”

“他说，那样我就能更像女人了。那样我可真要像个怪物了。”

“后来呢?”

“哦，他想通了。他不再因我感到丢脸了。”

“那你所说的‘处境不佳’又是怎么回事?”

“我当时没有把握，能不能把他打发走，可我自己没有一分钱，没法撇下他，然后自己走。你知道，他要给我很多钱。我跟他说我有的是钱，他知道我在说谎。我不能拿他的钱，你知道。”

“没错!”

“哦，别谈这些了。毕竟还有一些开心事儿呢，给我一支烟。”

我给她点上了。

“他在直布罗陀当侍者的时候学了一点儿英语。”

“这我知道。”

“最后，他竟想跟我结婚。”

“此话当真?”

“当然啦，但是我连迈克尔都不想嫁。”

“他也许觉得如果可以同你结婚，他就能成了阿什利爵爷了。”

“不，不是那么回事。他真心想跟我结婚。他说，这样一来我就不会抛弃他了。他要确保我永远陪在他身边。当然，首先我得变得更像女人。”

“那你现在应该放心了。”

“是的，我重新振作起来了。他把那个讨厌的科恩赶走了。”

“好嘛。”

“你知道，我本来是会和他一起生活下去的，可是我发现这样对他没有好处。我们相处得很融洽。”

“除了你自身的打扮。”

“哦，他迟早会对此习以为常的。”

她把烟灭了。

“你知道，我已经三十四岁了。我不想做一个糟蹋年轻人的坏女人。”

“对！”

“我不能那样做。你知道，我现在感到很好，我感到很舒服。”

“那就好！”

她把脸转过去。我本来以为她想再找一支烟呢，但是我发现她哭了。我能够感觉到。她浑身颤抖着，发出抽泣声。她不愿意抬起头来，我只好用双手搂着她。

“我们不要再讲这件事了。求求你，我们忘了它吧。”

“亲爱的布蕾特。”

“我要回到迈克尔那里去，”我紧紧抱着她，能感觉到她在哭，“他是那么可亲可畏。他正是我需要的那种人。”

她不肯抬头，我抚摸着她的头发，我能感到她在颤抖。

“我不愿做一个坏女人，”她说，“但是，哦，杰克，我们忘了这件事吧。”

我们离开蒙大拿旅馆，旅馆女老板没有要求我结账，账已经付清了。

“那好，就这样吧，”布蕾特说，“现在没什么事了。”

我们雇了一辆车去王宫旅馆，放下行李之后，我们预订了

“南方快车”夜班的卧铺票，然后我们走进旅馆的酒吧间去喝鸡尾酒。我们坐在酒吧柜前的高脚凳上，看侍者用一个镀镍大调酒器调制马丁尼鸡尾酒。

“真奇怪，你一到大旅馆的酒吧间里，就能感受到一种不同寻常的高雅！”我说。

“当今，只有酒吧侍者和赛马骑师才讲究礼节了。”

“不管多么粗俗的旅馆，酒吧间总是很高雅的。”

“这是挺奇怪的。”

“酒吧侍者总是风度翩翩。”

“你知道，”布蕾特说，“他真的只有十九岁，难以想象吧？”

我们碰了碰并排摆在酒吧柜上的两个酒杯。酒杯冰凉，杯壁上凝结着水珠。挂着窗帘的窗户外面是马德里炎热的夏季，酷暑难耐。

“我喜欢在马丁尼酒里加个橄榄。”我对酒吧侍者说。

“好的，先生，马上来。”

“谢谢。”

“您知道，我早该询问一下您是否有这样的需要。”

侍者走到酒吧柜的另一头，这样就听不到我们的谈话了。马丁尼酒杯搁在木制柜台上，布蕾特凑上去喝了一口，然后端起酒杯。喝了一口以后，她的手不发抖了，稳稳地端着酒杯。

“真是好酒，这酒吧间还可以吧？”

“所有的酒吧间都不错。”

“你知道，起初我都不能相信，他生于 1905 年。那个时候，我都已经在巴黎上学了。你想想看。”

“你为什么要求我想这事呢？”

“别故意装作不知道了。请夫人喝酒好吗？”

“给我们再来两杯马丁尼。”

“还要刚才的那种吗，先生?”

“那两杯酒感觉很不错。”布蕾特对他微微一笑。

“谢谢您的夸奖，夫人。”

“好，祝你健康!”布蕾特说。

“也同样祝福你!”

“你知道，”布蕾特说，“在我之前，他只交往过两个女人。过去除了斗牛，他对别的东西都没有兴趣。”

“他以后还有很长的路要走。”

“我搞不明白，他的眼里只有我，从不在意节日活动什么的。”

“哦，只有你。”

“没错，只有我。”

“我还以为你永远不会再提这件事了呢。”

“我忍不住提起。还有什么别的办法吗?”

“打住了，把它锁在你的心里吧!”

“我只不过转弯抹角地提一下罢了。你知道，这让我觉得舒坦，杰克。”

“就应该这样。”

“你知道，只要下定决心不做坏女人，我就会感到很舒坦。”

“没错。”

“这种做人的准则在某种程度上和上帝是一样的。”

“有些人相信上帝，”我说，“这样的人还不少。”

“上帝和我从来没有什么缘分。”

“我们要不要再喝两杯马丁尼酒?”

侍者又调制了两杯马丁尼酒，倒进两个干净杯子。

“我们到哪儿吃饭去?”我问布蕾特。酒吧间里很凉爽，透过窗子，可以感到外面的热气。

“不然就在这儿吃吧。”布蕾特说。

“在旅馆里吃饭太无趣了，你知道一家叫‘博廷’的饭店吗？”我问侍者。

“知道，先生。需要我给您抄张地址吗？”

“那就太感谢了。”

我们在博廷饭店楼上吃饭，这是世界上的最佳餐厅之一。我们吃烤乳猪，喝里奥哈酒。布蕾特吃得不多，她向来胃口很小。我饱餐了一顿，喝了三瓶里奥哈酒。

“你觉得怎么样，杰克？”布蕾特问，“我的天啊！你这顿饭吃得真不少啊！”

“我感觉很好，你要不要来道甜点？”

“哟，不要。”布蕾特抽着烟。

“你不是喜欢吃甜点吗？”她说。

“是的，”我说，“很多事情我都喜欢。”

“那你想做什么事情？”

“哦，”我说，“我想做很多事情。你要来道甜点心吗？”

“你之前问过我一次了！”布蕾特说。

“是的，”我说，“我问过了。我们再来一瓶里奥哈酒吧！”

“这酒确实很好。”

“但你没有喝得很多。”我说。

“我喝了很多，只不过你没注意罢了。”

“我们再要两瓶吧。”我说。酒送来了，我在白己和布蕾特的杯子里各倒了一些，最后把我自己的杯子倒满，我们碰杯。

“祝你健康！”布蕾特说。我干了一杯，又倒了一杯。布蕾特伸手按在我胳膊上。

“别喝醉了，杰克，”她说，“你没必要喝醉。”

“你怎么知道？”

“别这样，”她说，“你会没问题的。”

“我不想喝醉，”我说，“我不过是喝一点儿葡萄酒，我只是喜欢这样。”

“别喝醉了，”她说，“杰克，别喝醉酒。”

“想坐车去兜风吗？”我说，“想不想在城里兜一圈儿？”

“好，”布蕾特说，“我还没有好好看过马德里。我应该看看去。”

“我喝完这杯。”我说。

下楼之后，我们穿过一层的餐厅来到街上。一个侍者去叫出租车了。天气很热，也很晴朗。街头那边有一片小广场，上面种着树木和草地。出租车就停在那里。一辆出租车开过来了，侍者在车门边上等着，我给了他些小费，然后告诉司机要去什么地方，之后上车坐在布蕾特身边。司机发动汽车，我靠后面坐稳。布蕾特朝我移动了一下，我们紧紧地靠在一起。我用胳膊搂着她，她舒适地依偎在我身上。天气很热，却又很明朗。房屋白得刺眼，我们的车开到了大马路上。

“哎，杰克，我们要是能在一起该多好！”

前面，一个穿着卡其色制服的交警在指挥交通。他将警棍举起，司机来了个急刹车，布蕾特紧紧地依偎在我身上。

“是啊，”我说，“能这么想象一下也很美好，不是吗？”